KB249535

대성
臺城
강 위에 비 흩뿌리고 강가의 풀은 가지런한데
육조의 영화는 꿈과 같고 새만 부질없이 울고 있다
무정한 것은 궁성에 늘어진 버드나무이건만
변함없이 연기처럼 십 리 제방을 감싸고 있다
江雨霏霏江草齊
六朝如夢鳥空啼
無情最是臺城柳
依舊煙籠十里堤

「소림, 프라이드에 가다」

소림, 프라이드에 가다 2

강백, 서하 퓨전 신무협 소설

초판 1쇄 찍은 날 § 2006년 1월 15일
초판 1쇄 펴낸 날 § 2006년 1월 20일

지은이 § 강백, 서하
펴낸이 § 서경석

편집장 § 문혜영
편집책임 § 심재영
편집 § 유경화

펴낸곳 § 도서출판 청어람
등록번호 § 제1081-1-89호
등록일자 § 1999. 5. 31
어람번호 § 제2-0811호

주소 § 경기도 부천시 원미구 심곡1동 350-1 남성B/D 3F (우) 420-011
전화 § 032-656-4452 팩스 § 032-656-4453
http://www.chungeoram.com
E-mail § eoram99@chollian.net

ISBN 89-5831-945-3 04810
ISBN 89-5831-943-7 (세트)

소림, 프라이드에 가다 ②
Fusion Fantastic Story
강백&서하 공저 퓨전 신무협 소설
도서출판 청람

목 차

제1장

게임의 법칙

게임의 법칙

무혁이 생각하기에 마인(魔人) 줄루는 복싱 같은 일반적인 타격기를 훈련한 놈이 아니었다. 무굴이나 겐죠와 마찬가지로 무공을 익힌 놈이었던 것. 다만 그것이 어떤 종류의 무공인지 알 수 없었고, 그 수련 기간이 꽤나 긴 듯 충분히 자유롭게 전개하고 있다는 것이 무혁을 괴롭혔다.

"후우……."

무혁은 혼신의 힘으로 놈의 공세를 피하며 호흡을 가다듬었다.

이를 지켜보는 팔공의 눈가에 푸른 예기가 깃들었다.

"……!"

마인 줄루가 사용하는 수법은 이미 실전된 것으로 알려져 있는 고대 마니교의 마공 중 하나인 백골곤극수(魄骨棍戟手)라는 것이었다. 이는 사람의 관절을 대나무처럼 단련하여 마치 곤봉의 극처럼 사용하는 것이 요체인데, 관절을 유연하게 하기 위해 극독인 육골산(肉骨酸)을 사용하고, 극성에 다다르면 사람의 성정이 포악해져 흉살이 된다 하여 무림에서는 일찍이 마공으로 분류했던 무공.

이를 간파한 것이었다.

'알 수 없는 일이로다. 저 흉악한 수법이 어찌하여 현세에 전해졌단 말인가…….'

팔공은 의문스러웠다.

이미 자신의 시대보다 훨씬 전에 사라진 마공을 칠백 년 후인 지금 볼 수 있다는 게 납득이 안 갔던 것이다.

'흐음…….'

황금미륵반가사유상을 보러 왔다던 마니교도들, 그날 사라졌던 지전규보, 그리고 현세에 등장한 그들의 실전 마공.

일련의 사건들이 한 축을 꿰고 있을 것 같다는 생각에 미치자, 왠지 심상이 어지러워지는 팔공이었다.

마인 줄루의 공격은 실로 파상적이었다.

팡. 팡. 팡. 팡.

팔목을 막으면 팔꿈치가 들어오고, 팔꿈치를 막으면 어깨가 들어오고, 어깨에서 떨어지면 무릎이 올라왔다. 방향을 예측할 수 없는 공격도 공격이지만 보다 힘들게 한 것은 타격시에 전해지는 충격이었다.

'으으, 뭐 이런 괴물이 다 있냐…….'

무혁의 표정은 당연히 좋질 않았다.

짧은 거리에서 받는 충격이 왜 이렇게 큰지 도무지 알 수가 없었던 것.

그동안 연마한 모든 동작을 활용하여 싸우고 있지만, 방어의 수단으로만 사용할 뿐 좀처럼 반격의 기회를 잡을 수가 없다.

계속 이러다간 꼼짝없이 당하고 말 것이었다.

타닷. 퍽!

"커헉—"

아니나 다를까, 놈의 팔꿈치 공격을 가드를 올려 막는 순간, 니킥이 옆구리로 들어왔다.

벌써 두 번째.

빌어먹게 마음대로 쓰러질 수도 없다.

한번 격중되면 놈은 무혁이 쓰러질 지점을 예측하여 2타, 3타를 날렸기 때문이다.

정확한 투로가 없으면 불가능한 공격.

"크아아!"

파—앙. 파—앙.

니킥에 맞고 쓰러지는 무혁을 향해 줄루는 가공할 만한 권격을 퍼부었다. 소리만 들어도 살벌하기 짝이 없는 무지막지한 공격.

"타핫—"

무혁은 도사공(跳砂功)을 이용해 겨우 피할 수 있었다.

'퇴법에 사용하라고 사부님이 가르쳐 준 신법으로 도망이나 치고 있으니 한심하다. 나오미도 보고 있는데 어쩌냐… 쪽팔려서 못살겠네. 대체 이놈을 어찌해야 되는 거지?'

공중에 신형을 띄웠던 무혁은 일회전하여 놈의 등 뒤에 착지했다.

"크크, 신법을? 제법이구나, 꼬맹아."

실력 차이에서 오는 확신이었을까.

줄루가 허연 이빨을 드러내며 흉측한 미소를 흘렸다. 덕분에 약간의 여유를 찾을 수 있었던 무혁이다.

"웃지 마, 씨댕아. 토할 것 같으니까."

귀빈실로 올라오라는 이에나스의 전갈이 있었다.

유중광은 2층 무대 중앙에 있는 귀빈실로 올라갔다. 안으로 들어서자 이에나스의 수하들이 몸을 수색했다.

유중광은 순순히 수색에 응해주었다.

"유 사장을 못 믿는 게 아니라 의례적인 것이니 이해하시오. 자, 이쪽으로 앉읍시다."

하얀 양복에 백구두로 구색을 맞춘 이에나스가 착석을 권했다.

귀빈실은 링이 훤히 보이도록 전면 유리로 되어 있었다.

"유 사장, 격투기 사업이 왜 급속도로 성장하는지 아시오?"

이에나스가 뜬금없는 질문을 던졌다.

"……."

"그건 리얼리티 때문이오. 쇼가 아니기 때문에 관중들이 열광을 하는 거란 얘기요. 그 사업성이란 두말할 필요가 없을 것이오. 그 때문에 우리 야마구치구미에서는 마약이나 매춘 같은 시장의 크기가 뻔한 사업에서 프라이드로 눈을 돌린 것이오."

"알고 있습니다."

"가장 큰 시장은 미국과 유럽, 그리고 중국이오. 유럽 쪽 판권은 아제르바이잔(러시아 3대 마피아 중 하나)과 중국 쪽 판권은 팔백룡회와 협상을 벌이고 있소. 물론 미국은 우리가 직접 들어갈 것이오."

"사업을 벌여놓은 다음 데드매치 출신의 살수들을 출전시켜 돈을 쓸어 담겠다는 계획이겠지요."

"하하. 공식적으로 프라이드는 스포츠요. 그러나 비공식적으론 유 사장의 말이 맞소. 이건 도박이오."

"우리 공고구미가 방해가 되어서는 안 된다는 경고를 하러 부르신 거로군요."

"그렇소. 하지만 나는 사업가요. 유 사장이 사업에 동참한다면, 그만한 대가는 보장할 것이오."

"그것이 어떤 보장일지 궁금하군요."

"중국 및 동남아 지분의 20%를 공고구미에게 주겠소."

중국 및 동남아 지분의 20%, 사업성으로 보면 황금 알을 낳는 거위와 다름없었다. 그러나 유중광은 생각이 달랐다. 혀끝에 달다고 모두가 사탕이겠는가. 팔백룡회는 그리 만만한 조직이 아니다.

이에나스는 그 점을 간과하고 있었다.

"이에나스님, 팔백룡회를 그렇게 쉽게 생각하시면 안 됩니다. 처음엔 속일 수 있을지 모르나, 이는 눈 가리고 아웅 하는 격입니다. 훗날 내막이 공개되면 큰 곤경에 처할 수도 있습니다."

이에나스가 파안대소를 터뜨리며 손을 내저었다.

"하하하. 유 사장답지 않소이다. 야마구치구미가 팔백룡회를 두려워할 것 같소? 천만의 말씀이오."

그때, 문밖에서 한 인물의 도착을 알리는 보고가 들어왔다.

"오야붕, 황약 노사께서 오셨습니다."

이에나스가 조용히 유중광의 귀에 대고 속삭였다.

"자, 이제 쇼 타임이오. 늙은 구렁이를 내가 어찌 요리하는지 잘 보시오."

불 보듯 뻔한 상황이었다.

마인 줄루의 실력을 보여주고, 팔백룡회의 자금을 투자받겠다는 의도가 아니겠는가. 물론 그 희생양으로 선택된 것은 무혁이리라. 이에나스는 사특한 미소를 보여주며 수하에게 명했다.

"후후, 어서 모셔라."

"예, 오야붕."

칠십 고령의 노인이 야마구치구미 조직원들의 극진한 수행을 받으며 귀빈실로 들어왔다.

황약 노사(黃藥老師), 그는 중국 마피아 '팔백룡회(八白龍會)'의 원로로 태국 무에타이 시장을 관장하고 있는 거물이었다.

"하하. 오랜만에 뵙습니다, 노사님."

이에나스는 얼굴색을 바꾸며 황약 노사를 맞이했다.

"들어오는 길에 경기장을 돌아봤소이다. 정말 감동적이오. 이에나스 씨의 사업 수완은 정말 탁월하오. 헐헐."

놈은 유중광에게 황약 노사를 소개했다.

"인사드리시오, 유 사장. 삼합회와 흑사회에서도 존경심을 표하는 황약 노사 어른이오."

유중광은 정중한 예를 갖춰 인사를 했다.

"처음 뵙겠습니다. 유중광이라 합니다."

"하하. 야마구치구미에 유일하게 위협이 되는 젊은 피입니다. 오늘은 사업 제휴를 해볼까 하고 만났습니다."

"그래요. 이제 전쟁은 그만 해야지요. 이렇게 좋은 사업에 공동 투자하면 서로의 조직에 큰 이익이 날 것이고, 하면 분쟁도 사라지는 것 아니겠소. 서로 양보하며 전쟁은 없애도록 합시다. 헐헐."

삼합회와 흑사회의 십 년 분쟁을 종식시킨 전력처럼, 그는 각 조직 간의 평화를 강조했다.

"하하. 그것 때문에 우리가 회합한 것 아니겠습니까?"

이에나스의 가식 섞인 웃음이 걸린다. 유중광은 궁금했다.

황약 노사를 기만하려는 의도가 야마구치구미 수뇌부에서 결정된 사안인지, 아니면 이에나스가 단독으로 추진하는 것인지 감이 잡히질 않았던 것이다.

'어찌 됐든 팔백룡회를 기만하겠다는 이에나스의 계획은 대단히 위험하다. 이에 동조할 순 없다.'

세 사람은 링이 잘 보이는 앞쪽에 착석했다.

링 위에서는 무혁이 아직 고전을 면치 못하고 있었다.

"이건 마치 어른과 아이의 싸움 같구려. 헐헐."

경기를 지켜보던 황약 노사가 말했다. 그러자 이에나스가 자만에 찬 음성으로 자랑했다.

"잘 보셨습니다, 노사님. 저놈은 제가 공수해 온 비밀 병기입니다. 이번 남제 결승에서 효도르와 붙일 생각이지요."

"효도르라면 헤비급 최강의 선수가 아닌가. 저 흑인 선수가 그를 이길 수 있겠소?"

"하하하. 데드매치 출신 선수입니다. 프라이드 선수와는 차원이 다른 킬러들이지요. 사업에 투자를 하시면, 저런 선수들을 노사님께 제공할 것입니다."

이에나스의 말을 듣고 있던 황약 노사가 뜬금없는 질문을 던졌다.

"유 사장도 저 흑인에게 배팅을 하시었소?"

유중광은 담담한 미소로 대답했다.

"하하. 아닙니다. 저는 제 선수에게 배팅을 했습니다."

"저 한국 선수가 유 사장의 선수로군."

"예, 그렇습니다."

황약 노사는 노안을 끔벅였다. 무혁을 유심히 관찰하는 듯했다.

"음… 저 거한을 상대하기엔 많이 약해 보이지 않는가요."

"아직 성장하는 선수라 기대를 하고 있습니다."

"그래요. 유 사장의 선수는 어떤 기술을 지니고 있소?"

유중광은 잠시 뜸을 들였다가 입을 열었다.

"소림의 무공을 연마하고 있습니다."

소림 무공이란 말에 황약 노사의 얼굴에 호기심이 인다.

"오호… 소림 무공이라. 한국 선수가 소림 무공을 배운단 말이오? 이거 뜻밖이구려. 한국에는 소림의 정종무학을 전수할 자가 없을 텐데……."

"우연히 좋은 스승을 만나게 되었습니다. 더 이상은 말씀드릴 수 없음을 양해해 주십시오."

황약 노사는 느릿하게 고개를 끄덕였다.

"그렇구려. 참 재미있는 인연이오. 한때는 나도 소림 무공에 심취해 있었으니 과연 어떤 무공을 쓰는지 궁금하구려. 그렇지 않소, 이에나스 씨?"

"재능은 있는 선수이긴 하지요. 하나 아마추어일 뿐입니다. 유 사장은 이번 경기에서 큰 손해를 보게 될 것입니다."

"두 분의 선수가 싸우는 경기라… 허허, 재미있구려. 그냥 보기엔 맨송맨송하니 배팅을 해보고 싶소. 어느 쪽에 걸면 좋겠소?"

이에나스가 자신감 가득한 미소로 권유했다.

"노사님, 당연히 마인 줄루징요에게 배팅하셔야지요. 효도르를 상대할 놈이라니까요. 하하."

"유 사장 생각은 어떠시오?"

"아직 제 선수는 기량이 부족합니다. 이에나스님 말을 따르는 편이 좋겠습니다."

"그래요? 그럼, 이 늙은이랑 내기나 한번 해봅시다. 어떻소?"

유중광은 본능적으로 황약 노사가 자신을 시험하고 있음을 간파했다.

"죄송합니다만, 전 노사님과 돈내기 같은 걸 하고 싶지가 않습니다."

하여 정중히 거절했는데,

"멀리 홍콩에서 왔는데, 이 늙은이랑 못 놀아주겠소?"

이유는 알 수 없지만, 황약 노사가 뜻하지 않게 억지를 부렸다. 아니, 반강압적으로 배팅을 요구했다.

"등정아, 저 흑인 편에 십만 달러를 걸어라."

"……!"

황약 노사의 경호로 따라온 인물이 원탁 위에 하드케이스를 올려놓았다.

십만 달러. 한화로 1억 2천이 넘는 돈이다. 이런 거액을 장난삼아 배팅할 수 있다니 과연 손이 큰 인물이었다.

"전화 한 통화만 쓰겠습니다."

유중광은 자신의 변호사에게 전화를 걸어 팔공을 바꿔달라고 요구했다.

"중광입니다."

[무슨 일이냐.]

"결과를 어찌 보시는지요?"

[무혁이가 곧 놈의 투로를 찾을 것이다.]

"예, 알겠습니다."

전화를 끊고 난 후, 유중광은 웃음을 띠며 말했다.

"배팅을 백만 달러로 올리겠습니다. 이왕에 이 바닥에서 노사님 돈 따먹은 놈이란 욕을 들을 모양이면, 적어도 백만 달러는 되어야 욕을 먹어도 배가 부르지 않겠습니까? 하하하."

황약 노사가 예의 노안을 끔벅이다 파안대소를 터뜨렸다.

"헐헐. 이거 아무래도 이 늙은이가 엮인 것 같구먼. 등정아, 백만 달러를 채워라."

그의 경호원이 수표책을 꺼내 사인을 했다. 약 12억이 넘는 거액이었다.

"소생은 당장에 그만한 현금이 없으니 공고구미의 주식으로 대체하겠습니다. 이에나스님이 공증을 해주시지요."

이에나스는 뭐가 어떻게 돌아가는지도 모르고 흔쾌히 승낙했다.

내심 공고구미의 주식을 손쉽게 접수할 수 있으리라 판단했을 것이었다.

"험험. 뭐, 어렵지 않소."

유중광은 생각했다.

'황약 노사는 이에나스의 손에 놀아날 인물이 아니다.'

삼 개월간의 수련을 통해 자신감이 충만했다.

그런데 시작하자마자 엄청나게 두들겨 맞다니… 처참지경이다.

그에 따른 통증은 아무것도 아니었다. 상대가 고미 다카노리가 아니라 데드매치 선수라는 건 도저히 핑계가 되질 않는다. 많이 맞았다는 건 무조건 실력 부족…….

무혁이 나름대로 자성의 시간을 가진 것은 1라운드 종료 3분 전쯤이었다.

'…해법을 찾아야 한다.'

놈의 공격에는 투로가 있었다.

무혁은 공격을 당하며 마인 줄루의 공격 패턴을 유심히 관찰했다.

네 개의 원이 유기적으로 움직이고 있었다.

무혁이 상대의 공격을 분석할 수 있었던 것은 소림권법 32세를 연마하며 공방의 신뢰를 기본적으로 이해했기 때문.

놈의 권(拳)과 수(手)는 가장 큰 원을 그리며, 팔목은 약간 작은 원, 그리고 팔꿈치, 어깨로 갈수록 그 원은 점점 작아졌다.

즉, 몸을 축으로 사지(四肢)가 원을 그리며 상대를 공격하는 기법이라 할 수 있었다.

그 원이란 마치 하나의 진법과도 같았다.

그 진법 안에서 관절을 곤극처럼 자유롭게 사용하는 것이 백골곤극수의 요체였는데, 무공명은 모르나 무혁은 본능적으로 그 원리를 파악해 가고 있었다.

'저것을 놈의 진법이라 생각하자. 진법 안에서 놈에게 반격을 가할 수 있는 방법을 찾는 것이 과제다…….'

로프!

일감으로 떠오른 것은 로프를 이용하는 방법이었다.

일초식에 네 번의 타격을 가할 수 있는 놈의 연타 능력을 로프로 유인하면 약화시킬 수 있으리라 생각.

'일단 로프 쪽으로 끌어들이자. 로프에 기대면 놈은 권이나 수, 혹은 팔꿈치 하나만을 선택하여 공격을 해야 할 것이다.'

실바와의 경기가 강한 인상을 심어준 것인지, 벤또와 스메끼리의 중계는 어느덧 형평을 이루고 있었다.

"백무혁 선수, 어떤 타개책을 모색해야겠는데요. 이대로 가단 아무런 힘도 써보지 못하고 필패입니다."

"그렇습니다. 줄루 선수에게 근접을 못하고 있는데요. 해법을 찾지 못하고 있네요. 안타깝습니다."

후후, 스메끼리 아저씨, 나도 알고 있다구.

무혁은 서서히 뒷걸음질쳐 로프 쪽으로 줄루를 끌고 갔다.

마인 줄루는 조금씩 무혁을 따라 들어왔다.

무혁의 계책을 모르는 벤또는 위기라고 생각하는 모양이었다. 그의 목소리 톤이 높아졌다.

"아, 말씀드리는 순간, 백무혁 선수 로프 쪽으로 몰립니다. 위기에요!"

무혁이 일부러 로프에 등을 기대자, 곧바로 줄루의 권격이 날아들었다.

퍽!

"가드 위로 작렬하는 줄루의 해머 펀치! 계속 작렬합니다!"

퍽! 퍽! 퍽! 퍽!

무혁은 양팔 가드로 얼굴 부분을 완전히 가리고 기회를 엿보았다.

역시 로프 근처라는 공간적 한계 때문에 놈은 권격밖에 사용하질 못했다. 철비공으로 단련된 양팔이라 가드 위로 작렬하는 권격은 충분히 맞아줄 수 있었다.

'그래, 지금은 충분히 받아주마. 신나게 공격해라.'

무혁이 노리고 있는 것은 놈이 팔꿈치 공격을 가해오는 시점이었다.

그때가 가장 거리가 근접되는 순간이기 때문. 그 틈을 이용해 반격에 나서려는 무혁이었다.

"아아… 너무도 일방적인 경기입니다."

"그러나 백무혁 선수가 전 2경기에서 보여준 맷집은 정말 상상을 초월하는 것이었기에 아직 단정할 수는 없습니다. 그리고 줄루의 펀치를 가드로 적절히 막고 있어요."

퍽! 퍽! 퍽! 퍽!

놈은 허연 이빨을 흉측하게 드러내고 권격을 퍼부었다.

"크크크, 가드가 훌륭하구나. 그렇지만 다른 방법이 있단다."

"후후, 솜방망이는 얼마든지 맞아주마."

가드가 열리지 않는다고 판단한 놈의 팔이 구부러졌다. 팔꿈치 가격을 시도하려는 것이었다. 놈이 팔꿈치를 올려치려는 순간, 비어 있는 줄루의 턱이 시야에 들어왔다.

"끝이다, 꼬맹아!"

"그래. 그걸 기다렸다, 이 괴물아!"

쇄애액!

잔뜩 움츠리고 있던 무혁의 오른 주먹이 스프링처럼 뛰쳐나왔다.

순간, 줄루의 팔꿈치와 무혁의 주먹이 스쳐 지나갔다.

콰—앙!

무혁의 강력한 주먹은 마인 줄루의 턱에 작렬했다.

1라운드가 시작된 후 무려 7분 동안 맞고만 있던 무혁이 처음으로 마인에게 정타를 먹인 순간이었다.

"네! 백무혁 선수의 크로스 카운트가 마인의 턱에 작렬합니다!"

벤또가 두 주먹을 불끈 쥐며 소리쳤다.

휘청—

불시의 일격을 허용한 마인 줄루의 무릎이 꺾이며, 2미터가 넘는 몸이 휘청거렸다.

"마인, 충격받았습니다. 백무혁 선수의 반격이 시작되는 건가요!"

"존나 아프지, 씨댕아. 이거도 먹어라!"

무혁은 오른손을 회수하는 탄력을 이용해 왼 주먹을 날렸다.

쇄애액!

2타가 적중했으면 마인 줄루도 충격이 누적되었을 것이다. 그러나 놈이 긴 팔로 감아버리는 통에 무혁의 왼팔이 붙들리고 말았다.

그건 경험이었다.

"크아아! 죽여 버리겠다!"

턱에 일격을 허용한 줄루는 흥분하여 무혁의 왼팔을 붙잡고, 자신의 왼팔로는 팔꿈치 공격을 가했다. 놈의 팔꿈치 공격이 무혁의 눈두덩에 연속적으로 작렬했다.

퍽. 퍽. 퍽. 퍽.

"좆까, 쓰방새야. 나도 한맷집 하거든?"

무혁 또한 방어에 치중하지 않고 놈의 안면에 연타를 날렸다.

서로의 왼팔과 오른팔이 엉킨 상태에서 나머지 한 손만 가지고 상대방의 안면에 펀치를 날리는 처절한 상황.

피차간에 방어는 없었다.

맷집과 펀치력으로 가리는 정면 승부.

퍽. 퍽. 퍽. 퍽.

"크아아아! 꼬맹이, 죽어라!"

"그래, 같이 죽자. 동귀어진이다, 이 시커먼 원숭이야!"

두 선수의 교차하는 크로스 펀치에 관중석이 들끓기 시작했다.

구경하는 입장에서는 물러서지 않고 맞붙는 타격기가 가장 큰 볼거리가 아니던가.

"와아아……!"

피가 튀었다.

무혁의 눈두덩이 찢어지며 튄 피였다. 피가 튀긴 줄루 또한 마찬가지, 놈의 입술이 터지며 허연 이빨에 붉은 피가 흥건했다.

"와아아… 최고닷!"

양 선수가 서 있는 링사이드 바닥은 피칠갑이 되기 시작했다.

"아아… 여기서 승부가 날 것 같은데요."

"그러나 시간이 부족합니다. 백무혁 선수의 반격이 너무 늦게 시작되었어요."

공이 울렸다.

공~

처절한 사투를 말린 것은 1라운드 종료를 알리는 공이었다.

공이 울리자 심판이 뛰어들어 두 선수를 뜯어말렸다. 무혁은 완전히 떨어지는 순간까지도 펀치를 날렸다.

"너 운 좋았다, 시커먼 원숭이야! 공이 살린 줄 알라구!"

그리고 계속해서 떠벌거렸다.

코너에 돌아와 의자에 앉자 오츠카가 흘러나오는 피를 지혈시켜 주었다.

"괜찮냐?"

"선배, 내 얼굴이 괜찮아 보여?"

마지막 십여 초 동안 십수 차례의 펀치가 오간 것 같았다.

무혁의 왼쪽 눈두덩은 크게 부어올라 한쪽 눈이 거의 감긴 상태였다.

"큭, 아니. 괜찮지 않아 보인다. 졸라 불쌍하게 보인다."

"웃지 마. 나오미한테 쪽팔려 죽겠어. 일초반식에 끝낸다고 약속했는데, 이게 뭔 꼴이냐. 앞이 안 보인다."

무혁은 나오미 쪽을 쳐다볼 수가 없었다.

얻어터진 게 창피해서가 아니었다. 보나마나 걱정할 게 뻔하니 차마 눈을 마주칠 수가 없었던 것이다.

"선배, 오른쪽 좀 가려. 나오미가 보잖아."

"이미 다 봤어, 임마."

그때, 사부 팔공이 코너로 다가왔다.

"허허, 녀석. 때깔 좋구나."

"제자는 아파 죽겠는데, 웃음이 나오세요? 이길 방법 좀 가르쳐 주세요. 더 맞으면 아주 뒈지겠다니깐요."

무혁은 고개를 절레절레 흔들었다.

"허허. 알았다. 놈이 사용하는 무공은 백골곤극수라는 것이다. 내공이 수반되지 않아 그 위력이 강하지는 않다만."

"백골곤극수요? 일반 타격기가 아니라 무공을 익혔다구요?"

"그렇다. 아주 오래전에 실전되었던 마공이지. 자세한 얘기는 나중에 하자. 지금은 놈을 쓰러뜨리는 것에만 신경 쓰거라."

"빨리 파해법 좀 가르쳐 줘요."

"놈의 내공이 출중했다면, 극악한 마공이 되었을 것이나 내공이 뒷받침되지 않은 백골곤극수는 외가무공이나 매한가지다. 잘 들어라. 놈의 권격은 허실보쌍호장(虛實步雙豪掌)으로 피하고, 놈의 수법은 만궁개흉(挽弓開胸)으로 막고, 놈의 팔꿈치 공격은 금표로조(金豹路爪)로 막는다. 그 다음, 족첨직척(足尖直蹠)과 횡퇴소격(橫腿掃擊)을 연환으로 구사하여 놈의 오금혈을 집중 공략해라. 하면 놈의 보법이 느려지고, 중심을 유지하기가 힘들 것이다."

사부 팔공은 달마 18수와 소림권법 32세를 조합하여 새로운 투로를 만들어주었다.

"우와와… 사부님~"

모두 하나하나 수련 징진한 것들이니 이를 전개하는 것은 무리가 없을 것이었다.

"정말 대단하세요."

이런 저급한 무공 가지고 칭찬받을 만한 일인가.

팔공은 뻘쭘한 생각에 그저 웃고 말았다.

"허허……."

무혁이 팔공에게 파해법을 배우는 동안, 나오미는 무혁을 바라보고 있었다.

퉁퉁 부어 감긴 눈, 그리고 찢어진 눈두덩에서 흐르는 선혈.

"아……."

머리가 아찔한 것이 너무도 어지러웠다.

아직 2라운드 5분, 다시 3라운드 5분이 남아 있었다. 나오미는 남은 시간이 너무 길다고 생각 했다.

'실바와의 경기를 치르고 난 후 오빠를 처음 봤을 때 턱이 돌아가 있

었어. 오늘은 1라운드밖에 끝나지 않았는데 눈 밑이 찢어져 버렸잖아. 어떡하면 좋아…….'

대체 저렇게 얻어맞고도 괜찮을까?

머릿속이 하얗게 바래 버린 기분이었다. 그리고 가슴 한쪽이 칼로 도려내는 듯 너무도 아파왔다.

정종무학이란 것은 경이로움 그 자체였다.

사부 팔공이 가르쳐 준 방어와 공격 초식들을 적용하자, 마인 줄루의 백골곤극수인가 하는 무공은 아무것도 아니었다.

정확한 투로와 파해법을 구사한다는 것.

그것이 정종무학의 힘이었다.

2라운드가 시작하자마자 무혁은 무차별적인 공격을 퍼부었다.

"천풍연각!"

오금혈에 집중적인 공격을 당하고 비틀거리는 줄루의 안면에 연속적인 각법이 들어갔다.

퍼버버벅!

"크허어……."

놈의 입에서 껄쭉한 핏물이 묻은 마우스피스와 함께 이빨 서너 개가 부러져 나왔다.

"원 펀치 쓰리 강냉이다, 시커먼 원숭아! 푸하하!"

"크으으. 죽여 버리겠다."

"쯧쯧, 그렇게 해주고 싶어도 그럴 수가 없겠다, 무뇌아야."

무혁은 그동안 연마한 모든 수단을 동원하여 마인 줄루를 공략해 갔다.

“기적 같은 역전극이 벌어지는군요. 백무혁 선수, 대단한 뒷심을 발휘하며 마인을 그로기로 몰아가고 있습니다.”

“아아… 무섭습니다.”

마인 줄루는 전의를 상실한 상태였다.

놈은 겁을 집어먹은 채 뒷걸음질을 치고 있었다.

“널 올려다보는 자체가 싫다. 무릎을 꿇려주마!”

무혁의 몸이 낮게 일회전하며 왼쪽 팔 뒤축이 줄루의 정강이로 날아갔다.

휘익—

“천근퇴!”

콰—직, 요란한 소리와 함께 놈의 정강이뼈가 부스러졌다.

“크아아……!”

마인 줄루는 정강이뼈가 부러지는 고통에 짐승과 같이 울부짖으며 앞으로 거꾸러졌다.

“……!”

운이 없었는지 놈은 쓰러지면서 천근퇴를 구사한 무혁을 덮치고 말았다.

“윽!”

165kg의 압박이 전신을 조여왔다.

정강이뼈가 부러진 탓에 입식 타격은 힘들었으나 서브미션 기술은 충분히 가능한 상황.

“크크… 이제 끝났다, 쥐새끼야.”

기회라 생각한 줄루가 괴악한 웃음을 흘렸다. 이어 놈의 팔이 목으로 감아 들어왔다. 경동맥을 눌러 뇌로 산소와 피가 공급되는 것을 막는 필살기 리오네이키드 초크.

"창졸지간에 재역전입니다. 마인 줄루, 백무혁 선수에게 리오네이키드 초크를 구사합니다! 백무혁 선수 운이 없네요."

흥분한 벤또의 외침이 들렸다.

"끄으으……."

붉은 피가 몰려 얼굴이 터져 버릴 듯 부어올랐다.

"무혁아, 링사이드로 빠져나가!"

오츠카의 다급한 외침이 들렸다.

옳았다. 탈출할 방법은 하나, 일단 링 밖으로 나가 '스탑, 돈 무브(Stop, Don' t Move)' 선언을 받는 것뿐이었다.

무혁은 165kg의 거구에 깔린 채 바닥을 기기 시작했다.

천근퇴와 도사공으로 단련한 대퇴근을 이용하는 것이었다.

"끄응……."

"리오네이키드 초크에 걸리면 15초를 버티기 힘들 텐데, 백무혁 선수 마인을 끌고 링사이드로 전진합니다. 대단한 정신력입니다아—"

"백무혁 선수 무… 무섭습니다. '스탑, 돈 무브' 선언을 받아 위기를 모면하겠다는 의도네요."

이것 봐, 스메끼리 아저씨. 여기서 지면 빵집을 차릴 수가 없잖아. 빵집을 못 차리면 나오미가 안 만나줄 것 아냐. 그러니 내가 쓰러질 수 없는 거야. 아시겠어?

"끄응……."

10센티만 더 가면 '스탑, 돈 무브' 선언을 받을 수 있을 것이었다. 무혁은 고개를 들고 마지막 힘을 쓰려 했다.

순간, 시야에 들어오는 나오미의 얼굴.

무혁과 눈이 마주치자, 순하고 맑은 눈망울에 습막이 어리더니 '또르륵' 하고 눈물이 흘러내린다.

물기에 젖은 작은 주근깨는 왜 이리 앙증맞은가.

헤헤… 너무 예뻐 미치겠다.

무혁은 목청껏 소리쳤다.

"야! 오빠가 이기면 뽀뽀 한번 해줄래!"

나오미가 눈물을 훔치며 머리를 두어 번 끄덕인다.

"정말? 약속 안 지키면, 똥침 열 방이다."

그제야 나오미의 젖은 눈가에 웃음이 피어오른다.

'짜아식… 그렇게 웃으니까 얼마나 예뻐. 근데 울다가 웃으면 똥꼬에 털 나는데…….'

문득, 그 생각을 하니 웃음이 나오는 무혁이다.

"푸하하하!"

무혁의 의중을 알아차린 줄루가 말했다.

"크크, '스탑, 돈 무브'로 끌고 갈 생각은 말아라, 이 꼬맹아!"

"안 그래도 생각이 바뀌었다. 쓰방새야! 넌 뒈졌어!"

무혁은 가슴으로 양손을 모으고, 목을 휘감은 줄루의 팔뚝에 찔러 넣었다. 사부 팔공에게 배운 배산운장을 전개하려는 것이다.

배산운장(排山運掌)은 달마 18수 중 하나.

말 그대로 양손을 가슴으로 모았다가 산을 밀어내듯 바깥쪽으로 돌려놓는 초식이다.

"으아아압!"

단전에 힘을 주자 목을 감았던 놈의 양팔이 조금씩 벌어지기 시작했다.

마인 줄루의 눈이 휘둥그레졌다. 자신의 완력을 힘으로 밀어내는 상대를 본 적이 없기 때문이었다.

"이이익… 황인종이 이런 힘을……."

"힘?"

마루오까 당신이 그랬던가?

나의 장점이 상상을 초월하는 맷집과 여자 앞에서 발휘되는 괴력이라고. 후후. 그거 하나는 잘 봤어, 마루오까.

무혁은 줄루에게 강력한 경고를 날렸다.

"깜장 원숭이, 지금 태그하면 살 수 있다."

"닥쳐, 난 데드매치에서도 살아남았었어… 프라이드 선수들과는 다르단 말이야!"

"마지막 경고야. 지금이라도 태그하면 살 수 있다. 아니면 넌 뒈져."

"닥쳐!"

줄루는 힘이라고 했지만, 이건 그냥 힘이 아니었다.

호흡법에 의한 근력의 운용이었다. 운기행공을 할 수 있었다면, 감히 내공이라 할 수 있을 것이다. 하나 무혁에겐 내공이 없다. 따라 이것은 부단히 정진한 숙련의 결과라 보면 될 것이었다.

언젠가는 내공을 쌓고 싶은 무혁.

리오네이키드 초크가 조금씩 풀려가자, 관중석이 술렁이기 시작했다.

"우우우……."

길로틴과 마찬가지로 초크 기술을 빠져나오는 선수를 본 적이 없기에… 벤또가 쉬어버린 목으로 외쳤다.

"백무혁 선수 엄청난 힘을 발휘합니다. 마인의 초크 기술을 힘으로 풀고 있어요. 아아, 대단합니다!"

목이 쉬는 건 전용준 캐스터의 전매특허인데… 그만큼 흥분하고 있다는 얘긴가? 집에서 배 깔고 스타리그 볼 때가 그립군. 중계는 그 정도는 해야지.

"후우… 이제 숨 쉬기가 편하군."

"……?"

"이제 끝을 보자."

리오네이키드 초크를 완전히 풀어버린 후 무혁은 놈의 아래턱에 있는 승장혈을 팔뚝으로 가격했다.

터—억!

철비박으로 단련된 팔뚝인지라 상당한 충격이 가해졌을 것이다.

"끄으으……."

놈의 얼굴이 흉측하게 일그러졌다.

"그러니까 진즉에 태그하라 그랬잖아. 하지만 이제 늦었어. 내가 굉장히 화가 났거덩. 이렇게 망가진 얼굴을 보면 우리 나오미가 얼마나 속이 상하겠니."

마인 줄루의 입이 절로 벌어지며 동공이 풀리는 듯했다.

"비켜, 쓰방새야."

무혁은 놈을 발로 '툭' 밀어내고 몸을 일으켰다. 정강이뼈가 부러진 탓에 줄루는 무릎을 꿇은 채 무혁을 올려다보았다.

"아유, 이제 키가 비슷하네."

무혁이 한 모금의 진기까지 끌어 모아 오른발에 힘을 주자 천근퇴와 도사공으로 단련된 근육에 날이 바짝 섰다.

“타하아!”

쇄애액—

바람을 가르는 소리와 함께 무혁의 오른발이 줄루의 안면을 향해 날아들었다.

퍼—억! 우지끈—

“커허어…….”

마인 줄루의 머리가 크게 휘청하며 사방으로 땀이 튀었다.

그 장면은 마치 한 편의 음료수 광고를 연상케 했다.

“백무혁 선수의 사커킥이 줄루의 안면에 작렬합니다!”

‘벤또 아저씨, 이건 사커킥이 아니라 사부님이 가르쳐 주신 선풍각이라구. 후후.’

동공이 완전히 풀려 버린 줄루가 거목이 무너지듯 옆으로 쓰러졌다.

이어 무혁은 반 장 높이로 뛰어올랐다가, 거꾸러진 줄루의 목덜미에 다시 선풍각을 꽂아 넣었다.

콰—앙!

“아아, 가공할 만한 스탬핑킥입니다! 쓰러진 마인을 향해 슈트박스 아카데미 선수들의 필살기인 스탬핑킥을 작렬시키는 백무혁 선수입니다!”

아무런 저항을 받지 않고 탑 마운트를 점령한 무혁은 줄루의 얼굴에 파운딩 펀치를 날렸다.

퍽. 퍽. 퍽. 퍽.

“데드매치? 이 미친 새끼야, 스포츠 경기에서 사람을 죽인다는 게 말이 돼? 내가 경고했지. 너 오늘 뒈진다고.”

퍽. 퍽. 퍽. 퍽.

마인 줄루는 항복을 시인하는 태그를 할 수 없었다.

이미 의식을 잃은 상태였기 때문이다. 무혁의 펀치가 작렬할 때마다 놈의 하체가 들썩거렸다.

"심판 뭐 하고 있나요? 말려야죠. 이미 경기는 끝났는데요. 선수를 보호하는 것도 심판의 의무입니다."

해설자 스메끼리의 지당한 말씀.

심판이 경기 종료를 알리고 무혁의 승리를 선언하지 못한 것은 이에나스의 오더가 없었기 때문이다. 그가 흘깃하고 귀빈실 쪽을 쳐다본다. 귀빈실 쪽에서 사인이 내려왔는지 심판은 그제야 무혁을 뜯어말렸다.

"야, 그만 해. 니가 이겼어."

"놔봐요. 이 새끼 죽여 버리게."

무혁을 뜯어말린 것은 때마침 달려나온 오츠카였다.

"임마! 그만 하라잖아! 애 잡겠다."

무혁이 몸을 일으켰을 때, 줄루는 게거품을 물고 전신에 경련을 일으키고 있었다.

"하아… 하아……."

흥분이 가라앉자 무혁의 눈에 살기가 사라지며 예의 장난기가 살아 돌아왔다.

"나 어땠어?"

무혁은 한쪽 눈이 감긴 얼굴로 오츠카를 향해 웃어 보였다.

"하하. 잘했다, 미친놈아!"

오츠카가 무혁의 머리를 붙들고 흔들었다.

"아차차, 잠깐 비켜봐. 카메라 어디 있어?"

평. 평. 평.

드라마틱한 승리를 담으려는 기자들의 후레쉬 세례가 터졌다.

무혁은 신문 기자들의 카메라는 무시하고, 공중파 방송 카메라 앞으로 달려갔다. 그리고 렌즈를 향해 깔끔한 시선 처리를 해줌으로 승리를 자축했다.

"한국의 백무혁을 전 세계여 찬양하라! 푸하하하!"

귀빈실은 잠깐 동안 싸늘한 정적에 휩싸였다.

마인 줄루의 패배가 믿기지 않는다는 듯 이에나스는 좀처럼 구겨진 인상을 펴질 못했다.

믿기지 않는 것은 유중광도 마찬가지였다.

대체 얼마를 벌어들인 건가.

유중광이 공고구미의 이름으로 배팅한 금액은 현금 50만 달러, 11배라는 고액 배당을 터뜨렸으니 정확히 13분 만에 550만 달러를 벌어들인 것이었다.

'허허, 참.'

유중광은 이에나스와 황약 노사를 고려해 기쁜 내색을 감추었다.

싸늘한 정적을 깨뜨린 것은 황약 노사였다.

"유 사장, 당신네 선수가 사용한 무공이 달마 18수 맞소?"

그건 유중광도 모를 일이었다.

"글쎄요. 백 선수가 쓰는 무공은 잘 모릅니다."

"아마 달마 18수가 맞을 게요. 저렇게 정확한 초식을 구사하는 것은 내 평생 처음 봤소. 자칭 소림 제자란 것들이 많이 나섰지만, 다 허깨비들이었지. 헐헐."

"그렇습니까? 하하."

"축하하오. 당신이 이겼소. 백만 달러는 당신 것이오."

유중광은 손사래를 치며 자리에서 일어섰다.

"아닙니다. 전 창구를 통해 충분한 돈을 벌었습니다. 이건 경기를 즐겁게 보기 위해 노사님의 청에 응했던 것뿐입니다. 부디 거두어주십시오."

"이런, 늙은이를 부끄럽게 할 참이오?"

"그럼 노사님을 존경하는 제 성의라 생각해 주십시오. 또 뵙겠습니다."

유중광은 황약 노사에게 정중히 절을 했다. 또한 이에나스에게도 인사를 잊지 않았다.

"이에나스님, 그럼 사업 얘기는 다음 경기에서 하지요."

"크흠. 그럽시다."

겉으로는 내색하지 않았지만, 이에나스는 줄루의 패배로 큰 곤경에 직면하게 되었다. 신주쿠 본부에 배당된 조직 운영비를 한 방에 날려버렸기 때문이다.

황약 노사가 물었다.

"유 사장의 선수를 볼 수 있겠소?"

"기회가 닿으면요."

귀빈실을 나온 유중광은 선수 대기실로 향했다.

"오빠가 이겼어요, 대사님."

나오미가 감격에 겨운 목소리로 말했다.

"그렇군, 나오미 양."

팔공은 흐뭇한 미소를 지으며 고개를 끄덕였다.

드르르.

그때, 나오미의 핸드폰이 강하게 떨렸다.

전화가 온 것이다. 액정 화면에 뜨는 전화번호를 보니 신문사였다. 아마 야마야마 국장일 것이었다.

[나오미 양, 백무혁 선수 독점 취재할 수 있다고 했지. 그거 유효한 거야?]

생중계를 본 것이 틀림없었다. 그의 음성은 잔뜩 들떠 있었다.

"네, 국장님."

나오미는 자신있게 대답했다.

[오오옷. 다른 신문사에 뺏기면 안 돼. 독점만 따오면 자네는 승진이야. 알았어?]

"정말요?"

[그럼, 그럼. 내가 책임진다구.]

"알았어요."

너무도 기쁜 나오미였다.

무혁의 승리도 기뻤지만, 기자가 된 후 야마야마 국장에게 처음 듣는 칭찬도 그녀를 기쁘게 했다.

"야, 내가 이기면 뽀뽀해 줄 거지?"

무혁의 목소리가 귓가에 '웅웅' 거리며 양 볼이 살짝 붉어지는 나오미였다.

'이번에는 오빠의 청을 거절할 수 없을 것 같아…….'

한 번도 경험이 없는 나오미에게 키스란 생각만 해도 가슴을 설레게 하는 말이었다.

'아앗… 심장이 뛴다… 어떻게 하지…….'

나오미는 떨리는 양손으로 가슴을 지그시 누르며 무혁을 쳐다보았다.

"……!"

일순, 나오미의 화등잔만한 눈이 매섭게 치켜 올라갔다.

프라이드 걸들을 양팔에 끼고 바보처럼 헤벌쭉 웃고 있는 무혁의 모습이 눈에 들어왔기 때문이다.

"치잇!"

화가 난 나오미는 자리를 박차고 일어나 버렸다.

"어… 나오비 앙, 어디 가는가?"

팔공의 물음에 나오미는 볼멘 목소리로 대답했다.

"다신 오빠를 만나지 않을 거예요. 앞으로 찾지 말라고 전해주세욧!"

"허어… 여난(女難)이 시작되는구나. 아미타불……."

무혁은 평소 존경하는 거유(巨乳)의 프라이드 걸들을 양옆에 끼고 사진을 찍느라 정신이 없었다.

한 손에는 상금 액수가 적힌 피켓을 들고 말이다.

"좋아, 아주 좋아. 인생 뭐 있어. 이렇게 거유에 묻혀 살다 가는 거지. 푸하하하!"

초 미니 비키니 차림의 프라이드 걸들은 무혁의 양팔에 매달려 자신들의 거유를 은근슬쩍 비벼댔다.

"호호호. 무혁상, 끝나고 만날까요?"

"그래, 친구들 다 데리고 나와라. 오늘 오빠가 쏜다. 푸하하!"

"꺄아악, 정말요?"

"거유 앞에서 거짓말하면, 마른하늘에 번개 맞는다. 푸하하!"

그때 꼴 같지 않다는 듯 쳐다보던 오츠카가 다가왔다.

그리고 퉁명스럽게 내뱉었다.

"너, 이러고 있어도 괜찮겠냐?"

무혁은 오츠카가 질투를 하는 것이라 생각했다.

"흐흐흐, 이런 귀여운 질투쟁이 같으니라구. 걱정 마, 선배. 애프터 잡았어. 언니들이 친구들 잔뜩 데리고 나온대… 크큭."

오츠카는 한심하다는 듯 혀를 찼다.

"쯧쯧, 모자란 놈. 나오미 보고 있는데, 그렇게 개지랄 떨어도 괜찮겠냐고, 이 무뇌아야."

"허거덕!"

이런 정신 나간 놈, 내 사랑 나오미를 까맣게 잊고 있었다니…….

"쯧쯧… 어떻게 인간이 30분 뒤를 생각 안 하니."

링사이드를 보자 나오미는 보이질 않고 사부 팔공만 앉아 웃고 있다.

"선배, 나오미 어디 갔어?"

"좀 전에 잔뜩 열받은 표정으로 나가던데?"

"진즉에 말해주지… 으아아… 난 뒈졌다."

제2장

앙코르와트(Angkor Wat)로의 여행

앙코르와트(Angkor Wat)로의 여행

창밖을 내다보았다.

세상이 삼 등분 되어 있다.

맨 아래 섬들의 끝 자락이 보이고, 중간에는 짙은 남색의 바다가, 그리고 상단에는 맑고 푸른 하늘이 펼쳐져 있었다.

비행기가 선회하며 이 세 가지 아름다움을 작은 창 안에 담아놓은 것이었다.

무혁 일행은 캄보디아로 날아가고 있었다.

일행이란 무혁, 사부 팔공, 나오미, 오츠카와 유우코, 그리고 남덕을 말하는 것이다.

"다음 시합까지는 충분한 시간이 있다. 승리를 자축하는 여행이라 생각하고 다녀오너라. 대사님의 여권은 내가 마련했다."

일본에 온 지 일 년 만에 타보는 비행기.

그리고 처음 가보는 앙코르와트. 유중광의 말처럼 충분히 즐거울 수 있는 여행임에도 무혁은 그리 즐겁지가 않다.

단단히 삐친 니오미가 사부 옆에 앉아버렸기 때문이다.

"드르렁—"

으으… 이 기분 좋은 여행을 남덕 형과 앉아 가다니 말이 되냐고요… 남덕은 여행이고 지랄이고 계속 코만 골고 있다.

"사부니임… 저랑 자리 좀 바꿔 앉아요. 네?"

"시끄럽다. 나도 나오미 옆이 좋다."

"정말 이러기예요?"

"너 같은 호색한은 남덕이 옆 자리가 어울려."

"……."

사부 팔공의 귀에 대고 몇 번 부탁을 했지만, 얄짤없이 거절이다. 영감탱이도 나오미랑 가는 것이 좋단다.

'쳇, 엉큼한 영감탱이 같으니라구. 남의 여자를…….'

나오미는 지금 단단히 삐쳐 있다.

앙코르와트로 가기 전, 몇 번이고 화를 풀어주려 시도했으나 나오미는 무혁의 사과를 받아주지 않았다. 사부가 전화로 부탁을 하지 않았다면, 아마 나오미는 따라오지도 않았을 것이었다.

하네다 공항에서 로밍 신청을 할 때서야 나오미는 모습을 나타냈는데, 그 기쁨이란… 말할 수조차 없다.

'좋아. 여자들은 분위기에 약하니까 일단 앙코르와트로 가서 상황을 보자. 남국의 정취가 물씬 풍기는 리조트에 달빛은 쫙쫙 내리쪼이지,

칵테일 한 잔 땡겼으니 정신은 알딸딸하지. 거기에다 내가 계속 뻐꾸기 날리지. 그럼 어쩔 거야. 지도 여잔데 분위기에 무너지지 않겠어? 그때, 기회 봐서 후루룩 쩝쩝… 흐흐흐.'

무혁은 주머니 속에 찔러 넣은 손을 꼼지락거려 보았다.

손 안에는 나오미를 주려 사놓은 반지가 들려 있었다.

그녀는 동경대 문화인류학부에서 수비학(數秘學)을 전공한 재원.

앙코르와트로 가는 비행기 안에서, 나오미는 요 며칠 동안 열심히 공부했던 차원 이동에 관해 팔공에게 설명을 해주었다.

물론 정답이 있는 건 아니었지만.

"아까 말씀드린 대로 과거의 소림사와 현세의 소림사란 공간 사이에 워프 게이트(Warp Gate)가 존재하는 것 같아요. 대사님은 분명 그 워프 게이트를 통해 현세로 온 것이고요. 현대 물리학에서는 불가능하다고 보는 일이죠. 사람들은 아직 공간을 다룰 수 없으니까요. 과학적 상식으론 이해할 수 없지만, 눈앞에 대사님이 계시니 전 인정하지 않을 수도 없네요. 아마 대사님 얘기를 기사화하면 스티븐 호킹 박사가 당장에 만나자고 할 거예요."

팔공은 나오미에게 서로 다른 공간을 이어준다는 통로, 워프 게이트에 대한 설명을 들었다. 물론 머릿속에 와 닿도록 이해할 수 있는 내용은 아니었다.

"허허. 그런 것인가."

"왜 그런 현상이 일어났는가는 우리가 알지 못해요. 다만 그 워프 게이트가 계속 열려 있을 것인가는 중요해요. 만약 닫혀 버린다면, 대사님은 대사님의 세상으로 돌아가지 못할 테니까요."

"그래서는 아니 되지. 난 돌아가야 한다네."

팔공의 목소리에 힘이 들어갔다.

그건 과거의 중원으로 돌아가야 한다는 의지의 표현이었다.

"네. 그러셔야지요. 더욱 희한한 것은 무혁 오빠의 삼촌과 통화가 된다는 점인데요. 역시 불가능한 일이지만, 현재 일어나고 있잖아요. 이건 그 워프 게이트를 통해 전자 펄스의 교류가 일어나고 있다는 얘기거든요."

"허허. 당최 무슨 말인지… 나오미 양 얘기가 이 늙은이에게는 너무 어렵구먼."

"요즘 시작한 공부라… 사실 저도 어려워요."

"너무 알려고 하지 말게. 모르는 것은 자연의 섭리라 여기고, 그냥 받아들이면 될 것일세. 그것이 세상을 사는 요령이라네. 허허."

만약, 쿠빌라이의 벌송(伐宋) 전쟁이 실패하고 남송이 망하지 않는다면, 세상은 어떻게 바뀌는 것일까.

문득 궁금하지 않을 수 없는 의문이었다.

"대사님, 미륵반가상을 찾아 중원으로 돌아가시면 세상을 구할 수 있을까요? 그리고 미륵반가상의 전설처럼 역사가 바뀔까요?"

"그것도 하늘의 뜻이겠지."

"기분 전환도 할 겸 대사님이 계신 곳 얘기 좀 해주세요."

"허허, 그럴까?"

팔공은 무림에 대한 얘기를 해주었고, 나오미는 한참을 재미있게 듣고 있었다. 그런데 무혁이 자꾸 머리카락을 잡아당기는 것이 아닌가. 뭐라고 귀에다 중얼거리며 말이다.

짜증이 난 나오미가 팔공에게 물었다.

"대사님, 제게도 치한을 퇴치하는 호신술을 가르쳐 주세요."

"음… 그래? 손가락을 이렇게 해보게."

나오미는 팔공이 가르쳐 준 대로 손가락을 V자로 만들었다.

"옳지. 치한이 나타나면 그걸로 찌르게, 나오미 양."

"네."

나오미는 곧바로 등 뒤를 향해 냅다 찔러 버렸다.

"커―헉!"

단말마의 비명이 들리는가 싶어 돌아보니, 의자 사이로 무혁의 얼굴이 걸려 있었다. 무혁은 잔뜩 충혈된 눈으로 자신을 쳐다보고 있었는데, 그 모습은 아주 불쌍하게 보였다.

"나… 코 찔렀어… 훌쩍."

아마 콧구멍을 찌른 모양이었다.

무혁의 코에서 두 줄기 선혈이 흘러내렸다.

"흥! 더러워라."

나오미는 냉정하게 돌아앉아 손가락을 휴지에 닦았다.

"어디까지 얘기했는가?"

"개방의 무공에 대해 얘기해 주실 차례예요."

사부 팔공은 타구봉이 어쩌고저쩌고하며 개방에 대한 얘기를 시작했다. 자기가 시키고서는 모르는 척 시치미를 떼는 사부 팔공이 더 미운 순간이었다.

생각해 보니 근자에 들어 참으로 자주 터지는 쌍코피였다.

무혁은 세상모르고 잠만 처자는 남덕의 소매에 코피를 닦았다.

'나오미야, 제발 이제 용서해 줘. 다신 안 그럴게… 엉엉…….'

캄보디아 수도 프놈펜엔 두 개의 강이 만난다.

메콩 강과 톤레삽 강.

메콩 강은 캄보디아와 베트남 사이를 흐르는 젖줄 같은 강이다. 그곳에서 만나는 톤레삽 강을 따라가면 앙코르와트가 있는 톤레삽 호(湖)로 들어갈 수 있다.

메콩 강이 우기(雨期)에 들어 수위가 높아지면, 앙코르와트가 있는 톤레삽 호를 향해 물이 역류를 시작하는데, 그 역류를 타고 들어가야 하는 것이다.

캄보디아에 내린 무혁 일행은 메콩 강으로 가서 배를 탔다.

물이 불어난 강은 바다와 같은 커다란 물길을 이루어 장관을 만들었다. 강가에 펼쳐진 수산 시장을 지나 톤레삽 강에 이르자 천혜의 경관이 드러났다.

"와아! 너무 멋지다! 그렇지, 유우코?"

"응, 언니. 너무 예뻐."

나오미는 유우코를 데리고 경치를 구경하느라 여념이 없었다.

"때 묻지 않은 자연의 모습, 그대로라고나 할까. 그렇지, 나오미? 푸하핫!"

무혁은 은근슬쩍 나오미 옆으로 다가갔다.

그랬더니 나오미는 유우코를 데리고 휑하니 등을 돌렸다.

"유우코야, 정글이 아름답긴 하지만 나쁜 원숭이들도 있으니 조심해야 돼. 알았지?"

"응, 언니."

허걱, 원숭이. 정말 너무하는군. 그 나쁜 원숭이가 나란 얘기잖아.

무혁은 뻘쭘하게 서서 나오미의 뒷모습만 바라볼 뿐이었다.

"장강삼협(長江三峽)에 맞설 절경이로구나……."

캄보디아에 온 후 내내 침중한 얼굴이던 사부 팔공이 오랜만에 입을 열었다. 동남아로 오니 중원에 대한 걱정이 더 커진 모양이었다.

무혁은 위로를 해주어야겠다고 생각했다.

"사부님, 제자가 지전규보를 찾아드릴 테니 너무 심려치 마세요. 우리에겐 지도가 있잖아요."

무혁은 앙코르와트 지도를 저장한 핸드폰을 들고 우쭐거렸다.

"이번에 지전규보를 찾으면 필경 쿠빌라이를 몰아낼 수 있을 거예요."

"음… 그래야지."

말은 그렇게 했지만, 이미 727년 전의 일.

그 정도의 시간이라면, 사부가 걱정하는 벽사마검의 검기가 깨어나고도 남을 시간이었다.

'그렇다면 지전규보가 문제가 아니라 이젠 벽사마검의 행적을 염려해야 할 때가 아닐까…….'

배는 본격적인 협곡에 들어서고 있었다.

그때까지도 팔공 외의 일행은 그들을 따르는 흑의인들이 있다는 걸 눈치채지 못하고 있었다.

"어맛! 물소 떼예요!!"

강 건너에서 물소 떼가 한적하게 물을 마시고 있었다. 모두의 시선은 나오미의 말을 좇아 반대편 강가로 몰렸다.

"정말 시골 정취 물씬 나네."

때는 바로 우기.

산간 지방에서 벌목한 나무들을 불어난 수로를 따라 운반하는 시기였다. 협곡을 돌아들자마자 집채만한 통나무들이 밀려 나오며 앞을 막아섰다.

"어어, 위험하잖아!"

오츠카가 소리쳤다.

하지만 때는 너무 늦은 상황. 무혁 일행을 태운 배의 선수가 통나무와 부딪치며 방향이 틀어졌다. 그 충격에 유우코를 보호하려던 나오미가 배에서 튕겨져 나갔다.

"악!"

풍덩!

너무도 갑작스레 일어난 불상사였다.

아열대 지방의 나무들은 무척 빨리 자라고 크기도 크다. 수령은 몇 백 년은 되었을 것이고, 당연히 길이는 8미터가 넘는 것들이었다.

나오미는 벌목한 나무들 틈에 끼어서 흔적도 보이지 않았다.

"나오미!"

무혁은 앞뒤 가릴 것 없이 물로 뛰어들었다.

풍—덩!

무혁은 앞을 막고 있는 통나무 아래로 잠수하여 나오미를 찾았다.

"야, 어디 있냐?"

"어푸, 오빠아··· 나 여기······."

하지만 나오미는 뒷말을 잇지 못하고 통나무들이 서로 부딪치며 일으키는 포말에 쓸려가고 있었다.

"내가 구해줄 테니, 걱정 마!"

통나무의 엄청난 두께 때문에 한참을 잠수해야 반대편으로 갈 수 있을 것이었다. 무혁이 밀려들어 앞을 가로막는 통나무 밑으로 재차 고개를 처박았다.

'호흐, 멋지게 구해주어 나오미에게 잃은 점수 좀 따야겠다.'

무혁은 영화 속에 나오는 주인공처럼 물속에서 솟구쳐 나왔다.

푸아악—

"오빠가 왔다. 푸하하!"

한데… 하늘 위에서 독수리처럼 날아든 시커먼 물체가 휙 하고 지나가는 것이 아닌가.

뭐야, 이건…….

시커먼 물체는 나오미를 잡아채서 허공으로 솟구친 사부 팔공의 신형이었다. 경신술을 사용한 사부 팔공은 멋들어지게 장삼 가사를 휘날리며 통나무 위에 착지했다.

"나오미 양, 괜찮은가."

"네, 대사님… 정말 고마워요."

나오미는 삼촌에게 안긴 조카처럼 그렇게 꼭 껴안겨 있었다.

'으으… 안 돼. 그건 내 몫이란 말이야, 이 영감탱이야.'

무혁은 물속에서 닭 쫓던 개처럼 올려다볼 뿐이었다.

"사부님, 나도 좀 올려줘요."

"너는 사내가 아니더냐. 알아서 올라오너라."

"호호."

영감탱이한테 안긴 게 뭐가 그리 좋은지, 나오미는 입을 가리며 맑은 웃음을 터뜨렸다.

"끄응……."

쳇. 치사하게 자기만 경공술 쓰고… 나도 경공술 좀 가르쳐 주면 안 되나?

"쁘라복… 쁘라복. 응깡꽁깡야."

그때, 배의 선장이 얼굴이 똥색이 되어 무혁에게 소리쳤다.

"이보슈, '쁘라뻑. 응깡꽁깡야' 가 뭔 말이유?"

남덕이 졸린 눈을 비비며 말했다.

"내가 캄보디아 말을 좀 알거든."

"뭐라는 거유? 통역 좀 해봐봐."

"이 강에 '쁘라복' 이라는 식인 물고기가 산다는데?"

"……?"

식인어 쁘라복은 메콩 강 유역에 사는 메기과의 물고기.

길이는 3미터가 되고 몸무게만도 300킬로가 되는 괴어(怪魚)였다. 이놈은 우기가 되면 연어처럼 산란을 위해 모천회귀를 하는데, 큰 아가리로는 사람은 물론이고, 물가에 있는 물소까지도 잡아먹고 사는 엄청난 괴물이었다.

"오잉? 뭐라고?"

무혁은 선장이 가리키는 곳을 돌아보았다.

차아아악.

"뜨어어어……."

등 뒤에는 바로 그 식인어 쁘라복이 물살을 가르며 무혁을 향해 쏜살같이 돌진하고 있었다.

"으아아, 사부님, 살려줘요!"

엉덩이에 강한 바이트(Bite)의 충격이 전해졌다.

다행히 아주 어린 쁘라복이었기에—그래도 40센티에 달하지만—무혁은 엉덩이가 멀쩡할 수 있었다.

오츠카와 남덕이 던져 준 밧줄을 붙잡고 배에 오를 수 있었는데, 그 상황이 묘해서 무혁은 한참을 두 사람과 티격태격했다.

1) 무혁의 입장: 오츠카, 남덕—밧줄—(무혁)—어린 쁘라복.

자신을 미끼로 사용했다고 주장함.

2) 오츠카, 남덕의 입장: 오츠카, 남덕—밧줄—무혁—(어린 쁘라복).

무혁을 구하는데 어린 쁘라복이 딸려온 것이라 주장함.

두 사람이 동시에 우기는데 당해낼 수가 없었다.

하지만 무혁은 '손맛이 장난이 아닌데' 라고 한 남덕의 말이 계속 마음에 걸렸다.

"우와, 이 육질 쫄깃쫄깃한 것 봐. 죽인다."

"역시 횟감으로는 흰 살 생선이 최고야. 그렇지?"

남덕과 오츠카는 어린 쁘라복을 자신들의 뱃속에다 방생해 주었다.

"아미타불……."

우록수림(雨綠樹林)으로 우거진 산길을 한참 걸었을 때였다.

팔공만 빼고는 일행 모두 땀 범벅이 되어 있었는데, 산그늘 위로 솔방울을 거꾸로 세워놓은 듯한 다섯 개의 조형물이 우뚝 솟아올랐다.

하나같이 기기묘묘한 형상의 물체들이었다.

"저것이 무언고?"

팔공이 물었다.

"저곳이 바로 세계 7대 불가사의 중 하나인 앙코르와트예요."

나오미가 식지로 조형물들을 가리켰다.

"오오옷!"

우록수림으로 우거진 산길을 돌아 내려가자 진녹색의 널찍한 호수가 펼쳐져 있었다. 호수를 에두른 유적지 앙코르와트의 위용이란…….
무혁 일행은 그 장엄한 위용에 넋을 빼앗기고 말았다.

"우와아아……."

"정말 대단하네. 이렇게 외진 밀림 속에 이렇게 거대한 유적지가 존재했다니."

"도무지 사람이 만들었다고는 믿기지 않죠?"

"그렇군, 나오미 양."

오래된 돌들은 검은 이끼로 퇴색되어 있어 다가갈수록 그 신비로움을 자아내고 있었다.

"실상 저 안에 들어가면 놀라움이 더해요. 세계 어느 곳에서도 볼 수 없었던 독특하고 기묘한 부조상(浮彫像)으로 이뤄진 벽화들이 사원에 빼곡하거든요."

"사원인 건가?"

"네. 예전 이곳 크메르의 왕들은 자신이 죽어서 묵을 사원 하나씩을 성벽 안에다 지었는데요. 그중에 이곳 앙코르와트가 가장 크고 웅장하지요."

무혁이 말했다.

"흠, 그렇군. 죽은 자를 모신 곳이라 이거지."

"아… 무서워, 무혁아."

무혁의 말에 남덕은 소름이 끼친다는 듯 육중한 몸을 떨었다.

식인어를 날로 회 쳐 먹은 지 얼마나 지났다고 약한 척하기는.

"형, 정말 어울리지 않거든. 생긴 걸로는 망령들이 형을 더 무서워할 것 같으니까, 살살하지."

"그게 아니라 좀 찜찜한 게 있어서 그래. 비행기에서 내릴 때 보니까 소매에 피가 묻어 있더라구. 너무 불길하고 이상하지 않냐?"

덩칫값 못하고 소심하긴.

무혁은 '그건 내가 코피 닦은 거야' 라고 말하려다 그만두었다.

수령이 몇백 년이 된 거대한 무화과나무의 뿌리들이 사원 벽면을 휘감고 있다.

영겁의 세월 동안 자리를 지켜온 고풍스러움.

그리고 크메르 왕조의 위풍이 어우러져 비범한 기운을 발산하는 앙코르와트는 경이로움, 그 자체였다.

그곳에서 유독 일행의 관심을 끈 건 일곱 개의 머리를 지닌 대사(大蛇)가 부각된 벽화였다. 벽화 속의 대사는 금방이라도 튀어나올 듯 생생했다.

"꼭 메두사 같잖아."

신기한 건 대사를 둘러싼 사람들의 얼굴 조각이었다.

대사를 사이에 두고 한쪽은 선한 얼굴을 하고 있었고, 한쪽은 악한 얼굴을 하고 있었다.

"앙코르와트의 수호신이에요."

"이 뱀이 말이야?"

"네."

모두가 궁금해할 것이라 여긴 나오미가 먼저 설명을 하고 나섰다.

"그럼 뱀 주변의 얼굴 조각들은 뭔데?"

"세상의 모든 선과 악의 신들이래요. 전설에 의하면 저들이 불로장생의 약을 만들었대요."

"불로초? 진시황제가 찾았다던 불로초?"

"그런 건 아니에요."

무혁과 나오미가 대화를 나누는 동안, 팔공은 깊은 상념에 잠겨 있었다.

"거대한 뱀이라……."

"왜요, 사부님?"

"아무래도 범상치가 않구나. 저건 마치 선과 악의 신이 존재해서 세상을 두고 경합을 벌인다는 명교(明教)의 교리와 닮아 있다."

"명교는 지금으로 말하면 배화교인데……."

명교라면, 의천도룡기에 나오는 것 외에 아는 바가 있던가.

현대에 맞게 설명을 하는 것은 나오미가 더 나을 것이었다.

"제가 설명드릴게요. 배화교주 짜라투스투라의 말에 의하면, 최고의 신 아후라마즈다의 쌍둥이 아들인 선과 악은 세상을 두고 경합을 벌인다고 해요. 그러다 마지막 구원자 사오시안스가 마지막 심판을 행하고 불멸의 음료수를 분배하여 새 세상으로 인도한다고 하죠."

나오미는 문화인류학부를 나온 학도답게 고대 종교에 관해 해박한 지식을 갖고 있었다.

"그렇다면, 저 벽화는 영락없이 배화교의 신화를 그려놓은 것이네? 불로장생의 약을 준다는 사오시안스가 바로 저 뱀인 거야?"

"네."

그때, 팔공이 심각한 표정으로 말문을 열었다.

"아무래도 이곳은 마니교의 성지였던 것 같다."

사부 팔공은 마니교의 출현과 지전규보의 행방에 관한 실마리를 앙코르와트에서 찾으려 하는 것 같았다.

"배화교와 마니교가 같은 거야?"

무혁이 물었고, 나오미가 답했다.

"배화교가 선과 악의 경합에서 자애의 신인 스펜타마이뉴(자애로운 영)에 의해 선이 승리를 한다고 믿는다면, 마니교는 파괴의 신인 앙그라마이뉴(파괴의 영)가 승리해 악에 의해 질서가 잡힐 것이라 믿는 차이예요."

뭐가 이리 복잡한가. 갑자기 머리가 아프다.

"그럼 마니교도들은 악의 승리를 위해 존재한다는 얘기잖아."

"교리상 그렇다는 말이에요. 현실과 연관성이 있는지는 몰라요."

팔공이 선장으로 대사를 가리키며 말했다.

"아니다. 연계 가능성이 있다. 예로부터 뱀은 신비한 능력을 가진 것으로 전설 속에 남아 있다. 천축의 요가비서에도 사람의 몸에도 뱀의 기운이 잠든 군달리니라는 곳이 있어서 그곳이 깨어나면 불사의 몸과 함께 초인의 경지에 이른다고 했으니까."

"뱀에게 그런 힘이 담겨 있다니 선뜻 믿기지 않네요."

무혁은 고개를 갸우뚱거렸다.

뱀에 대한 기억으론 군대에서 진지 보수할 때 잡아먹은 기억이 전부이기 때문이다.

으스스한 사부 팔공의 추측.

"이곳은 벽사마검의 검기를 깨우는 장소로 꽤 적합할 듯하구나."

그리고 나오미는 사부 팔공의 추측에 힘을 실어주었다.

"하긴 이곳엔 심상치 않은 전설이 있긴 해요."

"그게 뭐야?"

"앙코르와트의 지배자가 세상을 지배한다."

"뭐야? 그럼 신들의 영접을 받고 있는 저 왕뱀이 환생해서 세상을 지배한다는 소리야?"

한낮의 해가 사원의 육중한 돌벽 뒤로 숨는가 싶더니, 벌써 날이 저물고 있었다.

붉게 타오르는 남국(南國)의 하늘과 대리석 바닥에 깔리는 첨탑의 그림자는 사람의 기분을 묘하게 만들었다.

넓은 광장으로 무혁 일행은 걸어나왔다.

광장 옆, 테라스엔 수백 미터는 됨 직한 코끼리 부조가 빼곡히 새겨져 있었다. 붉은 기운이 대리석 바닥과 벽면을 뒤덮자 코끼리들이 마치 용광로 속에서 아우성치는 듯한 착각이 일었다.

"굉장하죠. 군상(群像)의 테라스라고 불리는 곳이에요."

"대단하긴 대단하다."

무혁은 생각했다.

거대한 뱀, 군달리니, 초인, 불로초, 지배자… 그리고 마니교.

대체 왜 그런 전설이 생긴 걸까.

벽화가 상징하고 싶은 건 뭐였을까.

깊은 산중의 밤은 순식간에 찾아왔다.

댕그렁. 댕그렁.

장중한 종소리가 사원에 퍼지자, 멀리 주황색 승복을 입은 승려들이 관광객들을 향해 양손을 합장하며 고개를 숙인다.

"그만 나가달라는 뜻이군. 아직 지전규보는 찾아보지도 못했는데."

"무혁아, 나한테 맡겨."

남덕이 어깨를 으쓱거리며 어딘가로 향했다.

그가 걸어간 곳엔 말끔한 단복을 입은 캄보디아 인이 앉아 있었다. 그의 뒤로 안내(Information)라는 간판이 달린 부스가 보였다. 행색으로 보아 관광객의 주머니나 털며 살아가는 자이리라.

"이보시오, 안내원 양반. 우리가 아직 이곳을 다 못 돌아봐 구경을 제대로 못했는데 어떡하면 되겠소?"

"내일 와서 보세요."

"이보오. 인생 뭐 그리 팍팍하게 사시오."

남덕은 의뭉스럽게 웃으며 안내인의 주머니에 손을 찔러 넣었다. 소싯적 놀던 습관대로 뇌물을 준 것이었다.

"안내인 자격으로 시간 외에도 관람이 가능할 거 아니오."

인내인은 주머니에 넣어준 것이 백 달러란 걸 확인하자 태노가 날라졌다.

"예에, 그럴 수 있습죠. 근데 어딜 보시려고?"

남덕이 복사한 고대 지도를 보여주며 말했다.

"여기 툼(Tomb)이라고 하던데……."

안내인은 자신이 잘못 들었다고 생각하며 되물었다.

"툼(Tomb)이라고요?"

"그렇소. 한 1.5킬로 정도 떨어진 곳이라 하오."

갑자기 안내인의 표정이 돌변하더니 말투가 퉁명스러워졌다.

"그곳은 관광객이 갈 수 없는 곳이오."

"와, 이 사람 표정 바꾸는 거 보게. 이거 보슈. 아까 준 게 코 푼 휴지인 줄 아쇼? 백 달러짜리라고."

"가져가."

"……?"

안내원은 백 달러를 군말없이 남덕에게 돌려주었다.

환율을 따져 보면 캄보디아에서는 꽤나 큰돈이 아닌가. 관광객들의 팁으로 먹고사는 안내원이 백 달러를 포기하다니… 쉽게 납득할 수 없는 일이었다.

"당신들! 내가 충고하건데 틈으로 들어갈 생각은 말라고. 선왕들의 저주가 있는 곳이라 죽을 수도 있으니까. 크크크."

선왕들의 저주라니.

이게 무슨 인디아나 존스가 무덤에서 방귀 뀌는 소린가. 하나 안내원의 말을 흘려버리기엔 그의 표정이 너무도 괴악했다.

캄보디아 깊은 내륙, '황금의 초승달' 지역.

화르르.

불꽃을 내뿜는 다섯 개의 첨탑.

그 중앙엔 정방형 대리석 제단이 보이고, 제단 위엔 실오라기 하나 걸치지 않은 알몸의 여자가 누워 있다.

알몸의 여자는 무거웠던 삶을 벗어버린 듯 한 모금의 생기조차 없었다.

죽기에는 아직 이른 젊고도 젊은 여자였다.

"아즈라… 아즈라……."

붉은 승복의 승려들.

제단 아래에는 연주 무늬 붉은 승복의 승려들이 '불' 이란 뜻을 지닌 경을 연신 외고 있었다.

"아즈라… 아즈라……."

그때, 흉배에 화신(火神) 문양을 새긴 승려가 제단을 오른다.

그는 마니교 캄보디아 교구장인 하산바르이다.

"여자여! 개의 머리, 새의 발톱, 공작의 꼬리를 한 영물이 가엾은 죽음에서 구원해 줄 것이다!"

교구장 하산바르가 말한 영물은 사산조(Sasan 왕조) 마니교도들이 숭배하는 화신이었다.

이어 그의 섬뜩한 주문이 시작되자, 어디서 날아온 것들인지 검은 부리 독수리들이 제단으로 몰려들었다.

아마 조장(鳥葬)이라도 치를 모양이었다.

"아즈라… 아즈라……."

그때, 머리에 후드를 두른 승려 하나가 화급히 그에게 다가간다. 승려의 음성은 상당히 회급하다.

"교구장님, 툼으로 가겠다는 자들이 나타났다 합니다."

교구장 하산바르의 얼굴이 일그러진다.

"지난 칠백 년간 툼의 존재는 철저히 숨겨져 왔다. 어떤 놈들이 감히 툼으로 가겠다는 것인가."

마니교(摩尼敎).

교조 마니의 이름을 딴 밀교로 명교에서 파생하였으나, 암흑 신봉 사상으로 인해 명교의 박해를 받다가 14세기에 소멸한 것으로 알려져 있는 비밀 결사.

이들이 밀교로 종교적 성향을 바꾼 것은 교조 마니가 화형당한 후, 명교의 박해를 피하기 위함이라 했다.

캄보디아에 이들의 교구가 생긴 것은 벌송(伐宋) 전쟁이 막바지에 다다른 1279년의 일이었는데, 당시는 쿠빌라이가 마니교도들에게 벽사마검의 검기를 깨울 수 있는 방법을 모색하라는 명을 내렸을 때였다.

훗날, 벽사마검이 쿠빌라이에게 전해졌단 기록은 없다.

이들은 왜 벽사마검을 쿠빌라이에게 전하지 않았던 것인가.

또한 쿠빌라이도 죽고, 남송도 망한 현재에 이르기까지 이들이 툼을 지키는 이유는 무엇인가.

일감으로는 벽사마검 때문이라 할 수 있었다.

하나 벽사마검을 지키는 일이 어떤 의미가 있는지는 의문.

이것이 무혁 일행이 앙코르와트에서 알아내야 할 사실일 것이었다.

승려가 말했다.

"예언대로 벽사마검의 기운을 해하려는 자들이 나타난 듯합니다."

교구장 하산바르는 가차없이 명을 내렸다.

"사정은 따질 것 없다. 툼으로 들어가려는 놈들은 모두 죽여라."

"예, 교구장님."

임페리얼 호텔.

호텔이란 말이 어울리지 않는 3층짜리 목조 건물은 아열대 나무와 줄기를 엮어 만든 전통 가옥이다.

숙소. 302호.

자정에 툼으로 들어가기로 했기 때문에 무혁은 잠시 휴식을 취할 시간이 있었다.

오츠카와 남덕은 피곤하다며 유우코와 함께 소파에 널브러졌고, 사부 팔공이 명상에 들어가자, 무혁은 나오미를 데리고 정원으로 나왔다.

정원에는 투숙객들이 이용할 수 있는 수영장이 있었는데 야자나무, 남국의 달빛, 화려한 조명이 어우러져 상당히 아름다웠다.

둘은 수영장 턱에 걸터앉아 물에 발을 담갔다.

"아직 화났어?"

무혁은 나오미의 기분을 살피며 살짝 물었다.

"이제 오빠한테는 기대하지 않을 거예요."

"잘못했어. 다신 안 그럴게."

"관둬요. 약속한 게 며칠이나 지났다고……."

아직 볼멘소리를 하는 걸 보니 화가 안 풀린 모양이다.

"그러니까 말이야. 나는 나쁜 놈이야. 그치?"

"네."

무혁은 나오미의 화를 풀어주기 위해 열심히 노력했다.

가급적이면 장난스럽지 않고 진지하게.

"프라이드 걸들이 내가 좋아서 그랬겠냐. 기자들한테 포즈 취해주느라고 그랬지. 내가 그랬잖아. 행동이 장난스럽다고 마음까지 그런 건 아니라고."

"……."

"이제 그런 장난도 안 칠게. 진짜루."

"그날 가슴이 얼마나 탔는지 알아요? 오빠가 맞을 때마다 심장이 멎는 것 같았단 말이에요."

"너한테 이기는 모습 보여주려고 나 열심히 싸웠다."

"알아요. 그건 고마워요."

"이제 진짜로 안 그럴게. 그만 봐줘라. 응?"

나오미는 바로 대답하지 않고 물속에 담근 두 발을 텀벙거리다 말했다.

"대신 뽀뽀해 주겠다고 한 약속은 취소해요."

으으… 영양가없는 프라이드 결들에게 깝죽거리다 나오미와 뽀뽀할 수 있는 절호의 기회를 날려 버리다니… 이게 소탐대실이 아니고 무엇이리. 그래도 수용할 수밖에 없는 무혁이었다.

"당연하지. 나 같은 놈이 어떻게 너한테 뽀뽀를 하냐?"

나오미는 무혁이 바보라고 생각했다.

내심 기대를 하고 가슴이 벅차 있었는데, 스스로 기회를 날려 버린 무혁이 미웠던 것이다.

"알면 됐어요."

"그럼, 화 푸는 거지?"

나오미는 달빛에 살랑대는 물을 내려다보며 고개를 끄덕였다.

"네."

"헤헤. 이제 안심이 되네."

"오빠를 보면 꼭 돈키호테 같아요."

"정의를 지키는 꿈과 낭만의 기사 말이냐? 하하, 내가 돈키호테처럼 의협심이 강하지. 그럼 넌 둘시네아? 하하."

"꿈과 낭만의 기사란 말은 맞는데, 결국 현실 부적격자인 거잖아요."

"……."

헉, 현실 부적격자라니.

"아직도 무협 소설 속에 나오는 일들을 사실로 믿고 있잖아요. 또 그렇게 행동하고. 진짜로 중원무림이 있다고 생각하는 건 아니죠?"

그런 인상을 주었었나?

생각해 보니 나오미와 그런 심각한 얘기를 해본 적이 없다. 또 생각해 보니 사부 팔공을 만난 후부터 무협 세계에 대해 한 번도 의심해 본

적도 없다.

왜 그랬을까 하고 생각해 보았다.

결론은 하나였다.

믿고 싶다는 신념. 그것 외에 달리 설명할 방법은 없었다.

"하하. 오빠가 비현실적인 사람으로 보이니?"

"아니, 꼭 그렇다는 게 아니구요."

그때, 무협의 신념을 공고히 해줄 한 통의 전화가 걸려왔다.

삼촌 원만의 전화였다.

[야, 여기 송학 스님이 팔공 대사님에게 전해달라는데, 별로 좋지 않은 소식이다.]

"뭔데?"

[가사도를 암살하러 갔던 각 문파의 제자들이 전멸당했단다. 전부 스물도 안 된 젊은 제자들이라는데… 쯧쯧.]

사부 팔공에게 간신 가사도의 얘기를 들은 적이 있었다.

대원(大元)과의 강화를 꾀하는 그를 척살하기 위해 제자들을 보냈다고 했었다. 그리고 사부는 간신 가사도를 죽이면 남송의 황실이 부흥하리라 믿고 있었다.

삼촌은 그 암살 계획이 실패했다고 말해주었다.

"미야."

"네, 오빠."

"네 말이 맞다. 21세기에 무협 세계란 존재하질 않아. 그런데 오빠가 말하는 것은 사람들 마음속에 남아 있는 꿈과 낭만을 말하는 거야. 혹시 비현실적이라도 꿈과 낭만이 남아 있는 세상이 좀 더 밝지 않을까… 하고 나는 생각하는 거지."

나오미의 맑은 눈이 그제야 웃었다.
"오늘은 멋진 말을 해주네요."
"하하. 괜찮았어?"
"네. 다정하게 말해주니 기분이 좋아요."
"그런 의미에서 뽀뽀나 한번 할까?"
"또!"
나오미의 주먹이 옆구리로 들어왔다.
"윽! 알았어. 안 그럴게."
사부에겐 뭐라고 말해야 할까. 당장은 말할 수 없을 것 같았다.

자정.
오츠카와 유우코를 남겨두고 무혁 일행은 호텔을 나섰다.
오후에 마지막으로 보았던 군상의 테라스 근처에서 무혁 일행은 남문 옆의 코끼리 석상 뒤쪽으로 길을 잡았다.
아무런 인적이 없는 곳이었다.
점점 깊숙이 들어가자 숲의 어둠이 그들의 그림자를 감춰주었다. 지금부터는 경비원에게 들킬 염려도 없을 것이었다.
그렇게 10분 정도 걸었을까.
허물어진 성벽 앞에서 사부 팔공이 발걸음을 멈췄다.
"잠깐 있어보거라."
"왜요, 사부님?"
"우리를 쫓는 자들이 있구나."
팔공이 선장을 발끝에 내딛고, 어둠이 깔린 밀림 숲을 돌아보았다.
스스슥—

그때, 숲 속에서 신형을 드러내는 수상한 인물들.

검은 후드를 착용한 수상한 인물들은 무혁 일행의 사위를 점해왔다. 십수 명 정도. 그들의 한 손에는 철연등(鐵蓮燈)이, 한 손에는 천축만도(天竺卍刀)가 들려 있었다.

무혁이 나서 물었다.

"뭐 하는 아저씨들이쇼?"

대답 대신 그들은 천축만도를 내밀었다.

취릭. 취릭.

"오… 빠……."

겁을 먹은 나오미가 무혁의 팔을 붙들었다.

"이 자식들이 어디서 칼을 들고 설치는 거야!"

무혁이 화를 내며 나서자 사부 팔공의 경고가 곧바로 이어졌다.

"나오미 양을 데리고 물러서거라!"

그 경고가 너무도 준엄했기에 무혁은 움찔하여 뒤로 물러서고 말았다.

"예, 사부님."

철컹. 철컹.

화르륵. 화르륵.

검은 후드인들은 철연등을 빙빙 돌리며 무혁 일행을 압박하기 시작했다. 그러자 사부 팔공이 앞으로 나서며 추상같은 일갈을 날렸다.

"스스로 모습을 드러내는 걸 보니 무덤 속에 무언가 있긴 있는 게로구나. 본 방장의 앞을 막았을 때에는 그만한 실력이 있을 터, 내 직접 추궁해 볼 것이다!"

와드득!

'헉!'

놀라웠다.

사부 팔공이 궁보의 자세로 왼발을 내디디자 대리석 바닥에 힘없이 부서지는 것이 아닌가. 정말 엄청난 공력이 아닐 수 없었다.

"소림의 중을 죽여라!"

놈들은 승복만으로 사부 팔공이 소림승임을 알아보았다.

한 놈이 명을 하자 검은 후드인들의 공격이 시작되었다.

차르르르.

연결된 쇠사슬이 차가운 금속성을 내며 철연등은 팔공을 향해 날아갔다.

"합!"

동시에 팔공이 일성을 내지르며 왼발을 들었다 놓자, 대리석 조각들이 비수처럼 날아가 다가오는 철연등을 때렸다.

까강. 까강.

대리석 조각에 부딪친 철연등은 마치 빈 깡통처럼 찌그러졌고, 충격 때문에 튄 불똥이 사방으로 흩어졌다.

"이리 와."

"오빠……."

무혁은 불똥이 나오미에게 튈까 봐 머리를 감싸 안아주었다.

"크흐……."

철연등을 날렸던 몇몇 놈의 손바닥에선 피가 흘러내렸다.

대리석 조각에 내공이 실렸단 의미였다.

'아… 정말 대단하시다.'

그랬다.

잠시 잊고 있었지만 사부는 무림맹주였던 것이다. 마니교와 연관된 것으로 보이는 이자들이 천축만도를 들고 설쳐 대지만, 사부의 일초식 상대조차 되지 않는 것은 너무도 당연한 일이다.

부우욱— 부우욱—

"죽어라!"

선봉에 선 몇몇이 휘두른 천축만도가 바람을 가르며 사부의 요혈을 노렸으나,

쨍그렁. 쨍그렁.

사부의 양장이 도면에 닿으며 놈들이 믿었던 천축만도는 그만 힘없이 부러지고 말았다.

"우우우……."

놈들이 상대의 무공이 고강함을 알아본 것은 몇 놈의 목뼈가 부러지고 난 후였다.

놈들은 더 이상 공격에 나서지 못하고 주춤거렸다.

"마니교의 후예들일 것이다. 살려주마. 대신 교단에 가서 전해라. 소림의 방장이 네놈들이 훔쳐 간 지전규보를 찾으러 왔노라고!"

제3장

열리는 사원의 비밀

열리는 사원의 비밀

툼의 내부.

장랑(長廊:긴 복도)의 측면 벽엔 악신 앙그라마이뉴(Angra Mainyu)의 부조가 새겨져 있었다. 악신은 툼으로 들어온 무혁 일행을 추궁하는 듯한 표정을 짓고 있었다.

랜턴을 비추던 무혁이 나오미에게 물었다.

"아따, 으스스하다. 뭐냐?"

"악의 신이에요."

곧 장랑의 끝에 다다랐는데, 고리가 달린 석문이 그들 앞을 막아섰다. 석문에는 페르시아 글자가 선명하게 음각되어 있었다.

"대체 뭐라고 써 있는 거지?"

"어디 봐요."

앙그라마이뉴의 비호(庇護)를 받아 만물 속에 잠들었다 때가 되면 깨어나리… 위대한 자의 분영(分靈), 그의 잠을 깨우는 자에게 저주가 닥치리라.

나오미의 말에 싸늘한 긴장이 감돌았다. 겁이 잔뜩 든 목소리로 남덕이 말했다. 남덕의 손엔 애병기(?)인 공병삽이 들려 있다.

"와, 이거 엄청 겁주네. 무혁아, 들어가도 되겠냐?"

"그럼 여기서 돌아가나?"

무혁은 아랑곳하지 않고 고리를 잡아당겼다.

쿵, 구르르릉—

육중한 소리를 내며 석문이 뒤로 밀려들어 갔다.

석문이 열리자 밝은 빛이 거꾸로 새어 나왔다. 석실 벽에 비치된 횃불의 불빛이었다.

마니교도들이 석실을 관리하고 있다는 반증이었다.

"냄새 한번 고약하네."

열린 석실 안에는 지하 동굴 특유의 퀴퀴한 냄새가 가득했다.

"사부님, 들어가요."

"그러자."

무혁 일행은 발걸음을 안으로 들여놓았다.

툼의 내부는 세 개의 석실이 있었고, 각각의 석실들은 회랑(回廊)으로 연결되어 있었다.

중앙 석실.

놀랍게도 한줄기 달빛이 석실 단상으로 떨어지고 있었다. 무덤 천장에 구멍을 내어 외부의 빛이 들어오게 한 것.

달빛을 받으며 깊은 상념에 잠긴 듯한 불상 하나!

"저… 저게 그 불상인 거지?"

무혁이 말을 더듬었다.

현광 스님이 안치했다는 황금미륵반가사유상은 달빛을 받아 오묘한 색을 띠고 있었다.

"맞아요."

나오미의 목소리도 떨렸다.

"나무아미타불."

사부 팔공은 황금미륵반가사유상 앞에 경건히 합장을 했다.

황금미륵반가사유상은 특이한 보관(寶冠)을 쓰고 있었다.

상투 세 개가 달려 있었고, 세 개의 연꽃잎 장식 위에는 해와 반달 장식이 포개져 있었다.

무혁의 시선이 황금미륵반가사유상 아래쪽에 머물렀다.

"사부님, 저게 뭐죠? 커다란 돌에 구멍이 뚫려 있는데요."

무혁이 발견한 건 불빛마저 빨아들일 것 같은 검은 돌이었다. 일순 팔공의 얼굴이 흙빛으로 변했다.

"함부로 만지지 말거라."

팔공은 범상치 않은 기운을 느끼며 세 사람을 뒤로 물렸다. 그리고 검은 돌을 면밀히 살폈다.

검의 흔적.

검은 돌에 뚫린 구멍은 검이 꽂혔던 자리였다.

아마 벽사마검(碧沙魔劍)이 여기 꽂혀 있었던 모양. 하지만 불행히도 무혁 일행이 발견한 것은 빈자리뿐이었다.

"벽사마검이 꽂혔던 자리일 듯하다."

"검이 없잖아요."

"후우… 벽사마검은 이미 쿠빌라이 칸의 손에 들어간 모양이로구나."

그때, 좌측 석실에서 남덕의 외침이 들렸다.

"대사님, 벽에 글씨가 새겨져 있어요!"

세 사람이 중앙 석실에 있는 황금미륵반가사유상을 구경하는 동안, 남덕은 좌측 석실을 돌아본 것이었다.

삼면 전체에 빼곡히 새겨진 한자들.

무혁은 마치 점자를 확인하듯 손끝으로 글씨를 더듬었다.

"헉, 이게 웬 한자투성이냐?"

"……!"

무혁의 어깨 너머로 글자를 보던 팔공의 눈에 이채가 발했다.

"사부님, 뭐라고 써 있는 거예요?"

"……?"

사부 팔공이 이렇게 넋을 잃고 있는 모습은 처음이었다.

"사부님… 왜 그러시는데요?"

"…지전규보다."

석벽에 새겨진 금석문의 내용이 지전규보라는 얘기였다.

차마 믿기지가 않아 무혁은 다시 물어보았다.

"예? 이게 지전규보의 내용이라고요?"

"그렇다."

대답을 하는 사부 팔공은 석벽에서 눈조차 떼지 못하고 있었다.

적지 않게 놀랐다는 의미였다. 이로써 지전규보를 훔쳐 간 자들이 마니교도란 사실이 입증되었다. 한데 그들은 왜 지전규보를 석벽에 각인(刻印)해 놓았을까.

그때였다.

"무혁아, 여기도 그 비슷한 게 있는데……."

이번에는 남덕의 목소리가 우측 석실에서 들렸다.

"뭐라고?"

"으아아아! 해, 해골이다!"

갑자기 남덕이 호들갑스럽게 비명을 질러댔다.

"왜 그래?"

"해… 해골 무덤이다. 덜덜덜."

우측 석실로 달려가 보았더니, 그곳에는 한 무더기의 사람 뼈가 쌓여 있었다.

"꺅!"

놀란 나오미는 외마디 비명을 지르고 말았다.

"괜찮아. 놀랄 것 없어."

무혁은 팔을 둘러 나오미의 어깨를 감싸주었다.

사부 팔공은 뼈들을 살펴본 후 우측 석실에 새겨진 금석문들을 읽어 내려갔다. 좌측 석실에서와 마찬가지로 팔공의 표정에선 경이로움이 가시질 않았다.

"뭐라 써져 있는 거예요, 사부님?"

"허허. 어이가 없도다. 여기가 무림맹의 장서각이더냐? 소림의 대승반야(大乘般若), 곤륜의 상청무상(上清無上), 공동의 혼원일기(混元一氣), 무당의 양의무극(兩儀無極), 아미의 관음금정(觀音金頂), 점창의 북명신공(北溟神功), 종남의 금린마공(金鱗魔功), 청성의 대라무위(大羅無爲), 화산의 건곤신공(乾坤神功)… 구대문파의 주요 내공심법이 왜 여기에 새겨져 있단 말인가."

들은 바, 한 가지만 정진해도 빠질 것이 없는 내공심법들이었다.

사부 팔공은 허탈한 웃음을 흘렸다.

"허허허……."

"마니교도들이 왜 이런 짓을 했을까요?"

"지전규보를 연성하기 위해 교도들을 희생시킨 것이겠지. 정녕 극악무도한 것들이로고!"

사부 팔공이 뼈 하나를 집어 들더니 무혁의 코앞에 들이댔다.

"으엑, 왜 이러세요."

"이건 주화입마에 빠져 죽은 자들의 뼈다."

"헉, 주화입마요?"

"그렇다."

어떤 뼈들은 새까맣다 못해 하얗게 부스러져 있었다.

드문드문 해골이 뭉개지고, 뼈마다 강한 산성 물질에 노출된 듯 녹아 있었다.

"오독패천혈공(五毒覇天血功), 이건 주화입마로 죽은 것이 아니라 독공에 당한 흔적이다."

"……!"

"만독지왕이라 불렸던 오독산인의 오독패천혈공이란 수법이다. 물론 흉내를 낸 것이지만, 독공에 당한 자들은 연공 실험을 당한 자들과는 다르다. 아마 이들은 지전규보의 해법을 찾기 위해 투입했던 문사들이었을 것이다."

"소용이 없어지니 죽인 것이에요?"

"그랬겠지."

팔공의 판단은 옳았다.

마니교단 측은 벽사마검과 관련된 교도들을 이곳 석실에 사장시킨 것이었다.

"사부님, 일단 지전규보를 핸드폰으로 찍어둘게요. 형은 불상을 들고 나와."

"그래, 알았어."

무혁은 나오미와 함께 지전규보가 새겨진 석실로 들어갔다.

"미야, 횃불로 벽면을 비춰줘."

"네."

찰칵— 찰칵—

무혁은 열심히 핸드폰을 들이대고 셔터를 눌러댔다.

쿠르르릉—

"……?"

그때, 커다란 굉음과 함께 석문이 크게 흔들리며 흙더미가 쏟아져 내리는 것이 아닌가?

둘은 소스라치게 놀랄 수밖에 없었다.

"오빠아!"

"이건 또 뭐야?"

마니교도들은 외부의 침입으로부터 황금미륵사유반가상을 보호하기 위해 기관을 설치해 두었는데, 남덕이 불상을 드는 순간 그 기관이 작동한 것이었다.

와르르르—

"무혁아, 불상을 들었더니 석벽이 내려오고 있다! 빨리 나와!"

깜짝 놀란 남덕이 급히 불상을 제자리에 내려놓고 두 사람을 향해 고함을 질렀으나 이미 석실의 입구가 막히고 있었다.

"늦었어!"

쿠르르쿵—

"꺄악!"

나오미가 비명을 질렀다. 그녀의 머리 위로 석벽 조각이 떨어져 내렸기 때문이다.

"미야, 위험해!"

무혁은 쏜살같이 달려들어 나오미를 껴안고 석실 안쪽으로 뒹굴었다.

"아앗!"

콰쾅— 콰직!

떨어져 내린 석벽 조각은 바닥에 부딪치며 잘게 부서져 버렸다.

만약 나오미가 그 자리에 있었다면?

"으으으……."

생각만 해도 끔찍한 일이었다.

석벽 조각은 피했으나 아직 안심할 상황은 아니었다. 이번에는 바닥이 일그러지며 측벽이 무너지기 시작한 것이었다. 또한 측벽이 기울자 천장의 돌들이 부서져 내리기 시작했다.

투드드둑.

"이런, 지랄!"

무혁은 본능적으로 나오미의 머리를 감싸 안았다.

"사부니임!"

사부 팔공에게 도움을 청하려 했으나 이미 무혁과 나오미가 있는 석실은 완전히 차단되어 버린 후였다.

이대로 죽는가 싶은 순간이었다.

다행스럽게도 석실이 완전히 붕괴된 것은 아니었다.

둘이 피할 수 있는 최소한의 공간은 남아 있었다. 겁에 질려 얼굴이 사색이 된 나오미가 무혁을 올려다보았다.

"오빠, 이제 어떻게 해요?"

"더는 안 무너질 거야. 이 돌마저 내려앉으면, 그땐 이 오빠가 등짝으로 버텨줄 테니 걱정하지 마. 사부님이 구해줄 때까지만 참자. 알았지?"

두렵긴 무혁도 마찬가지.

그러나 화급한 지경에도 무혁은 웃음을 잃지 않으려 애썼다. 자신마저 흔들리면 지금 나오미는 누굴 믿겠는가.

"오빠……."

나오미가 눈물을 글썽이며 무혁의 품을 파고들었다. 무혁은 그런 나오미를 꼭 끌어안아 주었다.

얼마나 시간이 흘렀을까.

한참을 그렇게 있었던 것 같았다.

차츰 돌 떨어지는 소리가 뜸해지더니, 무너진 석실엔 죽음과도 같은 정적이 흘렀다.

쿵. 쿵. 쿵. 쿵.

정적을 깬 것은 심장이 뛰는 소리였다.

무혁의 품에 안긴 나오미의 귀에는 무혁의 심장 뛰는 소리만이 들렸다.

그래도 다행이었다.

그건 서로가 살아 있음을 알리는 반가운 소리가 아닌가.

"오빠, 괜찮아요?"

안정을 되찾자 나오미가 물었다. 하나 무혁은 대답이 없었다. 혹시 잘못된 것은 아닐까. 나오미가 화들짝 놀라 다시 한 번 물어보았다.

"오빠, 다쳤어요?"

그러나 역시 무혁은 묵묵부답이었다.

"오빠!"

드르렁—

아니, 이게 무슨 소리인가. 나지막하게 들리지만 분명 코 고는 소리가 아닌가. 위기에 처할수록 더욱 강하게 발현되는 무혁의 수면신공이었다.

"오빠, 자는 거예요?"

나오미가 옆구리를 꼬집자 그제야 잠에서 깨는 무혁이다.

"이 새끼들, 다들 어디 갔어? 다 덤벼!"

무혁은 허공에 양팔을 휘적거렸다.

"풋, 잠들었었어요?"

찌릿!

무혁은 잠에서 덜 깬 눈을 부릅떠 보았다.

"이런 절체절명의 상황에서 잠이라니, 무신 소리! 오빠는 미야를 데리고 어떻게 빠져나갈까 고민하고 있었다."

"피이… 거짓말!"

나오미의 얼굴에 웃음이 돌아온다.

"정말이야. 우리 할아버지도 한국전쟁 때 북한군들에게 쫓겨 동굴에 갇힌 적이 있었대. 지금처럼 빠져나갈 수가 없었다고 들었거든. 난 그때 상황을 추측해 보고 있었던 거야. 할아버지의 상황을 타산지석으로 삼아 빠져나갈 생각이다."

코 고는 소리까지 들었는데 거짓말을 하다니… 그러나 거짓말을 하는 무혁이 그리 밉지 않은 나오미였다.

그것이 자신을 걱정하는 마음 때문이란 걸 아는 까닭이다.

'나는 오빠를 사랑해.'

라는 생각이 드는 순간, 나오미는 무혁의 목덜미를 와락 끌어안았다.

그리고 자신의 입술을 무혁의 입술 앞에 가져갔다. 누군가가 '덮어쓸까요?' 라고 묻는 것 같았다. 나오미는 당연히 'Yes!' 라고 대답했다.

우어어어.

도톰하고 촉촉한 입술의 감촉… 나오미가 스스로 키스를 해오다니… 이게 웬 마당 쓸다 돈 줍는 횡재냐? 주워도 만 원짜리를 다발로 주운 기분이었다.

역시 여자는 분위기야.

나오미의 입맞춤은 구름 위를 걷는 것 같았다.

'결혼할 때까지 나오미를 꼭 지켜줘야지' 라고 결심하면서도 무혁의 손은 벌써 나오미의 남방 단추를 풀고 있었다.

'오옷… 거부하지 않는다. 오오… 부처님, 정녕 오늘 불초소생에게 나오미를 하사하시는 겁니까? 나무아미타불…….'

헉. 이 말캉한 탄력이란… 게다가 한 손에 쥐어지지도 않잖아.

무혁의 손길이 자신의 젖가슴을 부드럽게 만지자 나오미는 달뜬 숨을 내뱉었다.

"음……."

'어떻게 하지. 진도를 어디까지 가야 하는 거야?'

잠시 망설였던 것 같았다. 그러나 결론은 이거였다.

'에라잇! 내친김에 지르고 보자!'

작심한 무혁의 손길이 청치마 속을 파고들 때였다. 나오미가 무혁의 손을 살며시 붙잡으며 물었다.

"오빠, 나 사랑하죠?"

이 상황에서 '아니' 라고 말하는 고자 놈은 없을 것이었다.

하나 나오미를 사랑하는 것은 무혁의 진심이다.

"응."

나오미는 허락의 의미로 고개를 끄덕였는데, 그 모습이 너무도 아름다워 평생 잊을 수 없을 것 같았다.

나오미의 예쁜 속옷이 손가락 끝에 걸리는 느낌이 들었다.

'으으… 잡아 내려야 하는데, 선수가 왜 이리 떨리는 거냐.'

그런데,

파바바박— 파바바박—

이게 어디서 들려오는 경쾌한 삽질 소리인가. 분명히 삽이 돌 같은 걸 긁어내는 소리였다.

문득 불길한 생각이 드는 무혁이었다.

'혹시, 남덕 형의 삽질 소리?'

파바바박— 파바바박—

적어도 한 시간은 걸릴 줄 알았었다.

'아냐, 아직 아냐. 인간이 어떻게 이토록 빨리 삽질을 할 수 있단 말이야! 저건 인간이 아니라 굴삭기야!'

뻥!

무혁이 온몸으로 거부했지만, 변기 뚫리는 소리가 나더니 갑자기 석실 안으로 삽 머리가 들어왔다. 삽 머리가 빠져나가고는, 그 뒤로 한줄기 불빛이 쏟아져 들어왔다.

"어맛!"

그러자 나오미가 화들짝 놀라며 무혁에게서 떨어졌다.

그리고 홍조 띤 얼굴로 치맛자락을 내리고, 남방 단추를 여미었다.

'크흐흑, 오늘도 물 건너갔구나.'

잠시 후, 구멍으로 결코 보고 싶지 않았던 남덕의 얼굴이 들어왔다.

"무혁아, 내가 왔다. 걱정했지? 내가 구해줄게. 푸하하."

'으으으, 이런 빌어먹을 인간…….'

호텔로 돌아오는 길이었다.

남덕은 삽자루를 들쳐 메고 콧노래를 흥얼거렸고, 바로 뒤에는 사부팔공이, 그리고 무혁과 나오미는 다섯 걸음 정도 떨어져 걷고 있었다.

"휴우… 깜짝 놀랐어요. 그죠?"

"깜짝이 아니라 끔찍이다."

"풋!"

무슨 뜻인지 알아차린 나오미가 입을 가리며 웃었다.

"아, 지금이라도 툼으로 돌아가고 싶다."

"아이참, 오빠는!"

나오미가 부끄러운 듯 얼굴을 붉혔다.

"에효… 내가 저 인간을 왜 데려왔을꼬."

"창피해요. 우리 다른 얘기 해요. 참, 할아버지는 어떻게 동굴에서 빠져나오셨어요?"

할아버지? 아, 한국전에 참전했던 할아버지? 어차피 지어낸 얘기라 마땅한 답변 거리가 없었다.

그래서 이렇게 대답하고 얘기를 매듭지었다.

"그날 그 동굴에서 전사하셨지."

"……."

나오미의 토끼 눈은 '뭐죠?' 하고 묻는 것 같았다.

호텔로 돌아온 무혁 일행은 엘리베이터에 올랐다.

삽자루를 어깨에 멘 남덕은 여전히 의기양양하게 콧노래를 흥얼거렸다.

무혁이 가르쳐 준 '김치송' 이다.

돌아오는 내내 사부 팔공은 침묵을 지켰다.

심기가 불편하시다는 얘기였다.

"사부님, 일단 지전규보를 찾았잖아요. 기분 좀 푸세요."

"지전규보를 찾으려 한 이유는 벽사마검의 검기가 깨어나는 것을 막기 위함이었다. 그 무덤에서 확인한 결과, 이미 벽사마검은 쿠빌라이의 손에 넘어간 것이 틀림없다. 이 어찌 걱정할 일이 아니더냐?"

"그건… 그러네요."

그럴 것이었다.

벽사마검의 검기를 깨우는 황금미륵반가사유상이 있었고, 벽사마검을 다룰 수 있는 유일한 내공심법인 지전규보를 연성한 흔적이 있었으니, 벽사마검은 어느 누군가의 수중에 들어갔다고 봐야 하는 것이 정답이었다.

"방법이 없는 건 아니에요."

나오미였다.

"어떻게?"

"벽사마검을 마니교도들이 쿠빌라이에게 전했을 거잖아요."

"그렇지."

"무림맹 직원들에게 그들을 막으라 하면 되지 않을까요?"

컥, 무림맹 직원… 어찌 됐든 굿 아이디어가 아닌가.

"그러니까 택배 과정에서 벽사마검을 강탈한단 말이지?"

"네."

"오오옷… 사랑하는 미야, 너는 천재다! 쪽!"

"아이, 참."

무혁은 나오미의 이마에 뽀뽀를 해주고는 팔공을 쳐다보았다.

"사부님, 이거 얘기 되는데요? 삼촌에게 전화해서 무림맹을 파견하면, 간단히 해결될 것 같은데요. 물론 간신 가사도 암살은 실패했지만… 텁!"

무혁은 자신도 모르게 말이 튀어나오는 바람에 입을 막았지만, 내뱉은 말을 다시 주워 담을 수는 없는 일.

사부 팔공이 침중한 어조로 물었다.

"실패하다니?"

"사실… 삼촌에게 전화가 왔었거든요. 가사도 암살은 실패했다고요. 사부님 걱정하실까 봐 말씀을 못 드렸어요."

"제자들은 어찌 되었느냐?"

"제자들은……."

"괜찮다. 말해라."

"전멸했다고… 송학 대사님이……."

사부 팔공은 잠시 두 눈을 감았다.

평소 평정심을 잃지 않는 분이었지만, 지금은 심중에 상처를 받은 것이 분명했다.

사부 팔공은 이내 평정심을 되찾고 말했다.

"나오미 양의 생각이 옳긴 하다. 하나 언제 어디서 벽사마검을 전달하는지 그걸 모르지 않느냐?"

"쩝… 그게 문제네요……."

역시 도움을 준 건 나오미였다.

"마니교도들이 기록 같은 걸 남겨두었으면 좋았을 텐데……."

나오미의 혼잣말에 사부 팔공의 눈빛이 번득였다.

"마니교도들은 교단의 방침으로 항상 기록을 남긴다고 들었다."

"그렇다면 당장 놈들의 교단을 찾아보죠."

"오늘은 너무 늦었으니 내일 일찍 찾아보도록 하자."

"예, 사부님."

이런 저런 얘기를 나누는 동안 무혁 일행은 호텔 방 앞에 도달했다.

"유우코야, 삼촌 왔당."

무혁이 방문을 열고 들어서는 순간이었다.

철컥.

둔탁한 방아쇠 노리개를 푸는 소리가 섬뜩하게 들렸다.

목젖에 닿은 두 개의 차가운 총구.

"……!"

무혁의 눈앞에는 M203 유탄 발사기로 무장한 두 명의 괴한이 흉측한 웃음을 짓고 있었다.

"크크, 모두 조용히 들어와!"

"사부님, 이놈들은 총이라고 하는 엄청난 살상 무기를 들고 있어요. 대항하시면 안 돼요!"

"알겠다."

무혁은 풍비박산이 난 방을 보고 사태가 심각해졌음을 알아챘다.

'오츠카 선배와 유우코를 납치해 간 모양이군.'

거실에는 세 명의 무장괴한이 소파에 걸터앉아 있었다.

그러니까 모두 다섯 명인 셈.

그들은 낡은 군복에 두툼한 등산용 양말을 군화 바깥으로 내어 신고 있었다.

군화에 묻은 황토로 보아 산악에 은거하는 자들이 분명했다.

'목에 붉은 스카프를 감은 놈이 두목인가?'

무혁은 겨눠진 총구를 무시하고 방 안을 둘러보았다.

모든 집기가 뒤집어져 있었다. 전화기 몸통은 박살나서 베란다에 처박혀 있었다.

"흠……."

반항을 하던 오츠카가 화급히 어딘가로 연락을 취하려 했던 모양이다.

무혁은 붉은 스카프에게 물었다.

"우린 관광객이오. 왜 이러는 거요?"

무혁의 물음에 놈은 가소롭다는 웃음을 흘렸다.

붉은 스카프가 무혁의 턱을 개머리판으로 후려쳤다.

쉬익, 퍽.

"윽!"

턱에 강렬한 통증이 전해졌지만, 무혁은 이를 악물고 쓰러지지 않았다.

"재밌는 눈빛을 가진 놈이구나. 나는 너 같은 놈을 보면 주먹이 근질거리고, 이렇게 예쁜 여자를 보면 아랫도리가 근질거리지. 후후후."

붉은 스카프가 나오미의 팔을 잡아당겼다.

"놔욧!"

나오미가 반항하는 순간,

"이 자식이, 누구에게 손을 대!"

무혁은 반사적으로 놈의 면상에 일격을 날렸다.

"커헉—"

붉은 스카프는 비명을 지르며 소파 너머로 날아가 구석에 처박혔다.

"이런 좆만한 청춘이 뒈질려고!"

철커덕. 착.

돌아오는 건 싸늘한 총구. M203 유탄 발사기의 총구가 무혁의 머리에 정조준이 되었다.

"헤이! 코리안, 죽고 싶어!"

팔공이 흥분한 무혁을 말렸다.

"흥분하지 말아라. 일단 이자들의 목적이 무엇인지 들어야겠다."

붉은 스카프가 터진 입술의 피를 닦으며 일어섰다.

"후후, 그래. 그래야 순서지. 역시 세상을 오래 산 늙은이라 대가리가 좀 돌아가는구먼."

늙은이란 표현도 모자라 사부님의 두상을 놓고 감히 대가리라니.

무혁은 다시 발끈하여 욕설을 퍼부었다.

"이 자식은 위아래도 없는 후레자식이네!"

"어허, 이놈, 가만히 있지 못할까!"

"끙……."

당장 박살 내버리고 싶지만, 사부 팔공의 꾸지람을 듣고서야 무혁은 흥분을 가라앉혔다.

팔공이 붉은 스카프에게 물었다.

"무슨 일이시오?"

"맞은 걸 생각하면 당장 죽여도 시원치 않겠다만, 우리 지도자께서 데려오라니 참는다."

"지도자라 했소?"

"네놈들을 데려오라 한 분은 '붉은 10월단' 의 지도자 쿤마 사령관님이시다."

캄보디아는 내전 중이었다.

'붉은 10월단' 은 황금의 초승달 지역을 장악한 반군으로, 현재 정부군과는 국지전을 펼치고 있는 무장 세력.

사실이라면, 사태가 보통 심각한 것이 아니었다.

반군 '붉은 10월단' 의 지도자 쿤마는 종신형을 선고받고 복역 중인 마약왕 쿤사의 사촌 동생이었다.

캄보디아 전황에 밝은 나오미가 물었다.

"돈을 원하는 건가요? 그렇다면 일본 영사관과 통화를 하게 해줘요."

"아니."

"그것도 아니면 이유가 뭐죠?"

"우리는 마니교의 부탁을 받은 것뿐이야. 알았어?"

그제야 상황이 정리되었다.

이들은 마니교의 사주를 받고 오츠카와 유우코를 납치한 것이었다.

어떻게 할까요? 무혁이 눈빛으로 물었다.

사부 팔공은 전음으로 대답했다.

"잘되지 않았느냐? 애써 찾을 것 없이 이놈들을 따라가면 마니교도들의 근거지에 갈 수 있을 것이니."

잠시 후.

부르릉— 덜컹. 덜컹.

무혁 일행은 낡은 군용 트럭에 실려 '황금의 초승달' 지역으로 끌려가고 있었다.

목적지가 놈들의 산채라니 남덕이 한심한 소리를 한다.

"대사님, 가면 산채비빔밥 줄까요?"

"모르지. 나오면 내 것까지 다 먹거라."

"히히. 고마워요. 근데, 이놈들이 뭐 하는 놈들이라고 했어요?"

"산채라니 녹림의 무리인 게지."

두 사람의 대화를 듣다못해 무혁이 한마디 했다.

"사부님까지 왜 이러세요. 우린 상당히 위험한 상황에 직면해 있다구요."

"커험… 알았다."

산악용으로 엔진을 개조하고 몸체보다 커다란 바퀴를 단 트럭은 기괴한 모양을 하고 있었다.

바로 몬스터 트럭이라는 것이다.

덜컹. 덜컹.

산채에 가까워지자 붉은 스카프는 무혁 일행을 위협했다.

"인질을 다치지 않게 하려면, 허튼수작들 하지 말고 조용히 있는 게 좋을 거야."

산비탈을 올라 둔덕에 오르자 아롱거리는 붉은 꽃밭이 눈앞에 펼쳐졌다. 꽃밭은 경사로를 따라 내려가 건너편 산중턱까지 붉게 물들이고 있었다.

"어마, 이뻐라."

나오미가 그 붉은 기운에 취해 탄성을 질렀다.

양귀비 밭이다.

색이 밝은 꽃은 아름다워 관상용으로 쓰이기도 했지만, 엄격히 말해 이것은 재배가 금지된 꽃이었다.

설익은 양귀비의 열매에 흠집을 내서 흘러나오는 즙액을 말리면 그게 아편이 되니까.

"양귀비다. 이걸 음용하면 깊은 환각 상태에 빠져들지. 옛날 요화궁에서 방중술을 유도하기 위해 썼지만, 이렇듯 거대한 군락지가 조성됐다는 건 놀랍구나."

사부 팔공이 염려스러운 목소리로 말했다.

'오옷! 방중술이라면 여자를 뿅 가게 하는 묘법이 아닌가. 한 움큼 훔쳐 가야겠다. 험험.'

무혁은 나오미의 S자 곡선을 힐끗거리며 엉큼한 생각을 했다.

그때, 나오미가 환하게 웃으며 무혁을 돌아다봤다.

"오빠, 예쁘죠?"

'이런 생각 한 거 들통나면 나 또 죽지. 흠흠.'

무혁은 시치미를 떼고 더 굳은 표정을 지었다.

행여 자신의 엉큼한 생각을 나오미가 눈치챌까 두려워서였다.

"오빠, 표정이 너무 굳어 보여요. 꽃이 이렇게 예쁜데 좀 웃어요."

무혁은 적반하장으로 나오미를 야단쳤다.

"유우코와 오츠카가 잡혀갔으니까 그러지. 지금 꽃타령 할 때냐?"

당장 미안한 표정을 짓는 나오미.

"아참, 그렇죠. 죄송해요. 철없이 굴어서."

아니 뭐, 죄송할 것까지야…… 히히.

제4장

죽음의 격투장

죽음의 격투장

양귀비 밭을 지나며 보았던 목책과 망루들은 장난에 불과했다.

십만 평도 넘어 보이는 양귀비 밭을 통과하자, 앙코르와트에 버금가는 대리석 사원이 웅장한 모습을 드러냈다.

화르르.

다섯 개의 첨탑에서는 세찬 불길이 솟아오르고 있었다.

무혁이 물었다.

"여기는 뭐 하는 곳이오?"

"마니교도의 사원이자 격투장이기도 한 곳이다. 가장 강한 사내들이 생존 게임을 벌이는 곳이지. 왜, 관심있나?"

빨간 스카프의 말로 미루어보자면 마니교도들과 반군 '붉은 10월단'은 이곳 사원에서 공생하는 모양이었다.

"관심없소."

"우리가 운영하는 격투장은 태국의 소규모 파이트 클럽들하고는 수준이 다르지. 선수들도 최강자들만 출전한다."

빨간 스카프의 설명을 듣는 동안 몬스터 트럭은 사원의 정문을 통과했다.

놀랍다.

"……!"

눈앞에 펼쳐지는 사원 내의 전경은 경악을 금치 못하게 했다.

SA—6 지대공미사일을 장착한 경장갑차 십수 대가 도열해 있었기 때문이다. 게다가 첨탑 곳곳에 설치된 발칸포들… 어지간한 비행 물체가 이 주변에 떴다가는 아주 개박살날 것이었다.

또한 사원 바닥에 그려진 코드네임 'H' .

'뭐야, 헬기 착륙장도 있어?'

이곳은 사원이 아니라 사단 규모의 부대라고 봐야 할 것이었다.

"후후, 놀랐나? 그리 놀랄 것 없어. 사업상 안전을 위한 거니까."

"저건 SA—6 지대공미사일이잖소?"

"어떻게 알지?"

제길, 아무리 짬밥장으로 제대했기로서니 그 정도 기본 교육도 받지 않았을까.

"한국의 청년들은 군대에 갔다 오니 그 정도는 기본이오."

"그렇군. 한국 남자들은 죄다 군대에 다녀온다고 들은 적이 있지. 이건 구소련이 중동에 내다 판 물건들이야. 작년에 우리가 접수했지."

양귀비 밭을 지키는 데, 이런 무기를 보유하다니.

'붉은 10월단' 은 무서울 것이 없는 집단이었다.

마약왕 쿤사를 정부마저도 손댈 수 없었던 이유를 알 것 같았다.

타다다다다다—

그때, 프로펠러의 요란한 굉음이 밀림 숲을 뒤흔들며 수송용 헬기인 MII—35가 속속들이 모습을 나타났다.

이건 또 뭔가.

"오, 손님들이 도착하는군. 우리의 고객들은 세계적인 부호들이지. 너희는 운이 좋다. 죽기 전에 가장 위대한 전사들의 경기를 볼 수 있을 테니까."

헬기에는 녹십자 마크와 '북경약업유한회사(北京藥業有限會社)' 란 문구가 새겨져 있었다.

"……?"

놀라는 무혁에게 나오미가 말했다.

"'중첩인체간섭소@2b' 라는 사스 백신을 개발한 세계적인 제약회사예요. 아마 이곳에서 아편을 구입하는 모양이에요."

"……."

대체 이곳에서 무슨 일을 벌이고 있는 건가.

무혁 일행은 사원 내, '붉은 10월단' 의 본부로 끌려갔다.

본부 안에는 베레모에 선글라스를 쓴 동남아인이 몽고포를 입은 중국 노인과 밀담을 나누고 있다.

동남아인이 사촌 형 쿤사가 투항하여 종신형을 받은 후 와해된 조직을 재편성에서 '붉은 10월단' 을 결성한 신흥 마약왕 쿤마(軍馬)였다.

그는 불만이 있는 듯 중국 노인에게 뭔가를 하소연하고 있었다.

"돈을 잃는 것은 고사하고, 이 쿤마의 자존심은 상할 대로 상했습니다. 이번에 노사님이 제대로 된 애들을 수급해 주셔야지, 이대로는 못 삽니다. 아주 기분이 진흙탕이라니까요."

"걱정 마시오, 쿤마님. 곧 미국 '데드매치'의 선수들을 공수해 드릴 것이오. 헐헐."

"하면 이번에는요?"

"마음을 넉넉하게 가지시고 배팅이나 하시지요."

"이거 원 자존심이 상해서……."

빨간 스카프가 잠시 대화가 멈춘 틈에 보고를 했다.

"놈들을 데려왔습니다."

쿤마는 귀찮다는 듯 무혁 일행을 쳐다보지도 않고 말했다.

"하산바르에게 데려다 줘라."

"예, 사령관님."

붉은 스카프를 따라 본부를 나서려 할 때였다.

"잠깐, 기다리시게."

몽고포의 중국 노인이 난데없이 무혁 일행을 불러 세웠다. 그러더니 쿤마에게 물었다.

"이자들은 누굽니까?"

"관광객입니다만……."

"관광객을 무슨 연유로요? 관광객이 쿤마님과 원한을 질 일이 있습니까?"

"크하하! 제가 저런 관광객을 상대로 원한 질 일이 뭐가 있겠습니까. 마니교단에서 의뢰가 들어온 일입니다."

"지난번에도 말씀드렸지만, 마니교도들을 멀리하세요. 저자들은 종교를 빙자하여 신도들의 재산을 빼앗고, 영혼마저 황폐화시키는 자들이 아니오. 나는 그런 자들이 가장 혐오스럽다고 생각하오. 우리 같은 깡패 조직도 섬기는 의리가 있거늘……."

무혁은 궁금했다.

저 노인은 누구기에 쿤마에게 거침없이 말을 할 수 있는 것일까?

그리고 왜 우리에게 호의를 보이는 것일까?

"정녕 쿤마님이 마니교단과 숙주 관계에 계신 게요?"

노인의 거침없는 말에 쿤마가 난처한 표정을 지었다.

"아, 아니, 노사님. 숙주 관계라니요. 결코 그런 게 아닙니다. 그자들이 평소에 저희에게 기대어오곤 했는데, 피차 정부의 눈을 피하는 처지라 우리가 돌봐주곤 했었죠. 이번 일도 그래서……."

중국 노인의 입가에서 실 같은 미소 한 올이 떠올랐다.

"오늘은 쿤마님이 아무래도 운이 좋으신 듯하오."

쿤마는 못 알아듣는 표정이다.

"무슨 말씀입니까, 노사님?"

"저들을 풀어주시구려."

"예?"

"왜, 안 된다는 말이오?"

잠시 생각에 잠겼던 쿤마가 입을 열었다.

"이 쿤마가 그래도 제가 한 약조는 철석같이 지키는 걸 좌우명으로 산 자입니다. 아무리 마니교도와의 약속이라도 명분없이는 그걸 깨기 힘듭니다."

"그렇소이까? 그렇다면 이 늙은이가 명분을 드리리다."

"명분을요?"

"쿤마님의 고민이 일거에 해결될 만한 선수 하나를 소개시켜 드릴까 하오."
"예?"
중국 노인이 무혁을 향해 근엄있는 목소리로 말했다.
"백무혁 선수, 이리 오시게."
"……?"
이 노인이 누군데 날 알고 있는 거지?
무혁은 의아한 눈빛으로 중국 노인을 쳐다보았다.
"마인(魔人) 줄루와의 시합은 인상적이었네."
"예?"
이런 인연도 있는가.
사람의 일이란 한 치 앞도 알 수 없다더니 그 말에 틀림이 없었다.
자신을 황약 노사라 밝힌 노인은 사이타마(埼玉) 슈퍼 아레나에서 열린 남제 예선에서 무혁의 시합을 보았다고 했다. 또한 그곳에서 유중광과 만난 사연을 얘기해 주었다. 무혁은 유중광과의 통화에서 황약 노사의 말이 사실임을 확인할 수 있었다.
[노사님을 바꿔라.]
"예, 형님."
유중광이 황약 노사에게 부탁을 한 모양이었다.
"걱정 마시오, 유 사장. 헐헐."
황약 노사는 후덕한 웃음을 잃지 않고 전화를 끊었다.
"사연이야 어찌 됐든 사원을 파헤친 것은 무리가 있었네. 마니교도들에겐 아주 중요한 문제일 테니 말일세."
기왕지사, 인연의 끈이 닿은 것.
무혁은 툭 터놓고 황약 노사에게 도움을 청했다.

"어르신, 오츠카 선수와 딸이 납치되었습니다. 구할 수 있도록 도와주십시오."

"방법은 하나뿐일세. 자네가 쿤마님의 선수가 되어 싸우는 것이지. 쿤마님은 경쟁자인 태국의 무앙차이에게 잇달아 패배해 의기소침해져 있네. 이번에 자네가 쿤마님의 자존심을 세워준다면, 내가 캄보디아를 떠날 수 있도록 뒷일을 봐주겠네."

모두가 무사히 캄보디아를 빠져나갈 수 있다면 못할 짓이 뭐가 있겠는가. 두려울 것이 없는 무혁은 황약 노사의 요구에 흔쾌히 응했다.

"좋습니다."

"한 가지 명심할 것이 있네. 이곳에서의 격투는 스포츠가 아닐세. 선수의 생명은 누구도 관심이 없는 죽음의 격투란 것일세."

"상관없습니다."

황약 노사가 쿤마를 돌아보며 말했다.

"어떻습니까? 이만하면 명분이 되시겠지요?"

쿤마의 눈이 의심쩍은 듯 끔벅였다.

"무앙차이의 선수만 꺾을 수 있다면 두말할 것이 없지요. 하나 좀 약해 보이는군요. 일단 저자의 실력을 점검해 봐야겠습니다."

"그러시겠습니까?"

무혁 일행은 본부 뒤쪽 마당으로 끌려갔다.

이곳에서 무혁을 테스트해 볼 요량인 것이다.

"자식이 왜 사람을 못 믿고 지랄이야."

무혁은 쿤마의 테스트가 못마땅하여 팔짱을 끼고 건들거렸다.

"오빠, 이건 경기가 아니잖아요. 너무 위험해요. 다른 방법을 찾아봐요. 일본 대사관과 연결만 되면 방법이 있을 거예요."

나오미가 근심 어린 표정으로 말했다.

"정부군도 어쩌지 못하는 반군들인데, 일본 대사관이라고 이들을 다룰 뾰족한 수가 있겠어? 괜히 이놈들 성질만 건드리는 격이 될 거야."

"그건 무혁이 말이 맞다."

"목숨을 건 사투라잖아요."

"그건 나오미 양 말이 맞지."

남덕은 상황 파악도 못하고 옆에서 계속 깐죽댔다.

"미야, 스포츠든 아니든 링 위에 오른다는 자체가 사투잖아. 사부님이 계시니 너무 걱정하지 마."

평소와는 다르게 무혁은 진지한 모습을 보여주었다.

그만큼 긴장을 하고 있단 뜻이었다.

사부 팔공의 입가엔 흐뭇한 미소가 떠올랐다.

"허허… 나오미 양, 너무 걱정 말게. 요즘 보아하니 무혁이 놈의 키가 부쩍 큰 것 같구먼. 그리고 너도 긴장하지 말고."

"예, 사부님."

"우와, 어른 되면 성장판이 닫힌다는데, 넌 아직도 자라냐? 무혁아, 너 요새 몇 센티 자랐냐?"

"형, 위험하니까 삽 들고 저쪽에 찌그러져 있어. 알았지?"

"히히, 알았어, 무혁아."

본부 뒷마당에는 뜻하지 않은 싸움 구경에 신이 난 병사들이 몰려들었다.

쿤마는 반군 병사 하나를 내세워 무혁을 시험해 볼 참이었다.

"항타이! 네가 나서라."

"알겠습니다."

쿤마의 명에 병사 하나가 얼룩무늬 군복을 벗으며 앞으로 나섰다.

키가 190센티 정도는 될까?

놈은 캄보디아 사람 같지 않게 건장한 체격을 지니고 있었다. 생김새로 보니 백인과의 혼혈 같았다.

"이름은 항타이, 중동테러부대 출신인 데다가 이미 정부군을 백 명이나 때려잡은 용사다. 네가 이놈을 이기면 인정해 주겠다."

무혁은 항타이를 무표정하게 바라보다 말했다.

"어차피 테스트라면 시간 끌기 싫군요. 제일 강한 놈들로 다섯을 한꺼번에 붙여주십시오."

쿤마의 미간이 잔뜩 찌푸려졌다.

무혁이 아무래도 허풍을 떠는 것으로 느껴졌기 때문이다.

"건방을 떠는 게냐, 아니면 자신이 있다는 게냐?"

"헐헐."

그의 물음에 무혁은 성의없이 툭하고 내뱉었다.

"귀찮아서 그럽니다."

반면 황약 노사는 무혁의 말투가 좋은 모양, 마냥 너털웃음을 흘렸다.

"이 자식이, 죽으려고!"

쇄애액!

무혁의 말에 발끈한 항타이가 강력한 오른 주먹을 날렸다.

"야야, 주먹 날아오는데 왜 이리 시간이 걸리냐? 그래서 맞겠냐?"

무혁은 그의 주먹을 가볍게 흘리며 옆구리에 무릎을 집어넣었다.

"으자챳!"

"커—헉!"

거구 항타이의 입에서 신음과 거품이 동시에 흘러나왔다.

쿵!

그걸로 끝이었다.

급소 명치를 정확히 가격당한 항타이는 앞으로 거꾸러지며 혼절하고 말았다.

무혁의 전광석화 같은 니킥을 본 쿤마의 눈이 휘둥그레졌다.

"몇 놈 더 덤벼보지?"

뚜둑—

무혁은 손가락을 풀며 구경하고 있는 병사들을 자극했다.

"항타이가 당했다. 일본 놈을 죽여라!"

붉은 10월단의 반군들, 정말 다혈질의 인간들이었다.

테스트라더니 동료가 쓰러지는 것은 보자 개 떼로 달려들기 시작하는 것이 아닌가.

"저놈을 죽여라!"

부욱— 부우욱—

게다가 총신에 대검까지 착검하여 휘둘러 대는 것이었다.

무혁은 당황하지 않고 그들을 상대했다.

"아, 재수없게 내가 무슨 일본 놈이냐? 난 대한의 아들이라고, 이 사람들아!"

무혁은 달려드는 놈들을 차례대로 때려눕혔다.

퍽. 퍽. 퍽. 퍽!

"실력이 안 되는데, 떼로 덤빈다고 되냐? 그래, 얼른들 와서 순서대로 누우세요!"

이십여 명을 때려눕힌 데 걸린 시간은 십여 분 정도?

무혁은 쓰러져 신음을 토해내는 병사들을 뒤로하고, 하늘을 올려다보며 멋진 멘트를 날렸다.

"우리가 강호의 은원은 없으나 일이 그리되었으니 내 손속을 탓하진 말아라."

약간 오버였나?

팔공은 많이 들어본 듯한 무혁의 대사에 웃음을 터뜨리고 말았다.

"허허허. 녀석……."

하나 팔공보다 더 큰 웃음을 터뜨린 것은 바로 쿤마였다.

쿤마는 기쁨을 감추지 못하고 황약 노사에게 감사를 표했다.

"쿠하하하! 노사님, 이거 물건 건졌습니다. 고맙습니다."

"이 늙은이가 아직 사람 보는 눈은 있지요."

무혁이 등 뒤로 예리한 시선을 던지며 물었다.

"더 해야 합니까?"

짝. 짝. 짝.

"브라보! 됐다. 됐어. 충분하다."

"커험."

무혁은 그제야 손을 털며 제자리로 돌아갔다.

그때, 쿤마가 너무도 황당한 명을 내렸다.

"좋다. 널 내일 경기에 출전시키겠다. 만약 승리하면 너희를 보내주마. 하지만 여자는 내가 인질로 잡아야겠다."

화기애애했던(?) 분위기가 일순간에 반전되는 순간이었다.

"……!"

"여자는 내 방으로 데려가고 이자들에게 숙소를 정해줘라."

"예."

쿤마의 명대로 병사 몇 명이 나오미를 붙들었다.

"어맛, 놔요!"

뭐야, 나오미를 왜 지 방으로 데려가?

갑자기 머리 뒤쪽으로 피가 솟구치는 기분이었다. 무혁은 그 얘기를 듣자마자 쿤마 앞으로 걸어나갔다.

"……!"

일순 팔공은 약간 불안한 감정에 휩싸였다. 무혁의 몸에서 발산되는 기운에 살기가 서렸기 때문이다.

'흠… 나오미 양을 인질로 삼겠다니 눈이 뒤집어진 게로구나…….'

하나 무혁의 성격상, 말릴 수 없음은 자명한 사실. 팔공은 불안한 심정으로 지켜볼 뿐이었다.

'사고가 터지면 먼저 우두머리를 제압해야 할 것 같구나…….'

"움직이지 마!"

쿤마에게 다가가는 무혁에게 병사들이 총구를 들이대자, 쿤마는 손을 들어 부하들을 물러나게 했다.

"놔둬라."

이내 얼굴을 마주한 두 사내.

무혁과 쿤마의 눈빛이 중간에서 격렬하게 교차되었다.

무혁은 무겁게 입을 열었다.

"내 여자를 당신 방으로 데려가려는 거요? 당신을 위해 싸울 것이라 했는데 왜 데려가려는 것이오?"

"……?"

처음에는 어리둥절하다 그 말뜻을 알아차린 쿤마가 답했다.

"후후, 나, 쿤마가 여자를 범하거나 하는 추잡한 놈은 아니니 걱정 말아라. 만에 하나 네놈이 내게 등을 돌릴까 봐 그러는 것이다."

무혁은 목에 더욱 힘을 주었다.

"난 사내요. 좆 달고 태어났으면, 약속은 지키는 사내란 말이오."

"나 역시 사내다."

상황은 너무도 불리했다.

하나 어찌 자기 여자가 잡혀가는 상황을 지켜보란 말인가. 이 자리에서 죽더라도 할 말은 해야 한다고 생각한 무혁이었다.

무혁은 추상같은 경고를 날렸다.

"만약 나오미의 손끝 하나라도 건드리면, 당신은 그날로 죽는 줄 아시오."

죽음을 무릅쓰고 날린 경고였다.

쿤마가 반문했다.

"후후, 맨손으로 말이냐? 무장 병력들은 어찌하고?"

"당신 죽이는 데 손가락 하나면 충분하오. 총에 맞아 죽더라도 당신은 죽이고 죽을 테니까, 알아서 하시오."

"이놈 봐라……."

무혁의 당찬 태도에 쿤마는 어찌해야 할지 모르는 표정이었다.

그렇게 한참을 노려보던 쿤마가 돌연 파안대소를 터뜨렸다.

"쿠하하하! 이놈 볼수록 마음에 든다. 여자도 함께 있도록 해줘라. 쿠하하하!"

다시 밤이 되었다.

초저녁.

‘황금의 초승달 지역’ 이라더니 정말 그림 같은 초승달이 청명한 밤하늘에 떠 있다.

무혁은 홀로 창틀에 앉아 남십자성을 쳐다보았다.

‘죽음의 경기라… 잘해낼 수 있을까?’

큰소리는 쳤지만, 사람이 죽고 사는 경기.

‘죽거나, 아니면 상대를 죽이게 되면 어떻게 하지…….’

한편으론 걱정도 되고, 한편으론 이게 뭔 짓인가 싶어 고민하지 않을 수 없는 무혁이었다.

‘제빵 기술 배우러 일본 왔다가 인생 완전히 꼬였다, 꼬였어.’

문득, 최근 몇 개월을 아무 생각 없이 달려왔다는 느낌이 들었다.

이게 원래 내 인생이 아닌데, 어떻게 이리된 거지?

돌이켜 보면 모든 시발점은 삼촌 원만이었다.

그 인간이 중원으로만 안 날아갔어도 이런 일은 없었을 텐데…….
빵집 주인에서 벗어난 삶의 행보에 잠깐 후회스럽기도 했지만, 무혁은 이내 마음을 다잡았다.

‘그래도 사부님을 만난 건 행운이었어. 누가 이런 경험을 해보겠어. 그리고 나오미를 얻은 것도…….’

나오미를 생각하자 금세 기분이 밝아지는 무혁이었다.

‘우선 이곳을 빠져나가는 데만 신경 쓰자.’

그때, 사부 팔공이 방 안으로 들어왔다.

“선풍각과 곤차륜의 위력이 많이 강해졌구나.”

“헤헤, 정말요?”

“스스로 그 연유를 알겠더냐?”

무혁이 이십여 명의 반군 병사를 상대한 것은 그만한 자신감이 있었기 때문이다.

그리고 그들을 손쉽게 제압했다.

물론 총을 사용하지 않는 병사들이 별 위협이 되지 않은 것도 있지만, 이는 상대의 움직임이 눈에 잘 들어오기 시작해서였다.

마치 한순간 개안을 한 것처럼 말이다.

"글쎄요… 사부님이 오시기 전에 통화할 때 말이에요. 이런 말씀을 해주셨어요. 심격(心擊)으로 상대를 치는 거라고요. 근데, 요즘 상대의 움직임이 눈에 잘 들어와요. 아마 줄루와의 경기 이후부터인 것 같아요."

사부 팔공은 고개를 끄덕였다.

"그래, 옳다. 무공이 느는 것은 눈이 밝아지는 것부터니라. 나의 눈이 밝아지면 상대의 움직임이 잘 보이고, 상대의 움직임이 잘 보이면 나의 마음에 여유가 생기고, 나의 마음에 여유가 생기면 몸에서 불필요한 힘이 빠져나가 타격의 힘이 강해지는 것이다. 이것이 유경(柔勁)의 요체다. 항상 유경이 강경(强勁)을 제압함을 잊지 말아라."

"예."

"내일은 힘든 날이 될 테니 오늘은 푹 쉬도록 해라."

무혁은 방을 나서려는 팔공을 불러 세웠다.

"사부님, 잠깐만요."

"왜, 알고 싶은 게 더 있더냐?"

무혁은 약간 머뭇거리다 속내를 드러냈다.

"제가 사람을 죽일 수도 있는 시합에서 잘해낼 수 있을까요?"

"무슨 말이냐?"

"내가 살기 위해 사람을 죽일 수는 없잖아요. 제가 뭐 살수도 아니고… 전 그냥… 빵집 주인, 아니, 사실 어쩌다 프라이드의 선수가 된 거라… 암튼 사람을 죽일 수는 없어요."

횡설수설하는 무혁.

하나 무혁이 하고자 하는 말의 뜻을 모르는 팔공이 아니다.

"시합에서는 이기고 싶은데, 사람을 죽이고 싶진 않다는 뜻이 아니냐?"

"예… 그런 거예요."

"허허, 꿈도 야무지다. 무조건 네가 이길 것이라 생각하는 모양이구나."

그렇다.

패배란 생각지도 못했었다.

왜 그런 자만심이 생긴 것일까.

"제가 죽을 수도 있다는 말이네요."

"당연하다. 상대를 죽이지 않으면 내가 죽는 것이 생사결이니까. 그게 서로 공평하지 않겠느냐."

"예… 그게 공평하죠……."

"비무와 생사결은 천양지차이다. 비무란 실력이 나은 자가 결국 상대를 이기게 되어 있지만, 생사결은 다르다. 실력이 못한 자가 자기보다 월등한 상수를 죽일 수도 있기 때문이다. 그 이유를 알겠느냐?"

무혁은 고개를 저었다.

"모르겠어요."

"그 이유는 마음속에 있다."

"……."

모르겠다.

사부 팔공의 가르침에는 가끔 선문답 같은 게 있기 때문이다.

"두려우냐?"

"예."

"비로소 마음속에 두려움이 생기는 모양이구나."

"두려움이 생기는 것이 좋은 건가요?"

"좋은 일이지."

"싸움에 임할 땐 두려움이 없어야 한다면서요."

"그렇지. 두려움이 없어야 하지."

"에이… 뭐예요. 두려움이 있어도 좋고, 또 없어야 한다니요. 그게 무슨 말씀이세요. 너무 어렵잖아요."

팔공은 미소를 지으며 말했다.

"너는 그동안 겁없이 상대를 대하더구나."

"제가 좀 용감하죠. 헤헤."

무혁의 너스레에 팔공은 고개를 저었다.

"그건 용감한 것이 아니라 무모한 것이란다. 다시 말하면 아무 생각이 없다는 말이다. 사람 마음속의 두려움이란 숨 쉬는 것과도 같아 잘 떨쳐지지 않는 법이다. 무사에게는 독과 같은 것이지. 하나 최소한의 두려움마저 없다면, 조심스러워지지 않아 아무리 상수라도 극히 위험해질 수도 있는 법. 내가 말하는 두려움이란 신중함과 같은 의미이니라."

"……."

"이놈아, 좀 더 쉽게 설명해 주랴?"

"예."

"길을 가다 전갈을 만났다. 외형적으론 아주 작고 보잘것없는 생물이지. 그러나 너는 어찌 행동하느냐?"

"당연히 피하죠. 물리면 '꼴까닥' 하고 죽는걸요."

"허허허. 그렇다. 전갈을 보고도 조심하지 않는다면, 아주 값비싼 대가를 치르게 된다."

"그런데요?"

"이것이 상수가 당하는 가장 흔한 경우이니라. 상대를 모르고 섣불리 덤비는 자는 생사결에서 결코 살아남을 수 없다. 왜냐면 생사결에 나서는 자는 전갈의 독과 같은 필살기 하나쯤은 지니고 있을 테니까."

머릿속이 조금씩 맑아지는 기분이었다.

사부 팔공의 가르침이 조금씩 이해되고 있단 증거였다.

"두려움이 없어야 한다는 것도 설명해 주세요."

"그러마. 간신 가사도(賈似道) 암살에 나섰던 제자들의 죽음을 들었을 것이다."

"예."

"그것이 좋은 예다. 간신 가사도를 암살하러 갔던 제자들은 그곳이 사지(死地)가 될 줄 알고 갔다. 아직도 내 기억엔 그 아이들의 모습이 생생하다. 각 문파에 남아 있었다면, 모두 바르게 성장했을 젊은이들이지."

사부 팔공의 눈빛이 그윽해졌다.

아마 중원 어딘가에서 죽어간 젊은이들을 생각하는 모양이었다.

"그 아이들이 왜 사지가 될지도 모르는 길을 간 줄 아느냐?"

"……."

"그것은 불굴의 신념과 죽음을 두려워하지 않는 마음 때문이다. 곧은 신념을 지닌, 죽음을 두려워하지 않는 자만이 사지에 뛰어들 용기가 있는 것이지. 그 아이들은 두려움이 없었던 게 아니라 두려움을 극복한 것이니라. 두려움을 갖되 그것을 극복하는 자만이 진정한 협객이 될 수 있다. 하나 그 길을 가는 것은 누구의 강요로 이루어지는 것이 아님을 명심해라. 이는 오로지 자신의 선택이니라."

그날 밤, 사부 팔공은 운기행공법을 전수해 주었다.

흔히 무협 소설에서 나오는 대주천이니 소주천이니 하는 것 말이다.

그럴 수도 없지만, 하룻밤 만에 기경팔맥을 타통시키라고 가르쳐 준 것은 아니었다.

단 하나.

호흡의 방송(放鬆)을 자유롭게 익혀 봄을 유연하게 한 후, 유경의 파워를 극대화시키기 위한 것이었다.

전수 방법은 먼저 팔공이 시전하고 무혁이 따라 하는 형태를 취했다.

한 세 시간 정도 지났을까?

사부 팔공이 운기행공을 멈추었다.

"좀 쉬거라."

"후우……."

전신에 비 오듯 흐르는 땀.

단전호흡을 하게 되면 추운 겨울에도 몸에 열이 난다더니 거짓이 아니었다.

"어떤 기분이 드느냐?"

"음… 뭐랄까. 숨이 사지(四肢)로 통하는 느낌이었어요. 손가락, 발가락까지요."

"허허, 엉뚱하게도 네놈이 무공에 재능이 있는 모양이구나. 생긴 건 느려 터지게 보이는데 제법이다."

"헤헤. 제자가 무공기재란 사실을 이제 인정하시는 거죠?"

따악—

여지없이 꿀밤이 날아들었다.

"거만 떨지 말래도."

"헤헤. 알았어요. 근데 운기행공은 얼마나 해야 되는 거예요?"

"죽는 그날까지 매일 아침 한 번도 거르지 말고 하거라. 그리되면 공력이 자연스럽게 늘 것이다."

기분은 좋은데 갑자기 의문이 든다.

"사부님, 갑자기 왜 운기행공까지 가르쳐 주시는 거예요?"

"난 이제 돌아가야 하지 않겠느냐? 나는 내가 살던 곳으로 가서 못다 한 일을 해야지."

그렇구나. 사부님은 중원으로 가야 하는 분이었지.

씨알도 먹히지 않을 소리를 해보았다.

"그냥 여기서 저랑 사시면 안 돼요?"

"늙은 내가 여기서 무얼 하고 살겠느냐?"

"도장을 체인점으로 운영하는 거죠. 사부님 무공이면 아주 난리날 거예요. TV에도 출연하고… 또, 여긴 사부님 좋아하시는 무협 비디오도 많잖아요."

"허허허… 그렇구나. 의천도룡기도 다 보지 못했는데."

"그러니까요."

"허허허……."

그간 정이 많이 들었나 보다.

이 영감탱이를 언젠가는 못 볼 거란 생각을 하니 마음이 울적해지는 무혁이었다.

"…네놈이 혹시라도 옛 송나라 땅을 여행하게 되거든 내 죽은 자리에 와서 술이라도 뿌려다오. 괴이한 인연이지만, 이것도 인연이라면 인연이 아니겠냐. 껄껄껄."

얼마 전에 했던 사부의 말이 귓속에서 웅웅거렸다.

"이제 그만 눈 좀 붙여야겠구나."

"그래요. 오늘은 그만 하고 자요."

왠지 기운이 빠지는 듯하여 무혁은 그 말에 동의를 했다.

그랬더니 사부 팔공이 의아한 표정을 짓는다.

"넌 왜?"

무혁은 어이가 없어 반문했다.

"전 잠 안 자요?"

"네가 지면 우리가 꼼짝없이 붙잡혀 있게 생겼는데 자면 안 되지. 넌 밤새 수련해야지."

우와, 지독하다.

무슨 사부가 제자 사랑하는 마음이 털끝만큼도 없냐.

무혁은 한쪽 다리를 떨며 거만하게 말했다.

"여보쇼, 소림사 방장 양반. 이거 너무하는 거 아닙니까?"

"난 간다."

무혁은 방을 나서는 팔공의 뒤통수에 대고 소릴 질렀다.

"뭘 수련해야 하는데요? 그거나 가르쳐 주고 가야죠!"

"생사결은 점수제가 아니다. 다시 말해 판정은 없다는 뜻이야."

"그래서요?"

"상대는 너의 급소만 공격해 온다. 그 같잖은 비무대회에서 쓰던 기술들은 다 잊어버려라. 그리고 한 가지만 기억해라."

"그게 뭔데요?"

"사람의 사혈(死穴)!"

점혈만으로도 사람을 죽일 수 있다는 혈도.

"……!"

"로우킥, 하이킥? 사람이 허벅지 맞아서 죽나? 다 큰 놈들이 뭔 장난짓거린지. 같잖은 비무는 그만 때려치우라 해라! 커험!"

사부 팔공이 전에 없던 농담을 한다.

사부님, 사부님도 서운하신 거죠. 그렇죠?

사부 팔공이 나간 뒤 무혁은 발경에 대해 곰곰이 생각해 보았다.

무협에서는 암경(暗勁)이라고도 하는 것이다.

사부 팔공에게 사사받을 때, 타출시 발경의 중요성을 배웠으나 그 사용을 자제하라는 충고를 들었었다.

이는 능히 사람을 죽일 수 있는 힘을 내포하기 때문이라 했다.

지금까지 프라이드 링 위에서는 그러한 힘이 필요치 않았다.

때문에 수련을 따로 하지 않았던 것이다.

링에서 사람을 상하게 할 일이 있겠는가.

정확한 묘용도 알지 못하지만, 만약 링에서 발경을 실제로 사용했다면 큰 사고와 연결될 수도 있었을 것.

하나 지금은 달랐다.

목숨을 담보로 하는 생사결.

말 그대로 상대를 죽이지 않으면 내가 죽을 수도 있는 상황이니 발경의 사용을 심각하게 고민하지 않을 수 없었던 것이다.

무혁은 허공에 오른 주먹을 뻗어보았다.

퍽!

타격점에 강한 힘이 집중됨을 느낄 수 있다.

누군가 제대로 맞았다면 아마 뼈가 통째로 부러져 버렸을 것이다.

그러나 이것은 명경이라는 것으로 사부 팔공이 말한 발경, 즉 암경과는 차이가 있었다.

그 차이라는 것은 거리로 보면 간단할 것이었다.

무협을 조금이라도 접해본 사람은 익히 알 수 있는 암경은 극히 짧은 거리에서 명경과도 같은 파괴력을 분출할 수 있는 타격 수법이었다.

하여 촌경(寸勁) 혹은 분경(分勁)이라고도 한다.

반 시진의 깊은 숙고 끝에 무혁은 암경의 원리를 추측해 볼 수 있었다.

무혁 나름대로 찾아낸 암경의 묘용은 이러했다.

시속 300킬로미터로 달리는 차가 있다.

만약 안전벨트를 하지 않은 운전자가 급정거를 했다면 어찌 될까?

분명 운전자는 앞 유리창을 뚫고 날아가 죽던가, 아니면 앞 유리창에 부딪쳐 죽고 말 것이었다.

이때, 자동차는 스스로 어떤 힘을 지니지 않았으며, 또 운전자에게 죽을 만한 타격을 가한 것도 아니다.

여기서 운전자를 죽인 힘은 속도와 출력에서 나온 것이었다.

즉, 발경을 할 때의 파괴력이란 주먹을 쥔 정도나 주먹의 무게 혹은 주먹이 때리는 포인트에 있지 않고, 거리라는 공간 안에서 힘의 움직임이 얼마나 효과적인가에 달려 있는 것이었다.

"그래, 열라 세게 쥐고 강하게 휘두른다고 파괴력이 생기는 것은 아니야. 이제야 사부님이 강경이 유경을 당해내지 못한다고 한 말씀의 뜻을 알 것 같아."

무혁은 다시 한 번 오른 주먹을 뻗어보았다.

이번에는 팔에서 모든 힘을 뺀 상태였다.

팡!

"……!"

허공을 때리는 격타음이 달랐다.

처음의 것이 묵중하고 둔탁한 반면, 이번의 것은 대단히 가볍고 경쾌했다.

"이런 느낌인가……?"

권격을 부드럽게 사용하자 주먹을 회수하는 속도가 빨라졌다.

다시 말해 2타, 3타를 연결하는 시간이 빨라졌다는 얘기였다.

그래도 느낌으로는 처음의 것, 힘을 잔뜩 준 것이 충격이 강할 것 같았다.

그래서 시험해 보았다.

대상물은 바닥에 놓여 있는 벽돌이었다.

콰—직!

"……!"

놀랍다.

처음의 것은 부서져 가루가 되었는데, 부드럽게 사용한 것은 벽돌의 격타점이 칼로 베인 듯 날카롭게 잘라진 것이었다.

암경, 이는 힘의 집중력 차이였다.

"쯧쯧, 무식한 놈이 힘만 세단 얘기가 날 두고 한 거였네."

무혁은 다시 한 번 고심에 빠졌다.

사부 팔공이 하필이면 왜 오늘에야 운기행공을 가르쳐 주었는가 하는 문제였다.

그 문제는 그다지 어렵지 않게 알아낼 수 있었다.

명경이든 암경이든, 이젠 공력을 실어 사용하라는 뜻이리라.

"에이… 이 앙증맞은 영감탱이!"

무혁은 사부 팔공이 옆에 있으면 뽀뽀라도 해주고픈 심정이었다.

"운기행공을 할 때 단전에서 사지로 흐르는 듯한 기운을 권격에 실어 보내라는 뜻일 거야."

무혁은 이를 운용하여 달마 18수와 소림권법 32세를 시전해 보았다.

하나 기를 운용하는 것은 생각처럼 쉽지 않았다.

무혁은 그제야 잠자지 말고 수련하라는 사부의 참된 뜻을 깨달을 수 있었다.

"하룻밤에 늘면 얼마나 늘겠어. 하지만 잠 처자는 것보단 낫다. 이렇게 공부했으면 서울대도 갈 수 있었는데."

팡. 팡. 팡.

"협요궁전보(挾腰弓箭步)!"

"마보단평격(馬步單平擊)!"

"금계독립세(金鷄獨立勢)!"

땀에 범벅이 된 몸으로 수련을 한 것이 벌써 두 시간째.

시간은 새벽을 향해 치닫고 있었다.

몸이 지칠 수도 있는 시간.

그러나 신법이 점점 경쾌해지고 날렵해지는데, 파괴력은 몇 배나 증가된 느낌에 무혁은 지치는 줄을 몰랐다.

아니, 도무지 지치지가 않았다.

"좌우쌍관권(左右雙貫拳)!"

"나한세(羅漢勢)!"

"주정각세(肘頂脚勢)!"

깨달음은 단 하나였다.

마치 운전자가 자동차 안에서 튀어나가듯, 경력을 튀어나가게 하여 상대에게 전달하는 것이 타격의 요체라는 점.

그것이 권이든 각이든 퇴든 말이다.

이것은 또 심격(心擊)과도 잘 어울렸다.

상대를 치되 상대방의 몸을 타격점으로 잡지 않고 그 뒤에 있는 물체를 타격점으로 잡으면, 집중된 힘이 상대의 몸을 깊숙이 관통한다는 것이었다.

"타핫!"

무혁은 짧은 기합과 함께 일권을 내질렀다.

파―앙!

스스슥.

분명 허공에 대고 일권을 지른 것인데 1.5미터 정도 떨어진 벽에서 먼지가 일었다.

그리고 벽돌 가루가 흘러내렸다.

'…된 건가?'

먼지가 가라앉자 벽에 새겨진 선명한 모양이 눈에 들어왔다.

권흔(拳痕)이었다.

"됐다……."

얼마 후.

나오미는 무혁의 방문을 빠금히 열어 두리번거렸다.

팔공에게 수련한다고는 들었는데, 너무 조용하여 걱정이 되었던 것이다.

무혁은 침상에 앉은 채 고개를 떨어뜨리고 있다.

왜 그러는 것일까? 영문을 모를 일이었다.

"크크큭……."

섬뜩했다.

무혁이 머리를 숙인 채 괴이한 웃음을 흘렸기 때문이다.

"오빠……."

자신이 부르는 소리가 들리지 않았는지 무혁은 괴이한 웃음을 그치질 않았다.

게다가 이젠 어깨까지 들먹거리는 것이었다.

"크크큭……."

'오빠가 무공 수련하다 미쳐 버린 건가?'

나오미가 이런 생각을 한 건 남덕이 주화입마 어쩌고 하는 소릴 들었기 때문이다.

그때였다.

돌연 무혁이 두 주먹을 불끈 쥐고 일어서는 것이 아닌가.

나오미는 깜짝 놀라 가슴을 쓸어내리며 지켜보았다.

"우오오! 백무혁! 이 무공기재에다 무공 천재인 놈아! 너는 대체 어디까지 진화할 테냐. 불타올라랏! 백무혁! 푸하하핫!"

뭐야, 또 자기 자랑이잖아… 근데 저 두 줄기 눈물은 뭐지? 힝, 너무 유치해.

나오미는 황망하여 바라보다 목청을 조금 높여 무혁을 불렀다.

"오빠, 저 들어가도 돼요?"

무혁은 그제야 나오미를 발견하고는 손짓을 했다.

"오우, 언제 왔어. 우리 베이비. 우리 미야가 못 들어올 데가 어디 있어? 푸하하."

어쨌든 무혁의 기분이 좋은 걸 보니 다행스러운 나오미다.

"대사님이 오빠 지금 수련 중이라 하셔서……."

"괜찮아. 어서 들어와. 우리 베이비. 오빠가 허접들하고 싸우며 따로 수련해야 되겠냐? 그냥 기본으로 가는 거야. 오빠 여태까지 잤다. 푸하하."

갑자기 속이 느글느글하다.

낮에 쿤마 앞에서 보여준 무혁의 모습에 나오미는 완전히 감동해 버린 상태였다.

하여 힘내라는 의미로 키스라도 해줄 참이었는데, 아니, 분위기에 따라 같이 밤을 보내리라 큰 용기를 냈는데…….

갑자기 버터왕자가 되어버린 무혁을 보니 그 생각이 영 달아나 버리는 게 아닌가.

"괜찮아요?"

"하하, 오빤 괜찮다니까."

나오미는 느글거리는 기분을 가라앉히며 간절히 바랐다.

'…오빠, 지금이라도 분위기 조금만 잡아주면 나오미가 용기를 내볼게요. 그런 모습 말고요. 좀 더 진지한 모습을 보여주면 안 돼요?'

나오미가 그렇게 간절히 바랄 때였다.

무혁은 주접을 떨어 찾아온 기회를 스스로 날려 버리고 말았다.

"좋아. 우리 나오미가 그렇게 불안하면, 이 오빠가 뭔가를 보여주마. 새로 개발한 필살기다. 얍!"

무혁은 나오미를 향해 가볍게 일권을 내뻗었다.

나오미한테는 충격을 주지 않고 방문을 닫아볼 요량이었던 것이다.

한마디로 잘난 체다.

쾅!

세찬 권풍이 일며 방문이 닫히는 것까지는 좋았다.

그러나 문제가 발생했다.

"봤지? 하하! 오빠가 이 정도라고… 헉!"

찌—익!

권풍이 스치며 나오미의 남방을 찢어버린 것이었다.

더군다나 브래지어까지… 창졸지간에 나오미는 반라가 되고 말았다.

무방비 상태로 노출된 나오미의 우윳빛 젖가슴, 그리고 옅은 분홍빛깔의 유륜에 무혁의 시선은 정지하고 말았다.

너무 예쁘다. 한데 이게 아닌데… 그리고 문득 떠오르는 불길한 예감.

이럴 때는 여지없이 남덕 형이 나타났잖아.

불길한 예감은 왜 항상 적중하는 걸까. 정말 싫다.

"무혁아, 뭐 하니. 까~꿍."

오비이락, 남덕이 무지하게 귀여운 표정으로 고개를 들이밀었다.

"까아악!"

이어 터지는 나오미의 비명!

"앗, 나오미 양, 미안해요!"

무혁은 남덕과 함께 도망치고 싶은 심정이었다.

나오미가 울먹이며 말했다.

"오빠… 울먹… 이게 새로 개발한 필살기예요?"

"그… 그게 아니고… 오해… 오해야……."

무혁이 열심히 손을 내저었으나,

"와아아앙—"

나오미는 양팔로 다 가려지지도 않는 젖가슴을 붙들며 울음을 터뜨리고 말았다.

아… 인생 꼬인다, 꼬여.

그녀를 달랠 생각을 하니 갑갑해지는 무혁이었다.

다음날, 결전의 날이 밝았다.

잠을 못 잔 무혁은 부스스한 모습으로 진행 요원의 안내에 따라 격투장으로 들어섰다.

격투장은 복층 구조였다.

아래층은 링을 대신하는 원형의 격투장이 있었고, 위층은 백여 개의 좌석이 배치되어 있었는데, 만석(滿席)이다.

쿤마의 말에 의하면 동남아 지역에서 돈푼깨나 가지고 있는 놈들은 다 모인다고 했다.

소위 재벌들 말이다.

거기에 왕족들도 끼어 있다니 말 다 했다.

점점 강도 높은 자극을 원하는 게 인간의 심리라고 했던가?

이 개 같은 놈들은 인생사가 너무도 무료하여 돈 지랄에 계집 지랄까지. 하다하다 부족하니, 이제는 피가 튀고 사람이 죽어나가는 싸움에 배팅을 하고 광분을 하고 있는 것이었다.

한마디로 이건 인간의 허영과 탐욕이 극에 달한 지옥 같은 유희라 할 수 있었다.

무혁은 위층을 한 바퀴 둘러보았다.

모두들 대마초를 빨아대며 경마장에서 말을 살피는 눈빛으로 무혁을 내려다보고 있었다.

속으로 뇌까렸다.

'미친놈들아, 잘 알아둬라. 대제국 로마도 검투사 경기 같은 걸 즐기다가 망했단다…….'

검은 이끼가 낀 오래되고 투박한 대리석 바닥에서는 쾨쾨한 냄새가 올라왔다.

찌든 땀에 피 냄새까지 섞인 역겨운 냄새였다.

"씨발, 완전히 난지도구먼. 쓰레기들은 죄다 모였어."

잠시 후.

건너편 입구에서 상대가 걸어나왔다.

"와아아!"

쏟아지는 함성.

관중들은 놈을 알고 있다는 얘기다.

키는 175센티 정도.

이름은 용카우로 태국 룸피니 스타디움에서 열린 무에타이 대회에서 7년 연속 우승을 했던 파이터라 한다.

무혁보다 작은 키였으나 열매처럼 자리한 근육들이 아주 다부져 보였다.

"짜아식… 몸속에 에일리언이라도 들어 있나. 졸라 울퉁불퉁하네."

이상하게 놈은 스스로를 반인반수(半人半獸)라 불리길 원했다 한다.

그래서 지니게 된 닉네임이 어두운 미로(迷路)를 지키는 파수꾼 미노타우르스.

어렸을 때 읽었던 기억을 더듬어보자면, 미노타우르스는 신의 저주를 받아 태어나고 왕인 아버지에게 버림받아 잔혹한 창질을 해대던 살인마가 아닌가.

'뭐지… 겁주려는 거야?'

무혁은 이 촌스러운 닉네임을 자처한 놈의 의도가 궁금했다.

무혁이 이런 저런 생각을 하는 동안, 놈은 두 팔을 쳐들고는 격투장을 한 바퀴 돌았다.

"한번에 죽여 버려!"

"용카우, 최고다! 널 믿는다!"

관중들은 놈에게 격려와 찬사를 보냈다.

놈이 시합 전, 이렇게 바람을 잡는 데엔 이유가 있었다.

독특한 룰 때문.

이곳의 룰에 의하면 선수는 대전료로 자신에게 배팅된 총액수의 10%를 가져가게 되어 있다. 놈은 그 때문에 관중들의 배팅을 유도하고 있는 것이었다.

'씨발, 선수가 쪽팔리게 구걸이라도 해야 한단 말이야?'

죽어 나자빠지면 한 푼도 못 가져가는 것은 당연지사.

무혁은 놈이 구걸(?)하는 모습을 묵묵히 지켜보았다.

배팅 금액의 95% 이상이 놈에게 쏠릴 때, 황약 노사가 다가와 말을 걸었다.

"자네 괜찮은가?"

"예."

무혁은 담담하게 대답했다.

"전에도 말했지만 용카우는 대단한 선수일세. 이제껏 만난 자하고 다를 테니 조심하게."

"그러죠."

"자네가 지면 쿤마는 큰돈을 잃게 될 테고, 자네 일행은 큰 곤경에 처하게 될 걸세. 그러니 잘 싸우시게."

"알겠습니다."

쿤마는 무혁을 향해 엄지손가락을 들어 보였다.

격투장에 가득한 대마초 연기가 운무처럼 일렁거렸다.

죽음의 경기가 곧 시작될 것이었다.

격투장은 곧 적막에 휩싸였다.

심판이 느릿느릿한 폼으로 걸어나왔다.

그리고 무혁과 용카우를 중앙으로 불러냈다.

"규칙은 없다. 상대가 항복 선언을 하면 경기는 끝이다. 항복 선언을 안 한 상대는 죽여도 좋다."

후후, 무규칙이 규칙인 거네.

그래 이판사판이다. 한번 놀아보자.

"용카우, 먼저 무기를 골라라."

"……?"

심판의 말에 놈이 벽에 세워져 있던 장창을 집어 든다.

뭐야. 무기를 사용할 수 있는 거였어?

벽에 빽빽이 세워져 있는 병장기들이 폼이 아니라 실전에 사용되는 거란 말이야?

그제야 놈의 닉네임이 잔혹한 창질의 살인마 미노타우르스인 것이 이해가 되는 무혁이다.

심판이 무혁에게도 물었다.

"너는 어떤 무기를 고를 텐가?"

쓸 줄 아는 무기가 없는데, 고를 게 뭐 있겠는가.

"난 그냥 맨손으로 싸우겠소."

제5장

나는 생각한다, 고로 진화한다

나는 생각한다, 고로 진화한다

데엥—

첫 번째 징이 울렸다.

한 번 시합에 시작과 끝 딱 두 번만 울리는 징 소리라 한다.

죽음의 격투에 나선 선수들은 모두들 저 징 소리를 두 번 듣기를 원할 것이다.

두 번째 징 소리를 못 들었다는 것은 자신이 죽었거나, 아니면 죽은 것에 준하는 반병신이 된 상태란 얘기니까.

상대 용카우는 3미터나 되는 장창을 들고 서 있다.

물론 전쟁시에는 4~5미터에 달하는 창들이 기본이라지만, 이런 1대 1 싸움에서 3미터라니…….

저 창에 죽을 수도 있다는 생각을 하니 긴장이 된다.

분명 시합이 시작되었는데, 무혁은 싸울 생각조차 하지 않고 물끄러미 서 있었다.

"뭐 하냐. 싸워라! 한국 놈!"

'긴장을 풀어야 하는데…….'

무혁의 긴장을 풀어준 것은 놈이 내지른 기성이었다.

"까오!"

아우, 깜짝이야. 띠불 놈. 졸라 놀랐네.

아마 기성으로 기선을 제압할 생각이었나 본데, 덕분에 무혁은 죽음의 격투가 시작되었음을 피부로 느낄 수 있었다.

"까오!"

용카우는 연신 기성을 내지르며 서서히 다가왔다.

창격을 가하기 위해 거리를 맞추고 있는 것이었다.

붕. 붕. 붕. 붕.

놈의 손에서는 3미터에 달하는 장창이 마치 장난감 바람개비처럼 돌아갔다.

"후후, 첫 경기에서 날 만난 건 아주 불행이다. 하지만 고통없이 죽여줄 테니 너무 원망하지 말아라."

그래?

스슷—

무혁은 왼쪽으로 돌며 무기를 든 상대와 싸우는 방법을 생각했다.

창은 길다.

창격을 피하는 방법은 두 가지였다.

아주 떨어지거나 아니면 안쪽을 파고드는 것으로, 이는 리치가 길었던 줄루를 상대하는 요령과 같다 할 수 있었다.

하나 줄루의 주먹과 놈의 창날은 근본적으로 다르다.

창날은 맷집으로 해결되지 않으니까.

문제는 창날이 주는 부담감을 극복할 수 있는가였다.

'아주 떨어지면 안전하나 나 또한 공격이 불가능하지. 따라서 안쪽을 파고드는 것이 정답인데…….'

안쪽을 파고들려면 신중해야 했다.

잘못하면 창에 꿰여 꼬치 신세가 되어버릴 테니까.

휘리릭. 스팟.

용카우가 회전하는 창을 말아 쥐자 창신이 반원을 그리더니, 창극이 무혁의 목을 향해 돌아선다.

"……!"

이선 놀라운 경험이있다.

날카로운 창극이 목을 겨누자 당최 꼼짝할 수가 없었던 것.

보법으로 큰 원을 그리며 돌아보지만, 창극의 위협으로부터 좀처럼 벗어나지질 않았다.

그때였다.

"카하!"

슈슈슉—

무혁의 표정에서 당황한 기색을 읽었는지, 놈이 두세 발을 전진하며 창을 내뻗었다.

휘릭. 휘릭. 휘릭.

창극이 코앞에서 춤을 추었다.

'일단 피해야 한다.'

무혁은 권투에서의 위빙처럼 창극을 피하며 재빨리 뒤로 물러섰다.

"후후, 더 이상 도망칠 데가 있겠는가!"

턱.

그렇다. 한참을 물러나다 보니 뒷발이 돌벽에 닿았다.

"……!"

무혁의 뒷발이 벽에 부딪치는 순간을 놓치지 않고 놈의 창이 변화를 일으켰다.

창날이 짧게 원을 그리며 목을 향해 달려드는 것이었다.

부우욱—

"타핫!"

무혁은 돌벽을 차 발돋움을 한 후, 오른쪽으로 신형을 날려 한 바퀴를 굴렀다.

부웅— 퍼벅!

"읏!"

착지를 하는 순간 놈의 창신이 무혁의 옆구리를 두 번 연타했다.

전신이 쇠로 만들어진 창이라 충격이 상당했다.

하나 맞는 데 이골이 난 탓인지, 긴장한 탓인지, 그렇게 아프지는 않았다.

무혁은 본능적으로 옆구리에서 빠져나가는 창신을 붙잡았으나 이내 놓아버려야 했다.

패—앵!

놈이 창을 잡아채는 바람에 베이지 않으려 그리한 것이었다.

스스슷— 파바밧.

두 사람이 동시에 떨어지며 자세가 다시 원점으로 돌아왔다.

첫 번째 공격에서 무혁을 효과적으로 공략한 용카우가 자신감에 찬 표정으로 말했다.

"후후, 궁지에 몰린 쥐새끼 같구나."

무혁은 조용히 눈을 내리깔며 말했다.

"너보다 큰 쥐새끼 봤냐?"

"그럼, 더 큰 쥐새끼를 잡아볼까?"

"얼마든지."

탓.

놈은 바닥을 차는 짧은 마찰음과 함께 어마어마한 높이로 도약을 하더니 일도양단의 기세로 창을 휘둘렀다.

'동작이 너무 크다…….'

무혁은 살짝 쪽팔린 뇌려타곤의 자세로 바닥을 굴러 놈의 창격을 피했다.

콰―앙!

그러자 창신이 바닥을 때리며 엄청난 굉음을 만들었다.

용카우의 공격 동작이 너무 큰 것에서 반격의 실마리를 발견한 무혁은 자신감을 찾을 수 있었다.

"아따, 잘못 맞으면 죽겠다."

"후후, 잘못 맞고 죽으라고 때리는 거야."

"근데, 그렇게 동작이 커서 잘못 맞겠냐?"

"후후, 그럼 잘 피해봐라."

놈의 파상적인 공격이 이어졌다.

정말 창 하나는 대차게 잘 쓰는 놈이었다.

무혁의 몸은 용카우의 창법에 따라 춤을 추듯 비틀거려야 했다.

"카하!"

슈슈숙―

직선으로 들어오는 놈의 창격을 옆으로 피하려 할 때였다.

창격과 동시에 거리를 좁혀 들어온 용카우의 무릎이 인중에 적중했다.

"우욱!"

퍽. 퍽. 퍽.

놈은 틈을 주지 않고 이미 가격당한 인중을 팔꿈치로 연타했다.

혀끝에 닿는 이 찝찔한 맛.

"씨발, 또 쌍코피냐?"

벤또와 스메끼리가 보았다면 한참 낄낄거리겠구나.

"꺼져, 임마!"

무혁은 용카우를 힘으로 밀어내며 놈의 공격권에서 빠져나왔다.

어느 정도의 거리가 필요했기에 용카우는 물러서는 무혁을 애써 좇질 않았다.

무리하지 않겠다는 뜻이리라.

무혁은 생각했다.

동작이 크다는 것은 무얼 의미하는가?

그것은 공격과 방어의 간격이 멀어 유기적으로 움직이지 못하고 있다는 것을 의미했다. 만약 개안하지 못했다면 그 간격을 바로 보지 못했을 것이었고, 암경을 익히지 않았다면 반격의 실마리를 찾지 못했을 터.

'이길 수 있다.'

무혁은 승리를 자신하며 손등으로 코를 문질렀다.

손등에 부모님이 물려주신 엑기스, 아까운 코피가 묻어 나왔다.

'시합 끝나면 영양 보충 좀 해야겠다.'

생각을 정리한 무혁은 자신감 넘치는 경고를 날렸다.

"초식이 화려한 건 보여주기 위한 무공, 즉 쇼에 지나지 않는 거야. 임마, 알아? 내 일격만 들어가면, 넌 끝이니까 조심해."

그러나 용카우가 콧방귀를 뀌는 것은 당연하다.

"흥! 미친놈."

"예고 공격을 하겠다. 널 작살낼 주먹은 오른 주먹이다. 알았어? 잘 기억해. 오른 주먹만 막으면 넌 날 이길 수 있다는 얘기야. 못 막으면 넌 '켁' 이고."

"미친놈, 닥쳐!"

예고 공격에 발끈한 놈의 창극이 사혈로 들어오는 순간이었다.

무혁은 창극을 어깨로 흘리며, 마치 등으로 창신을 타는 듯 몸을 회전시켰다.

빙그르르.

"……?"

전광석화 같은 빠르기의 회전이었다.

"동작이 크니까 이런 빈틈이 나오는 거야."

창신을 타고 회전을 하던 무혁의 신형이 일순, 멍청히 쳐다보는 용카우의 머리 위로 솟구쳤다.

"알았어?"

동시에 좌우쌍관권을 출수하기 위한 자세를 형성했다.

단전의 기를 끌어올려 정권에 공력을 싣는 동안, 놈의 기문혈이 무혁의 눈에 들어왔다.

인후 아래쪽에 위치하여 점혈당하면 후관이 잘리고 기도가 폐쇄되어 절명한다는 사혈이다.

오른 주먹을 조심하라 이른 충고 때문일까.
휘둥그래진 용카우의 시선이 무혁의 오른 주먹에 꽂혀 있었다.
흔들리는 살심(殺心).
'기문혈에 쌍관권을 출수하면 놈은 죽는다… 제길, 사람을 죽일 수는 없잖아. 살인자의 빵집에서 누가 빵을 사 먹겠어…….'
짧은 순간 무혁의 머릿속으로 이상한 생각이 스쳐 지나갔다.
그 빵집 고로케는 사람 손가락 갈아서 만든다며… 뭐 이런 루머들 말이다.
무혁의 입가에 따스한 미소가 살포시 떠올랐다.
"에이… 살려준다, 짜샤!"
그리고 왼 주먹으로 놈의 기문혈을 툭 하고 가격했다.
"끄어어……."
짧게 끊어 친 사혈 타격의 위력은 대단했다.
놈은 게거품을 토하며 꺽꺽거렸다. 숨을 쉴 수 없기 때문이리라.
"끄어어……."
근데 놈의 얼굴이 점점 파랗게 질리며 눈깔이 뒤집어지는 것이 아닌가.
그렇게 되자 당황한 것은 무혁이었다.
"어, 이 새끼. 이러다 숨 막혀서 뒈지는 거 아냐. 어떻게 하지?"
그때 심판이 다가왔다.
"너의 승리다. 이대로 죽여도 좋다. 하지만 살리고 싶으면 당장 혈도를 풀어줘라."
이런 시발, 영감탱이가 혈도 푸는 방법은 안 가르쳐 줬는데.
무혁은 뒷머리를 긁적였다.

"혈도 푸는 방법은 모르는데… 요……."

"그럼, 또 시체 하나 치우게 생겼군. 들것!"

"잠깐만요."

무혁은 심판을 만류하고 사부 팔공을 향해 소리를 질렀다.

"사부님… 얘, 어떻게 좀 해줘요!"

핑—

순간, 사부 팔공의 식지가 튕겨지며 작은 돌이 날아가 용카우의 기문혈 근처를 때렸다.

"쿨럭. 쿨럭. 쿨럭!"

그제야 놈이 기침을 하며 선혈을 쏟아냈다.

'휴우, 넝기리. 사람 하나 잡는 줄 알았네…….'

무혁은 그제야 안도의 숨을 내쉬었다.

겨우 살아난 용카우가 무혁에게 따져 물었다.

"이이… 나쁜 놈아… 오른 주먹이라며… 왜……."

왼 주먹을 때렸냐고?

이런, 살려주었더니 보따리 내놓으라는 격이다. 하지만 놈이 산 것만 해도 다행스러운 무혁이었다.

무혁은 웃으며 용카우에게 손을 내밀었다.

"하하. 속여서 미안하다. 인생 다 그렇지 뭐. 하하. 자, 일어나라."

선뜻 잡기에는 자존심이 상했을지도 모르는 일이었다.

파이터니까. 하지만 파이터이기 이전에 인간 아닌가? 무혁은 그렇게 생각했다.

"사내답게 동네에서 싸움 한번 했다고 치자."

덥석.

"고맙다."

뜻밖에도 용카우가 무혁의 손을 잡고 일어섰다.

뭐, 사내들이란 게 그렇지.

그때였다.

관중석에서 날아온 생수병 하나가 용카우의 머리를 때렸다.

"야이, 개새끼야. 거기서 뒤져라. 너한테 건 돈이 얼마인데 적의 손을 잡고 일어서냐!"

"죽어라, 용카우!"

한 놈이 소리치자, 여기저기서 관중들이 아우성을 쳤다.

모두 용카우에게 배팅하여 돈을 잃은 자들일 것이었다.

"……."

용카우는 관중들의 야유에 풀이 죽어 고개를 떨어뜨리고 말았다.

그 모습을 보자, 뒷골에서 열이 확 하고 오르는 무혁이었다.

"어떤 씨밸 놈이야!"

관중석 앞쪽에 홍콩 놈으로 보이는 뚱보 하나가 눈에 들어왔다.

놈이 용카우에게 생수병을 던진 것이었다.

팟!

무혁의 발이 바닥을 차는가 싶더니, 신형이 관중석으로 솟구쳐 올랐다.

바로 홍콩 뚱보 놈이 머리 위였다.

"으으으… 뭐야, 이놈!"

뚱보는 잔뜩 겁에 질려 몸을 피했다.

"이런, 돼지새끼. 구제역에나 걸려 버렷!"

콰—직!

무혁의 천근퇴가 놈이 앉아 있던 철제 의자를 박살 내버리고 말았다.

"이 자식이. 감히 우리 대형에게!"

뚱보가 흑사회 구룡지부장이라는데, 그건 아무래도 상관없었다.

중요한 건 무혁이 열받았다는 것이었다.

"놈을 죽여!"

휙. 휙.

놈의 부하로 보이는 깡패들이 박도를 휘둘러 왔다.

부러뜨리고, 치고, 꺾고, 차고… 이런 것들은 무공을 사용할 필요도 없었다.

퍽. 퍽. 퍽. 퍽.

"아악!"

무혁은 일반적인 박투술로 뚱보의 부하들을 작살냈다. 놈들은 가격당한 부위를 감싸 쥐며 비명을 내질렀다.

"으아아……."

그런 다음, 무혁은 기어서 도망치는 뚱보의 등을 밟았다.

"살… 살려줘……."

"야, 십장생아! 돈 받고 싸우니까 사람으로도 안 보이냐? 우리가 니들이 싸움 붙여놓은 개새끼로 보이냐구!"

우르르. 철컥.

무혁이 뚱보의 뒤통수에 일격을 가하려는 순간이었다.

무앙차이의 부하들이 총을 빼 들어 무혁에게 겨누었다.

"건방진 놈이구나. 감히 내 고객에게 손을 대?"

무앙차이가 지휘봉을 말아 쥐며 소리쳤다.

"이놈을 끌고 나가!"

타—앙!

그때, 한 발의 총성이 울리더니 천장에 걸린 샹들리에가 박살났다.

와장창!

샹들리에를 향해 총을 쏜 것은 쿤마였다.

한 방의 총성으로 어수선했던 격투장을 정리한 쿤마가 무앙차이에게 말했다.

"이보시게, 무앙차이. 내 격투장에서 내 선수에게 무슨 짓을 하는 건가. 일이 커지기 전에 진정하라구."

사실이었다.

이곳 '황금의 초승달' 지역에서는 쿤마가 제왕이나 다름없으니까.

무앙차이는 똥 씹은 표정으로 자리에 앉으며 외쳤다.

"좋아, 내일 이놈을 사난(Sanan)과 붙이자. 그럼, 이번 일은 넘어가겠다."

"크크, 그거야 바라던 바지. 돈은 충분히 가져왔겠지?"

"홍콩 달러로 오백만 불이야."

"그동안 내가 잃은 돈의 절반이로구먼. 너무 약한 거 아닌가?"

"사난은 불패의 격투왕이야. 오랜 친구라 충고하지만, 터전을 다 잃기 싫으면 정신 차리라구."

"쿠하하, 충고 고맙군. 내가 지면 북경약업유한회사(北京藥業有限會社)에 일 년간 아편을 제공하지. 자네는 자네 소유의 파이트 클럽 20개를 걸게."

"좋아. 그거야말로 공평한 거래가 되겠군. 하하하."

두 사람의 거래로 상황이 정리되는 것을 확인한 무혁은 일행 쪽으로 발걸음을 돌렸다.

'그래, 약속이니 내일까지는 싸워준다.'

용카우와의 경기로 돈과 자존심을 되찾은 쿤마는 무혁 일행에게 호화로운 숙소를 제공했다.

앙코르 건축 양식으로 지어진 사원의 별채였다.

피곤했다.

무혁은 숙소로 들어오자마자 곯아떨어졌다.

저녁 6시까지 한숨 늘어지게 잔 후 처음으로 한 일은 유중광과의 통화였다.

[황야 노사님께 얘기는 들었다. 팔백통회 식구들이 프놈펜 공항까지 경호해 주기로 했으니 거기까지는 안전할 거다. 전세 비행기를 마련해 두었으니 큰 사고 치지 말고 공항까지만 빠져나와라.]

"헉, 전세 비행기요? 무지하게 비싸잖아요."

[돈 좀 썼어, 임마. 시간당 오백만 원씩 주고 빌린 거니까 나 파산시키고 싶지 않거든 서두르면 된다.]

"나 때문에 큰돈을 써서 어떻게 해요?"

[사람 나고 돈 났다. 게다가 니가 벌어준 돈이니 걱정 말고.]

"고마워요, 형님. 출발 일정이 잡히면 다시 전화드릴게요."

통화가 끝나고 나니 저녁이 나왔다.

식사가 아니라 거의 만찬에 가까운 수준이었다.

'사롱' 이라는 전통 옷을 입은 캄보디아 미녀들의 시중까지 받는 만찬이라니 더욱 환상적이다.

역시 시합에서는 무조건 이기고 볼 일이다.

캄보디아 미녀들이 음식 시중을 들자, 나오미는 눈에 도끼날을 바짝 세워 무혁을 감시했다.

"오빠, 내 옆에서 꼼짝하지 말고 먹어요."

"알았어… 쩝."

아쉽지만 무혁은 미녀들에게 말했다.

"이보게, 무수리들. 나한테는 갖다주지 말고 던져 주시게. 받아먹을 테니까."

"오빠, 지금 비꼬는 거죠?"

"아니오, 중전."

어려운 이름의 음식들이었는데, 강한 향신료 냄새 때문에 당최 입맛에 맞질 않았다.

"아, 김치 없으니 먹질 못하겠네."

"왜, 엄청 맛있는데. 쩝쩝."

무슨 걸신이라도 강림했는지 향신료 지독한 음식을 남덕은 잘도 먹었다.

"형은 승복 입고 웬 고기를 그렇게 먹어대냐?"

"난 정식 승려가 아니고 행자라서 괜찮아. 우걱우걱."

하긴 밍밍한 일본 음식에 길들여진 위장이라 잘 맞기도 하겠지.

남덕의 게걸스런 모습에 웃는 두 사람.

"호호."

"헐헐."

사부 팔공과 나오미는 과일과 야채 중심으로 식사를 했고, 무혁은 코코넛에 담긴 치킨 카레와 스프링롤로 대충 때운 뒤, 김빠진 맛의 앙코르 맥주를 손에 들고 테라스로 나왔다.

야자나무 숲 하늘로 남국의 하루가 또 저물어간다.

이국적 풍광의 주황빛 노을은 이곳이 천상인가 싶을 정도로 아름다웠다.

하지만 외국이 아름다운 건 여행할 때의 얘기지.

이곳에서 아주 살라고 하면 억만금을 줘도 못살 것 같았다.

"에이, 이 더운 나라 빨리 뜨던가 해야지."

"왜, 집이 그립냐?"

사부 팔공이었다.

"그럼요. 외국 나오면 엄마가 해준 밥이 얼마나 그리운데요. 사부님도 중원이 생각나시죠?"

"그래, 나도 평화로웠던 중원이 그립구나."

그렇게 말하고는 사부 팔공은 주황빛 하늘에 시선을 던졌다.

노을을 뚫고 치솟은 다섯 개의 첨탑.

"저기가 마니교의 사원이죠?"

"그럴 것이다."

"오늘밤 쳐들어가서 오츠카 선배와 유우코를 구할까요?"

"아니다. 내일 네가 경기를 하는 도중 남덕이를 데리고 다녀올 생각이니 넌 경기에만 신경 쓰거라."

"그럼, 제가 좀 시간을 끌어주는 것이 좋겠네요."

"가능한 그리되면 좋겠지만, 상대가 강한 놈이면 그럴 여유가 없을 것이다. 무리하지는 말아라."

"그럴게요."

"오늘밤은 권, 수, 장, 각법 중 큰 효용이 될 만한 것을 전수해 줄 테니 운기행공을 하여 몸을 풀어놓거라."

"예, 사부님."

그때 거실에서 남덕의 비명이 들려왔다.

상당히 고통에 찬, 그리고 다급한 비명 소리였다.

"우와아, 나 죽네! 아이고, 배야!"

"남덕 형인데요?"

"많이 먹어 탈이 난 모양이구나. 쯧쯧."

처음엔 사부 팔공의 말처럼 배탈이 난 것이라 생각했다.

그러나 남덕이 배를 움켜쥐고 구르는 모습을 보니 그냥 배탈이 아닌 것 같았다.

"대체 왜 그래?"

"아이고! 남덕이 죽네에~"

더구나 나오미는 식은땀까지 흘리고 있었다.

"미야, 많이 아파?"

"네. 배가 아파요, 오빠……."

사부 팔공이 급히 남덕의 팔에 손가락을 대고 진맥을 해보더니 미간을 찌푸린다.

"중독이다."

"네? 사부님도 모르게 중독시킬 수도 있어요?"

"치사량이었다면 내가 알았을 것이다. 하나 내가 알아차리지 못할 정도의 미량을 섞은 것 같다."

"이런……."

따질 것도 없었다. 보나마나 무앙차이의 짓일 게 분명했다.

아마 시합에 방해가 될 만큼의 독을 탄 것이리라.

"사부님이야 만독불침이시겠지만, 저는 왜 괜찮죠?"

"무당의 내공심법을 허투루 생각하느냐?"

"어제 배운 게 무당의 내공심법이었어요?"

"오냐."

그랬다.

하룻밤의 짧은 연성으로도 무당의 내공심법은 미량의 독을 몰아낼 만큼의 효력을 발휘한 것이었다.

"일단 아이들의 몸에서 독을 빼내주어야겠다."

"예, 사부님."

사부 팔공은 나오미와 남덕을 정좌케 한 후 진기요상법을 시전하여 체내의 독을 축출했다.

남덕의 몸에서 독을 축출하는 것은 십 분도 채 걸리질 않았다.

구토나 설사로 위를 깨끗이 하고, 땀을 쭉 빼고 나면, 남덕의 몸 상태는 곧 정상을 회복할 것이었다.

하나 나오미가 문제였다.

"신경독이로군."

사부 팔공이 진기요상법으로 독을 다 축출했지만, 나오미는 호흡이 불안정하고 기운을 차리질 못했다.

마비된 신경이 아직 회복되지 않았다는 얘기였다.

"오빠… 아무래도 복어독인가 봐요. 제가 테트로도톡신에 심한 알러지가 있거든요……."

테트로도톡신, 복어의 내장에 있다는 맹독.

"전에도 이런 적 있었어?"

"복어 먹구요……."

"어독이라면, 호흡과 혈압을 유지하며 온욕으로 땀을 빼내는 것이 중요하지. 독 기운은 다 빠져나갔으니 나오미 양의 생명에는 지장이 없을 것이다."

"무앙차이, 이 개자식!"

득달같이 쿤마를 찾아간 무혁은 자초지종을 말하고 시합을 일주일 연기했다.

"뭐야! 무앙차이가 요리사 중 하나를 매수했군."

그 요리사는 이미 종적을 감춘 후였다.

"딱 일주일이요."

일주일을 요구한 건 그동안 필히 해야 할 일이 있어서였다.

그 할 일이란 사부 팔공이 가르쳐 주겠다는 권, 수, 장, 각법을 연성하는 것을 의미했다.

뼈가 부서지는 일이 있더라도 일주일에 마스터한다.

"형님, 일주일 후에 보내주세요. 여기서 처리해야 할 일이 있습니다."

별채로 돌아온 무혁은 유중광에게 전화하여 일정을 늦췄다.

[목소리가 좋질 않구나. 무슨 일이냐?]

"나오미가 독에 중독되어 죽을 뻔했습니다."

[무사하면 냉정을 되찾고 그만 돌아오지 그러냐?]

"아뇨, 나오미를 건드린 건 용서할 수 없습니다."

나오미가 죽었을 수도 있다고 생각하니 피가 역류하는 기분이었다.

무혁의 대처 행동은 신속했다.

발등에 불이 떨어지니 오히려 마음속에 냉정심이 자리하는 듯하다.

'무앙차이, 넌 날 잘못 건드렸다. 필히 후회하게 해주마.'

상황이 정리되자 팔공이 말했다.

"온욕 준비를 해놨다. 가서 나오미 양을 돌봐주거라."

"제가요?"

"하면 남덕이가 하겠냐, 내가 하겠냐."

그렇다.

내 여자의 알몸을 누구에게 보이겠는가?

"예."

"좋아할 줄 알았더니 왜 이리 조용하냐."

"저, 지금 화 많이 났어요. 좋아할 기분이 아니에요."

"그래. 다스림이 가능한 화는 수행의 밑거름이 될 수도 있지."

앙코르 양식의 대리석 욕조에는 따뜻한 물이 찰랑거렸다.

욕조 속엔 지친 모습의 나오미가 몸을 담그고 있었고, 물에 뜬 양귀비 꽃잎이 겨우 나오미의 알몸을 가려주고 있었다.

"땀으로 배출되는 독을 닦아야 하니까 창피하더라도 참아. 딴 곳을 볼 테니까."

"오빠, 나 안 창피해요."

"그래?"

"오빠한테 보여주는 게 뭐가 창피해요."

목소리에는 힘이 빠져 있었지만 나오미는 자신의 의사를 또렷이 말했다.

사랑이라는 이름의 용기.

무혁은 열기 때문에 나오미의 몸에 흐르는 땀을 씻어내 주었다.

처음에는 눈과 손이 민망했지만, 치료라고 생각하니 그리 불순한 생각은 들지 않았다.

나오미도 그렇게 생각하는 것 같았다.

손이 실수로 젖가슴에 살짝 닿아도 화내지 않고 웃어주었다.

무앙차이, 이렇게 사랑스러운 아이에게 어독을 먹이다니.

꼬박 한 시간을 정성스레 땀을 씻어내니, 나오미의 볼에 붉은 기운이 조금씩 비쳤다.

마비된 신경이 풀리고 혈맥이 정상으로 돌아오기 시작한 것이었다.

"아… 이제… 살 것 같아요."

"어제는 실수 좀 했다고 막 화를 냈잖아."

"풋……."

나오미의 콧잔등에 귀여운 주름이 잡혔다.

"왜 웃어?"

"오빠는 실속없는 바람둥이예요."

"무슨 말이야?"

"어젯밤, 사실 오빠랑 같이 자려고 찾아간 건데, 왜 그랬어요. 아쉽죠?"

"정말?"

"네에……."

사랑하는 미야.

네 뜻이 정녕 그랬단 말이냐. 그리고 나는 그토록 바보였단 말이냐.

아아… 마냥 남덕 형만 미워할 게 아니로다. 바보는 나였으니까.

무혁은 후회에 가득 찬 마음으로 물었다.

"그 마음 지금도 변함없냐? 그러니까 내가 욕조 안으로 살짝 들어가도 되겠냐? 흐흐……."

하나 여지없이 잘렸다.

"지금은 나 아픈걸요……."

무혁은 이미 반쯤 담근 오른발을 슬그머니 빼냈다.

"그렇구나. 험험."

으으… 인생에 있어서 기회가 딱 세 번 찾아온다는데, 난 그 한 번을 놓친 걸까?

그래도 괜찮아. 이제부터 난 생각하고 진화할 계획이니까.

난 사부님에게도 나오미에게도 부끄럽지 않은 남자가 된다!

일주일 동안 무혁이 연성한 것은 아라한신권, 관음청강수, 항마십삼장, 무상각이었다.

하나만 제대로 수련해도 대성에 이를 수 있는 소림의 절기들.

물론 몇 년씩 수련해야 하는 것들이기에 일주일에 완성한다는 것은 불가능했지만, 팔공은 무혁에게 당장에 사용할 수 있는 요령만 사사했다.

투로(套路)만 집중적으로 가르친 것이다.

그래도 죽어라고 했다.

내공이 없는 것이라 해도 좋았다. 투로만 외운 것이라 해도 좋았다.

무혁은 하루 세 시간, 자는 시간을 제외하고는 죽어라고 수련에 정진했다.

그렇게 일주일을 보냈을 때, 사부 팔공은 이렇게 말해주었다.

"먼저 생각해라. 생각을 통해 응용을 하면, 투로만 알아도 적을 능히 제압할 수 있는 절기들이다."

"예, 사부님."

일주일 후, 결전의 날이 왔다.

상대는 무아이보란의 고수라 한다.

무아이보란(Muay Boran).

쿤마의 설명을 빌리자면, 무아이보란은 무에타이의 모체가 되는 무공으로, 태국의 고승들이 정신적인 수양인 선(禪)과 명상을 하다 외문무공으로 발전시킨 것이라 한다. 그 종교적 깨달음이 가미된 무공이라니 내용적으론 소림 무공과 닮아 있었다.

격투장으로 문신투성이의 사내가 들어섰다.

그의 이름은 사난(Sanan)이었다.

태국 북동부 시콘 나프온 지방의 사찰 종천사(終天寺) 출신으로 그는 무아이보란의 초절정고수.

놈의 몸에는 원시적인 문신이 가득했다.

등판으로는 독수리 깃털 문신이, 배에는 커다란 뱀의 문신이 빼곡히 그려져 있었다.

하지만 그건 바로 뒤에 드러낼 얼굴에 비하면 빈약한 수준이었다.

놈이 얼굴에 덮은 수건을 던져 버리는 순간,

"악! 징그러워."

나오미가 얼굴을 가리며 비명을 질렀다.

놈의 얼굴엔 이목구비를 알아볼 수 없을 정도로 문신이 되어 있었는데, 이는 색색을 버무려 만든 뱅갈호랑이였다.

"속세를 등진 종파에서 나온 자로구나."

팔공의 말을 증명이라도 하듯 놈의 가슴팍엔 알아볼 수 없는 문자와 기호가 뒤섞여 있었다.

"저건 크메르 문자예요. 일종의 부적 같은 것이죠."

"부적이라……."

"네, 저건 전사의 표시예요. 흔히 신의 가호를 빌어 초자연적 보호막을 가져오는 마력을 지녔다고 믿는 거예요. 방패처럼 총이나 무기를 피해가게 한다는 믿음이죠."

나오미가 물었다.

"오빠가 저런 자를 이길 수 있을까요?"

답하는 팔공의 음성엔 단호한 신뢰가 있었다.

"난, 내 제자를 믿는다."

둥. 둥. 둥—

산악의 북소리.

사람의 피를 흥분시키는 산악의 북소리가 격투장에 울리자, 팔과 다리에 붉은 끈을 감은 사난은 서서히 광무(狂舞)를 추기 시작했다.

누군가 전신(戰神)을 불러오는 의식이라 했다.

둥둥둥— 둥둥둥—

북소리에 맞춰 춤을 출 때는 포효하는 호랑이와 같았고, 진퇴를 반복하다 한 발을 들고 멈추었을 때는 창공을 유영하는 독수리를 연상케 했다.

"우우우우……."

사난은 광무를 추다 가끔 무혁을 쏘아보았는데, 그때는 마치 상대의 영혼을 빼앗기라도 하려는 듯 그 눈빛이 날카롭고 섬뜩했다.

사실 그것만으로도 상대를 위축시키기에 충분한 행동이었다.

하나 무혁은 동요하지 않고 무표정하게 그의 춤을 지켜보았다.

이제 시합이 시작되기 전, 냉정을 유지할 만큼의 평정심은 갖추었다 해도 과언은 아닐 것이었다.

이는 잠 못 자고 이룬 정진의 결과.

'침착하게 기다리자…….'

놈의 춤이 끝날 무렵, 무혁은 관중석을 둘러보았다.

무앙차이 쪽 떨거지들은 승리를 확신한 듯 만면에 웃음을 띠고 있었고, 쿤마, 황약 노사, 나오미, 남덕은 약간 긴장한 듯 표정이 굳어 있었다.

'바보, 왜 그리 긴장하는 거야? 오빠는 괜찮은데…….'

역시 평정심을 유지하고 있는 것은 사부 팔공뿐이었다.

무혁은 고개를 끄덕였다.

'사부님은 날 믿고 계시는구나…….'

심판이 두 사람을 격투장의 중앙으로 불렀다.

"규칙은 없다. 상대가 항복 선언을 하면 경기는 끝이다. 항복 선언을 안 한 상대는 죽여도 좋다. 무기를 골라라."

사난은 자신의 애병기라는 귀두도(鬼頭刀)를 들었다.

도배(刀背)에 귀신의 머리와 같은 혹이 달린, 환구는 없으나 형태로는 환도에 속하는 것이었다.

"난 보호대면 되오."

무혁은 철제로 된 보호대를 골라 들었다.

놈의 도법을 막기 위한 최소한의 보호 도구였다.

철컥.

철보호대를 팔뚝에 착용한 후 무혁은 관중석에 있는 쿤마와 무앙차이에게 다가갔다.

‘씨발 놈아, 네놈이 한 짓을 평생 후회해야 할 것이다.’

무혁에게는 황약 노사가 생각해 낸 계책이 있었다.

무앙차이를 속여 배팅을 올리게 한 다음, 완전히 거지가 되게 할 생각이었던 것.

무혁이 다가오자 무앙차이는 비열한 웃음을 보였다.

“크크, 내가 보낸 선물은 잘 받았다고?”

놈은 자신의 사악한 행동을 굳이 숨기려 들지 않았다.

“덕분에 일주일 내내 토사곽란에 시달렸지.”

거짓말이었다.

게다가 다리를 떠는 흉내까지 내주었다.

“크하하, 서 있기도 힘든 모양이구나. 그래서 어떻게 시합을 하겠나?”

“내겐 불굴의 정신이 남아 있다. 내 여자에게 어독을 먹게 한 네놈을 용서치 않겠다!”

무혁은 실력은 없고 오기만 남은 듯한 연기를 했다.

그러자 쿤마 또한 보조를 맞추었다.

“뭐야, 그런 일이 있었어? 이 시합은 무효야!”

“크하하, 이미 늦었네, 친구. 좀 비겁한 짓을 했네만 어차피 이 바닥에 룰이란 없으니까.”

“무앙차이… 이… 비열한…….”

무앙차이의 비열한 술수가 드러나자 사난에게 배팅을 한 동남아의 세력가들은 박장대소를 하며 즐거워했다.

“그냥 싸워도 사난이 저 녀석을 죽일 것은 자명한데 어독까지 먹였다니, 무앙차이 자네는 고객을 보호할 줄 아는 프로모터이군. 하하.”

"그러게 자네 덕에 오늘 짭짤한 수익을 올리겠어. 하하하."

그때, 정해진 수순에 따라 황약 노사가 나섰다.

"이 늙은이는 백무혁 선수에게 배팅을 하고 싶소만, 받아줄 분이 계실지 모르겠소."

순간, 무앙차이가 눈빛을 번득였다.

한몫 단단히 챙길 수 있는 기회라 생각한 것이 분명했다.

"노사님의 배팅이라면 당연히 응대해 드려야지요. 어떤 걸 거시겠습니까?"

"해피밸리 경마장의 이권을 걸 수 있겠소? 난 청도항의 수산물 유통권을 걸겠소."

해피밸리 경마장이라면 홍콩 상류 사회 사교계의 통로로 불리는 곳으로 흑사회의 핵심 사업 중 하나가 아닌가. 하나 청도항의 수산물 유통권 또한 그에 못지않은 엄청난 이권.

어마어마한 도박이다.

해피밸리 경마장은 흑사회 구룡지부에서 관리하는 것으로 무앙차이에게는 결정할 권한이 없었다. 물론 지부장인 뚱보 팽오동에게도 권한이 없기는 마찬가지.

두 사람은 갑자기 머리를 맞대고 의논하기 시작했다.

결과는 황약 노사가 예상한 대로 나왔다.

"좋습니다. 큰 도박을 한번 해보지요."

흔쾌히 배팅을 하겠다고 나선 것이었다.

만약 패배를 할 경우 둘은 흑사회에게 징벌을 받을 것이었다. 그 징벌이 무얼 의미하는지는 자명한 사실.

그러나 두 사람은 청도항의 수산물 유통권에 이미 눈이 먼 상태였다.

하긴 그거 한 방이면 팔자를 고칠 수 있을 테니까.

"사인하시지요."

"그럽시다."

무앙차이와 팽오동, 두 놈은 직접 계약서를 만들고 사인까지 했다.

이제 돌이킬 수 없는 대도박이 시작된 것이었다.

개념을 밥 말아 먹은 무앙차이가 무혁에게 외쳤다.

"이봐, 고맙다구! 크하핫!"

무혁은 그런 무앙차이를 바라보며 조소를 머금었다.

'후후, 미친놈, 시합이 끝나면 넌 흑사회가 찾을 수 없는 곳으로 도망가야 할 것이다. 한데 이 세상에 흑사회가 찾을 수 없는 곳이 있을까? 내가 보기엔 안드로메다뿐이다…….'

데엥—

징이 울렸다.

징이 울리자마자 사난이 달려나왔다.

'좋아, 시작해 보자.'

두둑.

무혁은 사난의 행보를 주시하며 주먹을 힘있게 말아 쥐었다.

"카아앗!"

첫 번째 공격.

사난이 2미터 정도 뛰어오르더니 귀두도를 일도양단의 기세로 내려쳐 왔다.

쇄애액!

무혁은 팔을 들어 철보호대로 귀두도를 막았다.

카가강!

쇳소리가 요란하다.

무혁이 자신의 공격을 효과적으로 막자, 사난은 오른 무릎으로 무혁의 당문혈을 노려왔다. 흉부의 심구(心口) 사이에 있는 사혈로 맞으면 심장이 진동되어 피를 토하며 죽게 된다는 혈도이다.

'예상하고 있었다.'

놈이 차오를 때, 무릎이 굽혀진 것으로 예상되었던 니킥이다.

이제는 예비 동작만 보아도 어느 정도 상대의 공격 루트를 예상할 수가 있는 무혁이었다.

무혁은 상체를 뒤로 젖히며 무릎을 들어 니킥을 막았다.

투둑.

"무상각!"

동시에 놈의 오금혈을 향해 무상각을 전개했다.

일주일간 꾸준히 연마한 각법. 오금혈에 정확히만 들어가면 놈의 발을 묶을 수가 있었다.

그러나 사난 또한 만만한 상대는 아니었다.

"야합!"

놈은 재빨리 귀두도의 방향을 틀어 날을 무상각의 투로에 들이댔다.

"웃!"

무상각을 회수하지 않았다간 정강이가 그대로 잘려 나갈 상황.

타닷—

무혁은 도면을 발바닥으로 차며 몸을 틀었다. 그 탄력으로 두 사람은 이삼 보 뒤로 물러서야 했다.

싱겁지만 둘의 일합은 그렇게 끝이 났다.

사난이 숨을 고르며 말했다.

"후우우… 오랜만에 쓸 만한 상대를 만난 것 같군. 어떤 무공을 쓰는가?"

"칭찬으로 알아듣지. 난 소림의 제자다."

"음… 소림."

일합은 서로의 실력을 가늠해 보는 정도, 이합부터 본격적인 사투에 몰입하게 될 것이었다.

이번에는 무혁이 말했다.

"무예인으로 대하고 싶다. 정정당당한 승부를 가리자."

"나 사난은 무아이보린의 전사다. 무아이보란의 전사는 비열한 방법은 용납하지 않는다. 나도 널 전사로 대하겠다. 그리고 무아이보란이 소림 무공보다 위대함을 증명하겠다."

사난이 주먹으로 가슴을 치며 약조하자, 무혁은 고개를 끄덕였다.

"좋아. 시작하지."

다시 죽음의 경기가 시작되었다.

무혁과 사난은 서로 상대의 허점을 찾으며 왼편으로 돌기 시작했다.

그때, 뒷문으로 빠져나가는 사부 팔공과 남덕의 모습이 눈에 들어왔다.

계획대로 마니교의 사원으로 잠입하려는 것이리라.

'사부님, 무사히 오츠카 선배와 유우코를 구하세요.'

죽음의 냄새라도 맡은 것인지 독수리들이 사원의 지붕 위로 몰려들었다.

팔공은 남덕을 데리고 연무장 비슷한 사원의 경내로 들어섰다.

다섯 개의 첨탑이 있는 마니교의 사원은 낭떠러지 끝에 위치한 3층 구조의 건물이었다.

첨탑은 거의 십층 높이에 가까웠다.

낡고 이끼 낀 돌 광장이 있는 일층엔 성벽을 수비하는 교도들의 숙소가 있었다. 이층은 원형 대리석 기둥이 빼곡히 서 있었는데, 뚫린 천장으로 빛이 들어오는 정중앙에 제단이 자리했다.

휘이이잉—

바람이 제단 양옆에 피운 두 개의 촛불을 흔들었다.

제단 뒤편에는 마니교의 화신인 견두공작(犬頭孔雀) 조각상이 날카로운 발톱으로 성벽을 움켜쥐고 광장을 노려보고 있었다.

"대사님, 왜 이리 조용할까요?"

남덕이 물었다.

"격투장으로 몰려갔던가, 아니면 제사라도 지내는 모양이지."

팔공의 추측은 옳았다.

낮 두 시. 마니교가 오후 예배 의식을 치르는 시간이었던 것이다.

"남덕아, 아무래도 이층으로 올라가 봐야겠구나."

"그러게요."

"내가 앞장을 설 테니 뒤를 경계하면서 잘 따라오거라."

팔공과 남덕은 일층과 이층이 만나는 계단으로 내달렸다.

계단은 사선형으로 길게 굽이치며 오르게 되어 있었다.

측벽에는 색깔있는 돌로 모자이크를 하여 만든 뱀의 형상이 꿈틀거리고 있었다.

"……!"

그때, 2층 입구에서 경계를 서던 마니교도 둘이 두 사람을 발견했다.

"누구냐!"

파라락.

팔공의 장삼 자락이 휘날렸다.

경계를 서던 놈들이 천축만도를 빼 들었으나 이미 팔공이 그들의 혈도를 점한 뒤였다.

"하산바르는 어디에 있는가?"

"제사를… 집도하고… 계십니다."

"여자애와 그 아비를 찾고 있다. 당장 말하지 않으면 죽는다."

"끄으으… 첨탑에… 있습니다."

"잠들어라."

팔공이 목에서 손가락을 떼자, 그들은 스르르 하고 주저앉고 말았다.

잠시 혼절한 것이었다.

"첨탑에 잡혀 있다. 옥상으로 가자."

"예, 대사님."

옥상으로 가는 계단의 중간쯤 올랐을 때였다.

입구를 지키고 있던 한 무리의 교도들이 팔공과 남덕을 발견하고 외쳤다.

"수상한 놈들이 침입했다. 수비병!"

삐익—

그중 하나가 수비병을 찾으며 호각을 불었다.

곧 수비병들이 몰려올 것이다.

"남덕아, 서둘러야겠다."

"예, 대사님."

남덕은 입을 굳게 다물며 삽자루를 움켜쥐었다.

우르르.

"침입자다!"

"잡아라!"

각 층에서 천축만도를 든 수비병들이 계단 쪽으로 몰려들었다.

호각 소리를 듣고 몰려온 수비병들이었다.

"사특한 것들, 중원이었다면 당장에 쳐 죽였을 것이다!"

상황으로 보자면 진퇴양난이나 팔공은 전혀 개의치 않고 손속을 사용하기 시작했다.

물론 살초는 아니었다.

"광풍무류(狂風無流)!"

팔공이 일기가성을 터뜨리며 장삼 자락을 휘젓자, 강한 회오리바람이 일어 옥상 입구 쪽으로 날아갔다.

후우웅—

동시에 팔공의 신형은 표홀히 솟구쳐 놈들에게 접근했다.

놈들은 세찬 바람에 날아가지 않으려 난간을 붙잡고 아우성들이었다.

"우우웃, 돌풍이다!"

"중… 중놈을 막아라!"

퍼버버버억—

팔공의 우장이 다섯 놈의 가슴께를 동시에 타격했다.

"우와, 대사님."

육안으로 가늠이 불가능한 전광석화와 같은 빠르기.

남덕은 입을 쩌억 벌리며 감탄성을 터뜨렸다. 팔공의 우장을 맞은 놈들은 벽과 난간에 부딪친 후 계단으로 굴렀다.

“으라차찻!”

부웅—

남덕은 굴러 떨어지는 놈들의 머리를 삽으로 냅다 갈겨 버렸다.

깡. 깡. 깡. 깡. 깡!

삽에 맞은 놈들의 머리에선 경쾌한 깡통 소리가 났다.

“우하하, 어떠냐. 십칠 년째 삽질만 해온 남덕님의 솜씨가. 우하하하!”

미니교의 수비병들을 제압한 팔공과 남덕은 곧바로 첨탑으로 올라갔다.

“오츠카, 유우코!”

오츠카는 손과 발이 십자로 엮인 고문 틀에 묶여 있었다.

채찍 같은 것에 맞은 듯 온몸이 만신창이가 되어 있었는데, 찢어발겨진 살 틈에선 피가 흘러나오고 있었다.

“끄으으…….”

고문 틀 양옆, 두 개의 화로(火爐)에서 이글거리는 불기운은 뼈마디를 다 태워 버릴 듯 맹렬했다.

“오츠카, 나다. 남덕이.”

“으으. 왜 이제 오냐, 씨댕아. 죽는 줄 알았다.”

“미안하다.”

“어서 유우코를…….”

유우코는 오츠카 옆에서 훌쩍이고 있었다.

"유우코, 괜찮니? 이제 정의의 사도 남덕 아저씨가 왔으니 걱정 말아라. 이 아저씨가 나쁜 놈들 다 무찔렀다."

"아빠가 너무 아파해요, 아저씨."

남덕이 두 사람을 구하는 동안, 팔공은 첨탑에 있던 서고(書庫)를 뒤적여 허름한 고서를 찾아냈다.

남만일지(南蠻日誌).

"흠… 남만일지라."

그것은 1278년부터 최근까지 마니교도들의 암약을 기록해 놓은 일지였다. 장장 727년간의 기록이지만, 굵직굵직한 사건들을 적어놓아 그다지 두껍지는 않았다.

하지만 일지엔 놀라운 사실이 적혀 있었다.

[남만일지(南蠻日誌)]

· 1278년

1월—쿠빌라이로부터 벽사마검을 전해 받음.

2월—벽사마검의 검기를 깨우는 데엔 백제 현광 법사의 황금미륵반가사유상이 필요함.

3월—현광 법사의 행적을 추적한 끝에 천축을 다녀오던 길에 소림사에 들렀던 사실을 알게 됨. 그리고 깨어난 검기를 다스리는 데엔 특별한 내공심법이 필요한 것으로 판명됨.

4월—벽사마검의 검기를 깨워준 대가로 중원무림의 패권을 넘겨받기로 쿠빌라이로부터 약조를 받음.

5월—본 교의 팔대호법이 백제와 소림사로 떠남.

8월—현광 법사가 남만불교의 안녕을 위해 앙코르와트에 황금미륵반가사유상을 안치한 사실이 밝혀짐. 소림의 장경각에서 지전규보라는 내공비급을 가져옴.

10월—남만 마니교구를 발호함.

·1279년.

2월—무림맹의 눈을 피해 벽사마검을 쿠빌라이에게 전함.

대가로 남해표국의 국주 방태산에게 황금 십만 냥을 지급함.

·1279년

—도망치는 남송의 잔당들을 남해상에서 괴멸시킴으로 대원황실로부터 전폭적인 신뢰를 얻어냄.

·1280년.

—중원무림과의 화평책을 결정하다니.

이는 본 교가 보여준 신뢰에 대한 배반 행위다.

본 교는 대원제국의 지원 없이 무림맹과의 일전을 치르기로 결정했다.

비로소 본 교의 염원인 중원 일통의 대장정에 나선 것이다.

벽사마검은 야만족의 황제인 너의 것이 아니다.

쿠빌라이여!

분명 하늘이 내린 선택된 자의 것임을 아는가.

우리는 새로운 세상이 열리는 그날까지 실험을 계속해 나갈 것이다.

팔공의 입에서는 절로 장탄식이 흘러나왔다.

"아… 통재로구나. 결국 더러운 밀약에 의해 벽사마검이 쿠빌라이의 손에 넘어갔단 말인가."

그 뒤로도 일지는 기록되어 있었지만, 더 이상 읽어 내려갈 의미는 없었다.

이후는 대원제국이 이룩한 세상에 대한 기록일 테니까.

그중 1280년도의 기록이 의구심을 품게 만들었다.

'기록으로 보면 벽사마검은 이미 쿠빌라이에게 전해진 것으로 되어 있다. 그런데 왜 이자들은 검기를 깨우기 위한 실험을 계속했던 걸까.'

상당히 의심스러운 부분이지만, 지금 당장 정확한 추론을 이끌어낼 수는 없었다.

일단은 무림 정벌의 일환 정도로만 생각해야 할 일이었다.

"대사님, 사원이 불타고 있어요. 어서 가셔야 해요."

오츠카를 부축하고 유우코를 안은 남덕이 소리쳤다.

교도들과 싸울 때 쓰러진 횃불에 의해 불이 난 모양이었다.

"하산바르는 찾았느냐?"

"못 찾았어요. 제 삽질이 무서워 도망친 모양이에요."

"허허. 그래?"

제사를 치르고 있다던 마니교도들이 다 어디로 간 것일까?

팔공은 상상조차 못한 일이었지만, 벽사마검은 툼(Tomb)의 다른 장소에 봉인되어 있었다.

쿠빌라이에게 전해주었다고 기록된 검이 가짜였던 것.

위급한 상황이 발생하자 하산바르는 교도들을 대동하여 이를 지키러 간 것이었다.

남덕이 말했다.

"대사님, 제 삽질이 어땠어요? 한 스무 놈은 때려잡은 것 같은데… 히히."

가만히 보니 칭찬 한마디를 해달라는 표정이다.

"허허. 삽질은 언제부터 한 것이냐?"

"대가리 크면서부터 했으니까 한 십칠 년 되죠. 전 장인의 정신으로 한 우물만 팠어요. 한때는 식음을 전폐하고 삽질만 했다니까요. 정말이에요."

그것도 자랑이라고 목청을 돋우는 남덕이. 팔공은 어깨를 두들겨 주며 칭찬을 해주었다.

"그래, 잘했다. 모두 무사하니 이만 나가자."

그런데 남덕의 표정이 뭔가 부족한 듯하다.

"왜, 더 할 말이 있느냐?"

"뭐… 별호 같은 거 안 지어주세요? 대사님이 지어주시면 영광일 텐데……."

"별호라……."

잠시 생각하던 팔공이 툭하고 내뱉었다.

"음… 중원제일삽?"

"우와아! 너무 멋있어요!"

갑자기 고무된 남덕, 파르라니 깎은 그의 머리에서 따뜻한 김이 모락거린다.

"대사님, 제가 삽질로 불길을 열겠습니다. 제 뒤만 따라오시지요."

위험하게 보이지만 본인이 그러겠다는데 어쩌겠는가.

"그… 그럴래?"

"우하하. 중원제일삽이 나가신다. 길을 비켜라!"

붕— 붕—

잔뜩 흥분한 남덕이가 불구덩이 속으로 달려나갔다.

잠시 후.

"으아아! 대사님, 살려주세요!"

승복에 불이 붙은 남덕이가 사색이 되어 되돌아왔다.

"쯧쯧, 아미타불……."

팔공은 장풍으로 승복에 붙은 불을 꺼주었다.

화르르.

어느새 불길이 사원 전체로 번지고 있었다.

뜨거운 열기 탓에 건물에 균열이 생기더니 첨탑 서고에까지 불길이 스며들었다.

'남해표국의 방태산이 마니교와 손을 잡은 것은 개탄할 일이나 방법이 없는 것은 아니다. 중원으로 돌아가 남해표국을 치고 벽사마검을 빼앗는다면, 쿠빌라이의 야욕을 막을 수 있을 것이다.'

팔공은 남덕, 오츠카, 유우코를 데리고 사원을 빠져나왔다.

30분에 걸친 죽음의 혈투.

무혁은 사난과의 혈투에 몰입되어 무념무상의 경지에 도달해 있었다.

싸우는 것 외에 아무 생각도 하지 않았다는 의미였다.

그 30분이 하루보다, 아니, 평생보다 긴 것 같았다.

이는 목숨이 걸려 있기 때문이리라.

사난의 귀두도가 하단을 향해 일획을 그었다.

부우욱—

그의 도법은 현란하고, 강하고, 집요했다.

무혁은 사난의 도법을 협요궁전보로 피하며, 그의 관자놀이를 향해 좌우쌍관권을 날렸다.

팡. 팡.

그러나 사난이 효과적으로 피하자 무혁의 공격 또한 무위에 그치고 말았다.

한 치도 양보할 수 없는 일진일퇴의 공방.

'먼저 집중력이 떨어지는 자가 패배한다.'

무혁은 집중력을 잃지 않기 위해 무리한 공격을 삼가며 기회를 엿보았다.

챙. 챙. 깡. 깡.

사난은 귀두도와 각법을 대단히 조화롭게 사용했다.

귀두도의 예기를 피하느라 생긴 옆구리나 다리의 빈틈으로 여지없이 각법이 파고들었다. 가급적이면 피했으나 피할 수 없을 상황에선 사혈만 방어하고 다른 곳은 그냥 맞아주었다.

사난의 정강이가 왼쪽 옆구리를 가격했다.

퍽!

"읏!"

무혁은 갈비뼈가 통으로 울리는 듯한 충격을 참으며, 선풍각으로 사난의 허벅지에 반격을 가했다.

퍽!

"큭!"

사난도 상당한 외공을 익혔지만, 소림의 외공이 현대적으로 해석된 무아이보란을 타개하지 못할 이유는 없었다.

대마초 연기가 가득한 격투장은 죽음과도 같은 침묵이 흘렀다.

프라이드의 링이라면 이 정도의 명승부에 환호가 들끓었을 것이다.

그러나 오직 돈에만 관심이 있는 이들에겐 승부 따위는 아무래도 좋을 것이었다.

무앙차이의 침묵.

지금의 침묵은 무혁의 선전 때문이었다.

사난의 손쉬운 승리를 예상했다가 승부의 향방을 점칠 수 없게 되자, 불안에 떨고 있는 것이었다.

'무앙차이, 그 불안을 곧 악몽으로 만들어주마.'

혈투가 한 시간 정도 지났을 때, 무혁은 사난을 꺾을 수 있는 방법을 찾아냈다.

맨손이기에 무혁이 원거리 공격을 할 수 없다는 사난의 생각을 역으로 찌르는 것이었다.

'그리고 놈이 예상치 못한 그래플링 기술로 끝을 낸다.'

기회는 머지않아 찾아왔다.

사난이 무혁의 보법을 흩뜨리기 위해 하단을 공격해 올 때였다.

"카아앗!"

부우웅—

그것은 허초와 비슷했는데, 무혁의 반격을 받지 않기 위해 거리를 둔 상태였다.

권각의 공격으로부터 안전하다 생각한 탓인지 사난의 상단 방어가 허술했다.

심격(心擊)!

상대를 치되 상대방의 몸을 타격점으로 잡지 않는다.

그 뒤에 있는 물체를 타격점으로 잡고, 집중된 힘으로 상대의 몸 깊숙이 관통시킨다.

"타핫!"

무혁은 짧고 강한 기합과 함께 일권을 내질렀다.

"아라한신권!"

퐁!

허공에 멈춰 있는 주먹.

그러나 무혁의 권풍은 타격점에서 폭발하지 않았다.

수우우우.

"……!"

마치 그림자가 스쳐 지나가듯 사난의 가슴을 관통하더니, 30센티 정도 뒤에서 무혁의 권풍이 폭발했다.

콰—앙!

"크허어……."

말 그대로 일격초살!

단 한 방을 허용한 사난은 동공과 양다리가 풀려 서 있기가 곤란할 지경에 이르렀고, 무혁은 그 틈을 놓치질 않았다.

당장 마운트를 점령한 다음 팔로는 협백(俠白), 천부(天府), 운문(雲門)을 조이고, 다리로는 중독(中瀆)과 풍시(風市)를 강하게 찍어 눌렀다.

실신!

"백무혁, 승!"

정확히 5초 만에 사난은 실신했고, 무혁은 무아이보란의 계승자인 사난에게서 어려운 승리를 거둘 수 있었다.

'훌륭한 스승에게 배우는 것만이 능사는 아니다. 배운 것을 생각하고, 또 생각한 것을 올바르게 응용할 줄 알아야 비로소 진화라 할 수

있을 것이다.'

무앙차이와 팽오동이 어떻게 되었는가는 말할 것이 없었다.
그건 흑사회의 문제.
황약 노사와의 인연을 뒤로하고 무혁 일행은 귀국길에 올랐다.
물론 하산바르와 마니교도들의 행방은 미스테리로 남긴 채.
유중광이 보내준 비행기는 임대 항공사로 유명한 넷젯(Netzet)의 보잉 737기종이었다.
다국적 기업의 회장들이 업무용으로 사용한다는 비행기.
'중광 형님, 하여간 통 하나는 큰 양반이네. 그러니까 그렇게 큰 조직을 꾸려 나가시는 것이겠지.'
보잉 737은 어둠을 뚫고 서서히 밝아오는 새벽 하늘을 날아올랐다.
고오오.
얼마나 놀라고 지쳤을까?
귀여운 유우코는 오츠카 선배의 품에서 곤히 잠들어 있었다.
남덕은 삽자루를 꼭 끌어안고 무섭게 코를 골았다.
아마 '중원제일삽' 이란 별호로 강호를 주유하는 꿈이라도 꾸는 모양이었다.
사부 팔공은 선장을 무릎에 내려놓고, 창가로 보이는 검은 대륙의 끝을 보며 깊은 상념에 잠겨 있었다.
'사부님, 중원을 걱정하고 계신 거죠? 좋은 방도가 있을 테니 너무 심려치 마세요.'
사난과의 생사결을 경험한 후 물어볼 것이 너무도 많았다.
그러나 지금은 아니었다.

지금은 사부의 상념을 방해하고 싶지 않은 무혁이었다.

나오미는 맨 뒷자리에 앉아 열심히 기사를 쓰고 있었다.

무혁은 슬쩍 그녀 옆에 앉았다.

"뭐 해?"

"이런 엄청난 경험을 그냥 흘려보낼 순 없잖아요. 기사화해야죠. 아마 특종일 거예요."

오랜만에 보는 나오미의 눈웃음이었다.

'아… 먹고 잡다.'

라는 생각이 드는 순간, 무혁은 자신도 모르게 나오미의 어깨에 손을 올렸다.

"으응… 그렇구나……. 흠흠."

"오빠아… 왜 그래요."

"아니… 난 신경 쓰지 말고 그냥 기사 써."

나오미가 미간을 찌푸리며 어깨를 움츠렸다.

"아이… 오빠가 자꾸 조몰락거리는데 어떻게 기사를 써요."

"엉? 내가 뭘 조몰락거려… 허걱!"

무혁은 나오미의 거유에 얹어진 자신의 손을 발견하고는 소스라치게 놀라고 말았다.

허거덕! 손이 뇌의 통제를 받지 않다니.

기왕 이렇게 된 것, 강력하게 밀어붙이기로 결심한 무혁이었다.

"에잇, 모르겠다. 뽀뽀 한번만 해주라. 응?"

"아이참, 기사만 전송하고요… 네?"

"오빠가 전송할게."

무혁은 열려진 노트북의 엔터키를 냅다 눌러 버렸다.

프라이드의 신성(新星), 백무혁. 동남아 '죽음의 격투장'을 평정하고 돌아오다!

이것이 오늘 석간 닛간 스포츠의 헤드라인을 장식할 기사 제목이었다.

제6장

신주쿠(新宿)의 밤이여, 당분간 안녕!

신주쿠(新宿)의 밤이여, 당분간 안녕!

하네다 공항. 저녁 8시.

"내가 왔다, 내 고향아. 이 남덕이가 돌아왔다. 우히히히!"

땅바닥에 입맞춤을 하는 남덕을 내버려 두고 무혁 일행은 출구로 걸어나왔다.

멀리 공항 대합실의 커다란 유리창에 사람들의 웅성거리는 모습이 비쳐졌다.

무혁은 처음 일본 땅을 밟던 일 년 전을 회상해 보았다.

약간은 무모했지만 지금은 잘한 일이란 생각이 들었다.

"후후. 내가 생각해도 참 용기있는 결정이었어."

나오미가 물었다.

"뭐가요?"

"'맛의 달인' 시리즈를 넣은 가방에 달랑 여권 하나 들고 이 땅을 밟았던 때 말이야. 좀 무모했지? 아마 지금 하라면 못할 거야.”

“피이, 무모한 건 지금이 더 심해요. 무모가 아니고 무지하단 말이 맞죠. 그러지 않고야 칼 든 고수들이랑 생사결을 벌일까.”

“사랑하는 미야, 풍운아의 삶이란 원래 그리 험난한 거야.”

무혁은 머리칼을 쓸며 갖은 개폼을 잡아보았다.

때마침 공항 활주로를 타고 겨울바람이 부니, 분위기가 제법 그럴싸했다.

“정처없이 부는 바람만이 사나이의 마음을 알아주는구나. 푸하핫!”

1층 입국장(Arrival Hall)로 나오자 검은 양복의 사내들이 두 줄로 도열해 있었다.

“뭐지? 이 깍두기들은?”

무혁의 궁금증을 풀어준 것은 유중광이었다.

“아우, 어서 와라.”

“아유. 형님, 이게 뭡니까. 쪽팔리게.”

“하하. 환영식이다.”

무혁이 갓 출소한 야쿠자 두목이라도 되는 양 영접을 해주는 공고구미의 조직원들.

“암튼, 고마워요, 형님.”

무혁과 유중광이 포옹을 하려 할 때, 뜻하지 않은 불청객이 끼어들었다.

“유후~ 백무혁, 잘 있었냐? 나다, 마루오까. 우헤헤헤.”

몇 달 전 파이트머니를 떼먹고 달아난 마루오까가 아닌가.

말투가 까칠할 수밖에 없는 무혁이다.

"양아치 양반이 웬일이쇼?"

"칵! 양아치라니… 너 요즘 시합 몇 게임 뛰더니 간이 입천장을 뚫고 나왔냐?"

"파이트머니 안 줄 거면 왜 왔냐고요."

"그거야 비즈니스 때문이지. 요즘 시합 인상적으로 잘 봤다. 조금만 더 가르치면 클 수 있을 것 같아 재계약하러 왔다."

어이가 없다. 개념없는 게 거의 남덕과 매한가지.

"됐거덩요."

"우헤헤. 싫다면 강제로 계약하는 수밖에."

지가 무슨 야쿠자라고 십여 명의 관원까지 데려왔다.

"얘들아, 준비해라."

"하이!"

그러자 관원들이 바지춤에서 주섬주섬 도구를 꺼내서 조립하기 시작했다.

끼르르, 끼륵, 끽—

부산한 움직임이 끝나자 그건 하나의 농기구들로 재탄생되었다.

나름대로 감시대를 통과하기 위해 머리를 썼던 모양이다.

"어디 농사지러 가쇼?"

"짜식, 눈치는 빨라 가지고. 네놈을 농사지러 왔다. 사실 내가 빈농의 자식으로 태어났거든. 우헤헤."

하는 짓이 하도 꼴같잖아 유중광이 나선다.

"얘네 서커스 단원들이냐?"

유중광이 나서면 최소 전치 8주.

"형님, 좀스럽긴 하지만 나쁜 인간은 아니에요. 제가 돌려보낼게요."

무혁은 유중광을 자제시킨 후, 마루오까를 타일렀다.

“충고하건대 좀 참지 그래요?”

그러나 앞이 안 보이는 모양, 마루오까는 최대한 험악한 표정을 지으며 협박을 해댔다.

“닥쳐! 못 참아. 이제부터 내 말 들어라. 말만 잘 들으면 빵집 차리게 해주겠다. 만약 거역하면 이 자리에서 즉석 김밥을 만들어 한국행 비행기에 실어주마. 얘들아!”

“하잇!”

관원들이 일제히 팔을 걷어붙이자, 금방 붙인 판박이 문신이 따끈따끈하게 드러났다. 어떤 놈은 급하게 나오느라 판박이 비닐도 안 떼고 나온 놈도 있었다.

“죽고 싶지 않다면, 우리 도장으로 들어와라.”

망연자실 무혁은 할 말을 잊었다.

“이것 참…….”

마루오까와 그의 관원들은 겁도 없이 공고구미 조직원 앞에서 설쳐댔다.

공고구미와 무혁의 관계를 모르는 건 크나큰 불행.

더 이상 참지 못한 유중광이 부하들에게 명했다.

“이 불량 식품들 치워라!”

잠시 후.

공항 로비에는 무릎을 꿇고 손 든 채 큰 소리로 복명복창하는 인간들이 보였다.

마루오까와 그의 관원들이었다.

“잘못했습니다. 한번만 살려주시면 갱생의 길을 가겠습니다!”

그 모습을 본 사람들은 저마다 웃음을 터뜨렸다.

마루오까를 처리한 유중광은 팔공에게 공손히 예를 취했다.

"인사가 늦었습니다, 대사님."

"고얀 놈. 사람들 많은 장소에서 무슨 소란이냐. 그러니 네놈이 깡패 소릴 듣는 거다."

"하하. 대사님, 여부가 있겠습니까. 오랜 여행에 지치진 않으셨는지요."

"일없다. 커험."

팔공은 그 길로 휑하니 로비를 나가 버렸다.

"대사님 뭐 언짢으신 일 있냐?"

"아니요. 저기……."

"저기, 뭐?"

"아니에요. 비행기 여행에 익숙지 않아서 그러신 모양이죠."

무혁은 말을 얼버무렸다.

'사부님이 벽사마검에 관련해서 남송의 운명을 고뇌하고 있다는 걸 말해봤자 그 누가 믿겠는가. 모두 정신 나갔다고만 하겠지.'

"그건 그렇고. 무혁아, 일이 복잡하게 됐다. 시합 도중에 불상사가 났다."

"불상사요? 무슨?"

하지만 무혁은 유중광으로부터 자세한 얘기를 듣지 못했다.

무혁을 알아본 취재진들이 대거 몰려왔기 때문이다.

"자세한 얘긴 이따 천룡사에 가서 하자."

'불상사라니… 대체 뭐지?'

순식간에 기자 회견 비슷한 상황이 연출되었고, 무혁의 의문은 기자들의 질문을 통해 풀렸다.

유중광이 말한 불상사는 후쿠시 가오리에 관한 일이었다.

불행히도 데드매치 선수와의 대전 중 사망했던 것.

무혁이 언론의 스포트라이트를 받게 된 것은 캄보디아에서 죽음의 격투를 경험했다는 기사가 보도되었기 때문이다.

링 위에서 선수가 죽다니… 기분이 매우 언짢았다.

"백무혁 선수, 스포니치 스포츠의 나마바따 기자입니다. 프로모터 이에나스 씨의 데드매치 선수들 수입에 대해 어떻게 생각하십니까?"

닛간 스포츠에 독점을 주기로 약속했던 바 무혁은 나오미의 눈치를 봤다.

사안이 워낙 중대한지라 나오미는 인터뷰를 허락해 주었다.

"선수는 선수이기 이전에 인간입니다. 그리고 프라이드는 엄연한 스포츠 경기입니다. 축구나 야구처럼 말이죠. 이기기 위해 수단과 방법을 안 가린다면 그건 이미 스포츠가 아닌 것입니다. 이에나스는 돈에 환장한 사람입니다."

NHK 스포츠 방송의 MC 와다나베 사유리가 끼어들었다.

원래 기상 캐스터였다가 수박 가슴으로 스타덤에 오른 여자였다.

"그럼 백무혁 선수가 생각하는 스포츠란 무엇이죠?"

'으으음… 초대형 거유다. 성실하게 답변하자.'

G컵의 가슴을 살짝 노출한 그녀를 보자 생각지도 못한 대답이 술술 나왔다.

"인간이라면 누구나 동물적인 공격성을 가지고 있습니다. 스포츠란 그 원시적 공격성에 만물의 영장인 인간만이 가진 이성으로 완성한 작품이라고 생각합니다. 즉, 정해진 규칙과 룰을 가진 스포츠란 이성의 승리를 말하는 상징물이고 인간이 위대하다는 것을 보여주는 것이라 봅니다."

평소엔 자신도 뭔 말인지 모를 말들.

"아, 백무혁 씨는 멋진 사고를 가진 선수군요."

스포츠 선수답지 않은 지적인 논조에 와다나베 사유리가 찬사를 표하자, 무혁은 겸손까지 갖춘 척 손사래를 쳤다.

"하하하. 별말씀을요."

하나 무혁의 진정한 목적은 인터뷰를 오래 끌며 G컵 가슴을 감상하는 데에 있다는 것을 와다나베 사유리는 몰랐을 것이었다.

그 작태를 지켜보던 나오미가 결국 무혁의 엉덩이를 꼬집어 버리고 말았다.

'으윽… 이 고질병은 아무래도 수원 백씨 가문의 유전적 형질 때문인가 보다…….'

질문 마이크가 다른 기자에게 넘어갔다.

기자가 남자라서 소속도 묻질 않았다. 아니, 본인이 밝혔던가.

암튼 이자가 누구든 상관없다.

와다나베 사유리와 더 인터뷰할 수 없었던 게 아쉬울 뿐이었다.

"마지막 질문입니다. 프라이드 최고 명가임을 자부하는 슈트복스 아카데미나 러시안 탑팀마저 이에나스 측과의 경기는 피하는 실정입니다. 백무혁 선수는 어찌할 생각입니까?"

"피하다니요. 프라이드 선수가 싸우기 싫으면 농사나 지어야지요. 전 데드매치 선수가 아니라 에어리언과도 싸울 준비가 되어 있습니다. 지켜봐 주십시오. 프라이드는 이 백무혁이가 지킵니다. 푸하하하!"

다음날.

모든 스포츠지 전면에 무혁의 기사가 실리며, 무혁은 일약 전국적 스타로 급부상했다.

니칸 스포츠.

—사나이의 눈물. 위대한 인간의 뜨거운 동지애

산께이 스포츠.

—백무혁, 후쿠시 가오리의 복수천명(復讎天命)!

요미우리 스포츠.

—데드매치는 가라. 프라이드여, 영원하라. 돌아온 백무혁!

토교중앙 스포츠.

—풍운아! 죽음의 정글에서 프라이드로 돌아오다.

상전벽해(桑田碧海)라, 자고 나니 세상이 바뀌어 있었다.

새벽부터 광고 회사에서 전화가 걸려오는데 장난이 아니다.

띠리링. 띠리링.

[백무혁 선수 핸드폰인가요?]

"그런데요?"

[아, 저는 닛신(日清) 컵라면의 홍보실장 와라바시라고 합니다. 저희 컵라면 광고에 백무혁 선수를 모델로 쓰고 싶어 전화드렸습니다.]

광고 섭외 전화는 줄을 이었다.

[저는 미쇼(實正) 화장품의 홍보실장 바르니까라고 합니다. 이번 신제품에 컨셉이 맞는 백무혁 씨와 만나고 싶습니다.]

각종 스포츠 드링크, 애들 과자, 폴로 향수 일본 지사에선 아예 제품 이름에 쓸 초상권까지 사겠다며 고가의 계약을 하자고 연락이 왔다.

향수 이름까지 무혁의 이름으로 정해졌다는 것이다.

어떤 광고도 마다하지 않지만, 딱 한 가지만은 무혁도 거부했다.

그건 바로 빵집 광고였다.

[저 여기 오모히로이 빵집인데요. 광고하실래요?]

"아뇨."

[돈 많이 드릴 테니 그래도 안 하실래요?]

"네."

[왜죠?]

"내가 빵집 할 거거든요."

아참, 하지 않은 광고가 또 하나 있긴 하다.

그건 나오미가 극구 반대해서 할 수가 없었는데, 여자 속옷 광고였다.

무혁이 보고 위아래로 입고 찍자고 했었다.

아무튼 일본 놈들의 변태적인 마인드는 알아줘야 한다.

'쩝… 재미있을 것 같았는데…….'

한동안 광고만 촬영하느라 정신없이 돌아다녔다.

한 달 반 정도가 지나자, 이제 TV만 틀면 무혁이 얼굴을 들이밀었다.

―뜨거운 남자의 가슴을 채운다. 이 남자의 가슴에 흐르는 뜨거운 국물. 컵라면, 굵은 가락의 진수, 대면(大麵)! 맛있게 드세용.

나무젓가락을 들고 씨익 쪼개고 있는 무혁.

—야수를 잠재운 부드러운 남자의 향기.

화장품. 뜨거운 남자의 눈물. 열남수(熱男水)! 일단 한번 발라보시라니까요!!

무혁이 훈련을 재개한 것은 앙코르와트에서 돌아오고 두 달쯤 후였다.

이미 시작된 남제(男祭) 본선에 대비하기 위해서였다.

무혁과 유중광은 데드매치 선수들을 격파하기 위해 논의를 했다.

“브라질의 삼바호빙요, 미국의 에반펠릭스, 네덜란드의 루드 반 라파엘 등이 데드매치 출신이야.”

“이에나스가 왜 갑자기 데드매치 출신들을 끌어들인 거죠?”

“무리한 배팅을 하고 있는 걸 보니 이에나스 놈이 아무래도 돈에 쫓기는 것 같다. 일단은 프라이드 규칙을 지키는 전제 하에 나오고 있지만 점점 문제가 커지고 있어. 데드매치 선수들의 잔혹한 경기 스타일이 일본 관중들 구미에 맞는 모양이야. 팬이 점점 늘고 있는 추세지.”

“관중은 갈수록 점점 자극적인 걸 원한다더니 틀린 말이 아니었군요.”

“이젠 언론들도 더 자극적이어야 한다는 쪽과 스포츠는 스포츠야 한다는 두 개의 의견이 충돌하고 있어.”

“후쿠시 가오리의 사인은 알아보셨어요?”

“급소를 맞았더군. 무릎으로 명문혈(命門穴)을 맞고 척추가 내려앉은 상태서 백회혈(百會穴)을 가격당해 즉사하고 말았어.”

“아니, 죽을 정도로 힘을 넣었단 말이에요?”

“워낙에 초인적인 놈들이라 힘의 가늠이 안 되는 모양이야. 더구나 사람을 죽여본 놈들이라 눈이 돌아버리면 쉽게 발경을 하니 말릴 새도 없었어. 심판은 나중에 쓰러진 상태를 확인하는 후속적인 입장이니까."

"살인마 놈들이군요. 제 시합은 얼마나 남았어요?"

"이제 보름 남았어. 근데 훈련은 잘하고 온 게냐? 황약 노사님 말로는 엄청난 특훈을 했다고 하던데 믿어도 되는 게냐?"

"하하, 모르겠어요. 아직 멀었죠 뭐."

"자식, 여행 다녀오더니 부쩍 어른스러워졌나 보네. 겸손도 배우고. 하하."

사실 그랬다.

상대를 만나면 이제 두려움 같은 게 느껴졌다.

진정한 강자가 어떤 것인지 알아가며, 조금씩 조심스러워지고 있다는 얘기다.

"세상에 강자는 많더라고요."

"하하. 이제야 세상이 제대로 보이는 모양이구나."

보름 후, 천룡사.

팔공의 부름을 받고 급히 달려온 유중광은 팔공으로부터 뜻밖의 말을 들었다.

"이제 돌아갈 시간이 되었구나."

팔공이 자신이 왔던 세상으로 돌아가겠다고 한 것이다.

"꼭 그러셔야 하겠습니까?"

"오냐. 돌아가서 꼭 해야 할 일이 있는 몸이라 내일 가겠다."

"내일 무혁이의 시합이 있습니다."

"그래서 오늘 부른 것이다. 현재의 소림사까지만 갈 수 있도록 조치해다오. 거기서는 어찌 가는지 알고 있다. 무혁이 놈에게는 알리지 말고."

유중광은 알고 있었다.

팔공은 현재와는 어울릴 수 없는 사람이란 것을.

"예, 대사님."

그래서 굳이 말리질 않았다.

"중광이 니가 곁에 있으니 무혁이 걱정은 하지 않으마."

"예, 대사님."

유중광을 돌려보낸 후 팔공은 현세에서의 생활을 잠시 돌이켜 보았다.

모든 것이 오해에서 비롯된 기연이었지만, 엉뚱한 놈 무혁을 만난 것은 참 즐거운 일이었다.

"허허… 그 녀석……."

그럭저럭 머물러 살아도 괜찮을 만한 세상일 것 같았다.

하지만 대원제국의 말발굽 아래 풍전등화의 신세인 무림을 생각하면 돌아가지 않을 수 없는 팔공이다.

아니, 성정이 그렇게 되어 있질 않았다.

"쿠빌라이만 막을 수 있다면, 이 한 몸 산화하여 공중에 부서져도 아쉬울 게 없건마는… 아미타불……."

팔공의 손엔 남만일지가 들려 있었다.

다음날.

왜 경기장에 안 나오신 거지?

무혁은 락커로 돌아오자마자 사부 팔공을 찾았다.

"사부님!"

요즘 우울증을 앓는 듯이 말수가 없었던 양반이라 무혁은 라커에 남아 명상에 잠겨 있을 줄 알았던 것이다.

"어라? 어디 가셨지?"

한데 대답이 없다.

그때, 유중광이 라커로 들어오며 말했다.

"팔공 대사님은 떠나셨다."

"예? 가시다니요? 사부님이 대체 어디로 가셨다는 거예요?"

"오셨던 곳으로 돌아가신 거지. 중국으로 가는 직항편으로 보내 드렸다. 남덕이가 소림사까지 동행할 것이다."

"……."

결국 중원으로 돌아가시는 건가… 말씀도 없이.

만감이 교차했다.

최근 몇 주를 정신없이 지내다 보니 사부 팔공에 대해 잠시 잊고 있었다.

그의 고뇌에 대해서도 마음을 써주지 못했다.

자신이 마음을 써준다 한들 달라질 것은 없지만, 그래도 사람의 마음이 그런 것이 아니질 않은가.

"말씀도 없이요?"

"네 시합에 방해될까 봐 그러신 거야. 서운하겠지만 어쩌겠냐. 대사님은 대사님이 계실 곳으로 돌아가셨으니 너무 서운해 말아라. 바쁘게 지내다 보면 곧 잊혀진다."

무림맹주.

중원무림 각 대문파의 존망을 한 몸에 받고, 무소불위의 위치에 있는 인물.

게다가 무림의 태산북두 소림사의 방장.

그러나 그것은 중원에서의 고명(高名)일 뿐, 현세에서의 사부 팔공은 늙은 승려에 불과했다.

그것이 내내 마음에 걸렸는데, 이제 무거운 짐을 짊어지고 홀로 돌아갈 사부를 생각하니 더욱 마음이 짠해지는 무혁이다.

"몇 시 비행기예요?"

"4시 30분 비행기다."

현재 시각 3시 10분.

30분 전에는 탑승을 해야 하니, 사부 팔공의 얼굴을 보려면 50분 안에 하네다 공항까지 가야 했다.

"공항으로 가야겠어요."

무혁은 라커를 서둘러 빠져나왔다.

중광과 오츠카, 그리고 나오미가 따라나섰다.

"괜히 마음만 무거워지지 않겠냐?"

"그래도 사부님을 그냥 보내 드릴 수는 없어요."

유중광의 벤츠 안, 공항으로 가는 도중 무혁은 남덕에게 전화를 걸었다.

"남덕 형, 내 말만 들어. 나 지금 공항으로 가니까 사부님에게는 내가 온다는 말 하지 마. 알았지?"

[알았어.]

어떻게 해야 하나?

머릿속이 시끄러웠다.

유중광의 충고처럼 무혁은 이제 프라이드에서의 성공을 보장받은 셈이었다. 프라이드에서의 성공이란 무엇인가? 그것은 곧 부(富)를 뜻했다. 빵집 차려서 십 년 동안 벌어야 할 돈을 단 일 년에 벌 수도 있다는 의미.

파이트머니나 광고 수입으로도 많이 벌겠지만, 만약 유중광을 통해 배팅까지 한다면, 스포츠 재벌 박찬호가 부럽지 않을 것이었다.

하나 협(俠)이라는 한 글자가 무혁의 심상을 어지럽혔다.

'만약, 사부님을 따라가면… 어떻게 되지?'

문득, 가슴속에서 무협 세계에 대한 로망이 꿈틀거린다.

'확 따라가 버려?'

그러나 그것도 쉽게 결정할 문제는 아니었다.

'갔다가 못 돌아오면, 또 어떻게 되는 거지?'

어떻게 되긴 뭐가 어떻게 돼? 좆 되는 거지.

나오미에게 물었다.

"미야, 전에 얘기했던 그 워프 게이트란 거 말이야. 좀 더 자세히 알아봤어?"

"네. 아는 물리학 교수님께 물어봤어요."

"뭐래?"

"현대 물리학에선 불가능하다 말씀하시죠."

"그런 얘긴 누가 못해? 어쨌든 실제로 생긴 일이잖아."

"그렇죠. 불가능하다 하시면서도 그런 게 존재할 수 없다고 단정할 수 없다고 하세요. 이론적으로 증명하질 못하니까요. 믿을 수도 믿지 않을 수도 없다는 거죠. 그런데 만약 워프 게이트가 자연적으로 생겨났다면, 기지국 설치와 연관이 있을 거라 하셨어요. 기지국을 설치하는 과정에서 발생한 어떤 강력한 전자펄스가 영향을 미쳤을 거라 보시는 모양이더라구요."

백날 들어야 못 알아들을 얘기.

"뭐가 이렇게 어렵냐. 그렇다고 치고 워프 게이트란 건 한 번 만들어지면 없어지지 않는 거야?"

"아뇨, 영원하진 않을 것 같아요. 하지만 좀 더 알아볼게요."

제길, 시간이 없는데 언제 알아본단 말이야.

생각해 보았다.

아무리 생각해 봐도 결론은 하나였다.

그래, 가는 거야!

인생 뭐 있어? 불같이 살다 가는 게 사나이 인생이지.

중원 가서 뭉고 놈들 다 때려잡고, 무림의 영웅으로 인생 재부팅하는 거다.

지금은 너무 허접해. 뇌려타곤이 뭐야?

그러나 구파일방의 무공을 다 섭렵해서 돌아오면?

푸하하, 인류 최강은 이 사나이 백무혁이라구.

"손 줘봐."

무혁은 나오미 주려고 항상 갖고 다니던 반지를 꺼냈다.

"뭐예요?"

"앙코르와트 여행 때 주려고 했는데, 분위기가 전혀 로맨틱하지 않더라구. 그래서 주질 못했었어."

"오빠……."

무혁은 나오미의 가녀린 손가락에 반지를 끼워주었다.

"이건 신물(信物), 아니, 내 마음이야. 알았지?"

"네, 오빠. 고마워요."

보조석에 앉은 오츠카가 그 모습을 보더니 한마디 던진다.

"야, 하필 이 상황에서 사랑 고백이냐? 좀 더 근사한 장소에서 멋들어지게 해야지. 암튼 좋은 때다. 나오미 양은 좋겠어."

그저 단순한 가락지였지만, 나오미는 진심으로 기뻤다.

옛날식으로 말하자면 사랑의 정표쯤은 되는 것이니까.

한데 무혁의 행동에 이상한 점이 있었다.

갑자기 반지를 주는 거 하며, 워프 게이트에 대해 물어보는 둥 마치 먼 길이라도 떠나는 사람처럼 행동을 하지 않는가.

혹시 팔공 대사를 따라가려는 생각은 아닐까?

기쁨과 동시에 문득 마음이 심란해지는 나오미였다.

"오빠… 기분이 이상해요. 혹시……."

나오미가 무혁을 돌아보며 물었다.

"그래, 네 생각이 맞아. 나 사부님 따라갔다 올게."

"오빠!"

"뭐? 임마! 너 미쳤냐? 거기가 어디라고 간다 그래."

나오미와 오츠카가 동시에 소리쳤다.

무혁은 대답없이 차창 밖 풍경에 시선을 던져 놓았다.

"임마, 말 좀 해봐!"

"사부님을 이대로 보내 드릴 순 없어. 중원으로 돌아가면, 쿠빌라이에게 맞서다가 돌아가실 게 뻔하다구."

"너 지금 대사님 걱정하는 거냐?"

"그래, 선배."

"내가 보기엔 니가 더 걱정이다."

"도울 방법이 있어. 난 역사를 알고 있다고. 결론을 알고 있는 거란 말이야. 무림인들이 쿠빌라이에게 당하지 않게 해야 돼."

"이놈, 완전히 돌았구먼. 니가 중국 역사라도 바꾸겠다는 거야? 송나라 다음에 원나라 건너뛰고, 명나라로 바로 가게 만들겠다는 거냐? 그렇게 할 수도 없고, 설사 할 수 있다고 해도 그래서는 안 되는 거야, 이 사람아."

오늘따라 오츠카의 충고가 구구절절이 옳다.

"선배 말이 맞아. 근데 난 역사를 바꾸겠다는 게 아니라 사부님이 돌아가시게 놔둘 순 없다는 거야."

"사람은 다 죽어. 혹시 과거로 가서 대사님을 살린다고 해도 언젠가는 결국 돌아가신단 말이야."

"알아……."

눈물을 훌쩍이는 나오미를 차마 돌아볼 수가 없었다.

무혁은 차 안에서 편지를 써 나오미의 손에 쥐어주었다. 지금은 그것만이 해줄 수 있는 일이니까.

미안하다.

"사부님!"

막 탑승 보드로 올라가려는 팔공을 발견하고 무혁은 큰 소리로 불렀다.

"녀석, 기어코 따라 나온 거냐? 허허."

사부 팔공의 얼굴을 보자 왈칵 울음이 쏟아지려 했다.

'나 몰래 혼자서 중원으로 돌아가려 했단 말이지… 에잇, 잔정머리 없는 영감탱이 같으니라구…….'

무혁은 울음을 꾹 삼키고 용여하게 말했다.

"제자 얼굴도 보지 않고 가려고 하셨어요?"

"허허. 요즘 많이 바쁜 것 같더구나. 비무에 방해가 될까 그리한 것이다."

"예, 바쁘죠. 제자가 유명해져서 좀 바쁩니다. 너무 바쁜데 특별히 시간을 냈습니다. 사부님 모른 척했다고 언론에 실릴까 봐서요. 사부님 얼굴 보러 나온 게 아니고요, 사부도 모르는 배은망덕한 놈이라고 소문날까 봐 나온 거라고요. 아시겠어요? 이제 인생 좀 피려고 하는데 여기서 꺾일 순 없지 않겠습니까?"

무혁은 말이 나오는 대로 씨부렸다.

자신 몰래 떠나려 한 사부 팔공에게 서운한 마음이 있어서였다.

그런 무혁의 마음을 아는지 모르는지 팔공은 너털웃음뿐이다.

"허허… 그래, 고맙다. 아무쪼록 잘살아라."

무혁은 불만 가득한 목소리로 남덕에게 말했다.

"형, 내가 배웅하러 갈 거니까 티켓이나 바꿔와."

우리의 철없는 남덕이 앙탈로 버틴다.

"싫어. 나 중국 가보고 싶었단 말이야."

짜증이 나지만 어찌하겠는가. 상황이 상황인지라 달랠 수밖에 없는 일이었다.

"정말 눈치없이 왜 그래? 나중에 내가 더 좋은 데 여행시켜 줄게. 여자들 많은 데."

"정말이지?"

"그렇다니까."

팔공이 물었다.

"일정이 바쁘다 하지 않았느냐?"

무혁은 팔공을 쏘아보며 말했다.

"사부님, 정말 왜 그러세요. 사부님 배웅해 드릴 시간은 충분하다고요. 비무 한 번 안 한다고 하늘이 두 쪽 나겠어요?"

"허허허. 녀석……."

무혁은 하남성 정주까지 가는 직항 차이나항공 930편에 몸을 실었다.

고오오.

이륙을 하고 20분 정도가 지나서야 일본에 두고 온 나오미의 얼굴이 어른거렸다.

지금쯤 전해준 편지를 읽고 있을 것이었다.

미야, 네 말이 맞아.

나는 돈키호테처럼 충동적인 놈인 것 같아.

뒷일 생각하지 않고 일만 저지르고… 속상해할 널 배려하지도 않고… 정말 대책없는 놈이지.

그런데 내가 중원에 가려는 데엔 분명한 명분이 있으니 이해해 주길 바란다.

내가 빵집을 고집하는 이유가 뭔 줄 아니?

그건 정직하게 살 수 있기 때문이야.

맛있는 음식을 사람들에게 제공하는 것은 정말 정직해야만 할 수 있는 일이거든.

중원무림이 존재해야만 하는 이유도 그런 이유와 같아.

소시민적 삶이라도 올바르게 사는 길이 정답임을 나는 말하고 싶단 말이지.

미야, 생각해 봐.

요즘 세상에 선을 권(勸)하고 악을 징(懲)하며, 의(義)와 협(俠)을 가르치는 것이 뭐가 있니?

온통 범죄와 악행으로 가득한 뉴스, 연예인이 세상의 최고인 듯한 TV쇼, 돈 없으면 사람 행세도 못하게 되어 있는 사회 구조, 공부만 잘하면 인생이 편해질 것이란 막연한 기대 풍조.

정말 좆 같은 세상이지.

이런 걸 타파할 수 있는 것이 무협적 세계관이야.

미쳤다고? 그래도 나는 그렇게 생각해.

아마 올바른 세계관을 가르치는 마지막 보루가 무협일 것이라고.

사실 내가 그곳에 간다고 달라질 건 없지.

내 까짓게 뭘 할 수 있겠어.

하지만 말이야. 난 확인하고 싶다.

그냥 무협 세계가 실제 존재한다는 것만 확인해도 난 신념에 찬 사람이 될 것 같아.

신념을 가진 빵집 주인.

세상 똑바로 사는 빵집 주인.

멋있잖아. 그치?

이런 내 맘을 네가 이해해 주길 바라.

꼭 돌아올게. 사랑한다.

제7장 소림사(少林寺)

소림사(少林寺)

끼익. 끽끽.

원숭이 노니는 소리에 눈을 뜨자, 산자락을 휘어감은 새벽 안개가 요사(寮舍:스님들의 처소) 앞까지 내려와 있다.

"체육관에서 안 자고 천룡사에서 잤었나?"

잠시 착각을 했다.

벽에 그려진 탱화를 보고서야 무혁은 이곳이 소림사란 걸 깨달을 수 있었다.

기억을 더듬어보니 삼촌 원만을 만나자마자 벽곡주란 술을 두 동이나 비우고, 또 나오미랑 1시간이나 통화해 상당히 피곤해야 했는데, 몸이 뜻밖에도 가벼웠다.

"아참, 여긴 소림사지. 와, 어제 엄청 퍼마셨는데도 몸이 말짱하네. 역시 공기가 좋긴 좋구나. 으드드드……."

무혁은 기지개를 켜며 창밖을 내다보았다.

여기가 소실봉 아래라는 것이 믿기지가 않았다.

그것도 장장 727년 전의 소림사가 아닌가.

그때, 문밖에서 자신을 찾는 사부 팔공의 목소리가 들렸다.

"무혁이 일어났느냐."

새벽 예불을 마치고 들르신 모양이었다.

무혁은 방문을 열어젖히며 대답했다.

"그럼요, 해가 소실봉을 기어오를 때 일어났는데요. 사부님, 안녕히 주무셨어요?"

무혁은 눈곱을 침 발라 지우고, 일찍 일어난 척 허세를 부렸다.

"허어… 소실봉에 해가 오르는 걸 봤단 말이냐?"

사부 팔공은 괴이한 눈길로 되물었다.

"그럼요. 붉은 혀처럼 쑥 솟아오르는 것이 아주 장관이던데요."

"흠. 그렇구나. 소실봉은 서편에 있어 아침 해가 뜨는 게 안 보여야 정상이거늘, 네놈 눈은 참 특이하구나."

윽, 그랬단 말인가.

임기응변의 대가답게 무혁은 바로 말을 바꾸었다.

"헤헤. 그게 마음의 눈으로 바라보니 보이더라구요."

"예끼, 이놈아. 마음의 눈을 뜨지 못한 나는 땡추란 소리구나. 거짓말하지 말고 바루 공양 갈 채비나 하거라."

"헤헤헤… 밥은 먹어야죠."

마침 범종각에서 공양 시간을 알리는 운판이 울렸다.

따악— 따악—

식사 시간이란 말에 무혁은 전광석화처럼 처소를 나섰다.

오른편에 사부가 얻어다 준 바루 꾸러미를 끼어 들고, 흥얼흥얼 콧노래를 부르며 말이다.

'드디어 소림에서의 생활이 시작되는구나… 푸하하.'

본전 앞.

드넓은 현무암 상석에 이십여 명의 승려가 좌정을 하고 있다.

일반 승려가 아닌 소림사 최고 배분의 고승들이었다.

일반 문파로 따지자면, 장로급 이상의 인물들.

"소승들, 방장님을 오랜만에 뵈옵니다."

팔공이 출현하자, 바로 아래 배분에 있는 송학이 기립하여 공수의 예를 취한다.

그러자 이하 고승들이 그를 따라 복창을 했다.

"방장님을 뵈옵니다. 아미타불."

팔공은 좌중을 돌아보며 말했다.

"그래, 자네들과 공양을 하는 게 무척 오랜만이구먼. 어서 앉으시게."

팔공의 착석으로 바루 공양할 채비가 갖추어졌다.

'휴우… 분위기가 장난이 아니네…….'

엄숙하고 딱딱한 분위기에 무혁은 뻘쭘하게 서 있었다.

송학이 팔공 뒤에 선 무혁에게 눈길을 건넸다.

"방장님, 간밤에는 경황이 없어 못 물어보았습니다만, 대체 저 청년은 누군지요?"

"내세에서 인연을 맺은 녀석이다. 불목하니로 있는 백가 놈의 조카이기도 하지. 내 속가제자로 삼았으니 부족한 점이 있더라도 이해해 주어라."

'끙, 삼촌이 여기서 하는 일이 고작 불목하니란 말이지. 집안 망신 제대로 하고 돌아다니는구나…….'

송학이 말했다.

"하면 내세 제자라 칭하면 어떻겠습니까?"

"허허. 뭐 그렇게 부르면 되겠구나."

내세 제자?

특별난 직함을 받자 괜스레 우쭐해진 기분에 무혁은 송학에게 악수를 청했다가,

'아차, 여긴 무림이지.'

곧바로 포권의 예로 인사를 바꾸었다.

"처음 뵙겠습니다. 소생 백무혁이라 합니다. 하하하."

무혁의 통성명을 송학은 공수의 예로 받았다.

"나, 송학일세. 반갑네. 손님이니 자네는 저기 자명 스님 옆에 앉게."

"그러죠."

무혁은 송학이 지정해 준 자리로 가 바루 보따리를 풀어놓았다.

거기에는 자명이라는 승려가 앉아 있었는데, 근골이 장대한 것이 딱 건달 간지였다.

'아따, 그 양반 허우대 좋네.'

무혁은 자명에게도 인사를 했다.

"안녕하십니까. 내세 제자 백무혁이라 합니다."

"예, 소승은 무공 교두로 있는 자명이라 합니다."

"아하. 무공 교두시군요. 방금 전, 연무장을 슬쩍 보니 제자들의 무공이 춤을 추듯 하더군요. 하하."

사부 팔공이 자신을 제자라고 공표하자, 무혁은 자신의 실력이 제법이라 착각한 나머지 제자들의 무공 수련 모습을 춤이라 망언을 하고 말았다.

"허허, 춤이라고요. 그렇게 보셨습니까?"

한마디로 깝치는 짓이었지만, 자명은 너그러운 웃음으로 넘어가 주었다.

팔공은 오지랖 넓은 무혁의 행동이 약간 불안했다.

자명의 성격이 다혈질이라 둘이 맞부딪칠 수도 있었기 때문이다.

"하하하, 그동안 무고하셨소이까, 맹주!"

그때, 어디선가 날아들어 오는 전음.

무당파의 방장 현암이었다.

"허어, 현암 아니신가?"

전음을 주고받는 사이 행자 하나가 헐레벌떡 뛰어들어 왔다.

"방장님, 무당의 현암 진인께서 산문(山門)을 통과하셨답니다."

"그래. 천왕전(天王殿)으로 모시거라."

"그럴 필요까지 있겠소이까."

경공술이라도 쓴 것인지 무당 장문 현암 진인은 무당칠자라 불리는 제자들과 함께 이미 서쪽 추보당(錘譜堂)을 돌아 나오고 있었다.

'오오옷… 무당파! 역시 분위기 작살이다.'

무당칠자를 보는 무혁의 눈이 휘둥그레졌다.

걷는 듯 나는 듯 보법이 너무도 표홀했고, 손에 든 송문검에서 강력한 인상을 받았기 때문이었다.

"잘 있으셨소, 맹주. 꼭 일 년 만입니다그려."

"아침부터 고생하시었네."

팔공과 현암은 막역한 친구지간이었다.

하나 공적인 자리이니만큼 현암은 무림맹주인 팔공에게 깍듯한 예를 갖추었다.

“지난 무림맹 회의에서 못 뵈어 섭섭했었다네.”

“그때야 폐관 수련 중이었지요.”

“어서 천왕전으로 자리를 옮기세.”

“들던 공양은 마쳐야 하지 않겠습니까?”

“나라를 잃은 몸뚱이에 곡기는 채워 무엇 하겠나?”

“허허, 그놈의 성격은 변하지도 않는구려…….”

팔공은 공양도 하지 않은 채 천왕전으로 서둘러 올라갔다.

‘뭔가 급한 일이 있나 보네…….’

현암 진인이 무당칠자와 함께 사부 팔공을 따라 올라간 후, 밥통과 국통, 물통, 찬통을 가진 젊은 승려들이 경내로 들어오기 시작했다.

아침 공양을 위한 것이었다.

“아싸, 밥이다. 먼저 줄서야 밥도 많이 먹는다.”

모든 것이 신기하고 흥이 난 무혁이다.

무혁은 야전 훈련을 나갔을 때 배식차를 생각하며 쏜살같이 달려나갔다.

“이거 셀프 서비스 맞죠?”

퍽, 퍽.

무혁은 자기 양을 넘을 정도로 국과 밥을 퍼 담았다.

그 행동을 지켜본 송학과 자명은 황당한 표정을 짓고 말았다.

“저 젊은이, 방장님의 제자치고는 너무 경망스럽군요.”

“허허, 아직 사문의 법도를 몰라서 그러는 게니 놔두시게.”

밥그릇을 들어 감사한 마음을 표하는 봉발게(奉鉢偈)를 창(唱)하기도 전에 숟가락을 든 무혁은 게걸스럽게 먹어치우기 시작했다.

우걱우걱.

무공 교두 자명이 공양의 시작을 알리는 죽비를 세 번 치기도 전에 일어난 일이었다.

고승들이 일제히 쳐다봤으나 무혁은 전혀 의식하지 못했다.

"헤헤. 고사리는 정력을 감퇴시키니까 빼버려야지."

딱. 딱. 따악—

비로소 죽비 소리가 세 번 들렸고, 고승들은 묵언으로 식사를 시작했다.

삼시 후.

일각 정도의 공양 시간이 끝났다.

자명이 절수게(絶水偈)를 창하자, 식사를 마친 승려들은 바루를 씻어 주변에 뿌렸다.

이는 아귀에게 공덕을 쌓는 행위였다.

"아, 맛있긴 한데 고기 한 점이 없으니 입이 깔깔하네. 절밥이니 참아야지 뭐. 끄윽."

무혁은 식사를 마침을 알리는 수발게(收鉢偈)가 나오기도 전에 자리에서 일어섰다.

바루에 밥과 국이 남은 상태였다.

이것저것 법도에 어긋나는 행동을 하면서도 무혁은 그 사실을 깨닫지 못했다.

소림의 예절을 어찌 알겠는가.

그걸 본 자명이 무혁을 불러 세웠다.

“내세 제자, 바루에 밥과 국이 남으면 아니 된다오. 모두 취하면 좋겠소.”

“소생은 먹을 거 다 먹고 생색내는 게 싫어서 아귀에게 제대로 된 밥과 국을 남겨준 것이외다. 나무아미타불.”

무혁은 오른손을 들어 외장을 취한 후 바루도 안 챙기고 자리에서 일어났다.

군장에 넣어온 커피 한 잔을 할 생각이었던 것.

‘산사에서의 아침 식사 후 마시는 커피 한 잔이라… 완전히 CF의 한 장면이구만…….’

묵묵히 무혁의 뒷모습을 지켜보던 자명은 손수 무혁의 바루를 주섬주섬 챙겼다.

‘허어, 웬 자가 저리도 안하무인인고… 한 번은 교육을 시켜야겠구먼.’

무당파의 현암 진인이 도착하고 10분도 채 되지 않아 화산파의 방장 양화정이 제자들을 이끌고 도착했다. 그리고 다시 10분도 지나기 전에 곤륜, 청성의 인물들이 속속들이 경내로 들어왔다.

역시 신기할 따름이다.

“이야, 구파일방의 인물들이 모이네. 무림맹 회의가 있는 게 분명한데 화두가 뭘까? 음… 비로소 무혁이의 영웅 만들기 프로그램이 진행되는 것인가. 푸하하핫!”

뒤이어 벽옥으로 만든 타구봉(打狗捧)을 오른손에 들고, 어깨에 마대를 두른 자가 거지들을 이끌고 나타났다.

개방 방주 오광개였다.

'이크, 개방파구나. 아까 밥 남겨놓길 잘했네. 킥킥.'

무혁은 자신이 남겨놓은 밥을 생각하며 웃음을 지었다.

천왕전으로 올라가려던 오광개가 돌연 방향을 틀더니 무혁에게 다가와 물었다.

"어디 분타에 속한 놈이더냐."

무혁은 아무 생각 없이 대답했다.

"소림의 제잔데요."

따악.

그러자 오광개의 타구봉이 가차없이 무혁의 머리로 떨어졌다.

"아얏, 왜 때려요!"

"이 자식이, 거지의 자존심은 어디다 팽개치고 감히 소림 제자 흉내를 내?"

거지라니?

이거 말하는 투가 나를 완전히 개방파의 거지라 착각하고 있잖아!

무혁은 황당하여 부랴부랴 해명을 했다.

"나, 팔공 대사님의 제자라니까요. 난 개방 식구가 아니에요."

그러나 오광개는 막무가내.

따다다닥!

이번에는 타구봉이 연타로 작렬했다.

"넌 오늘 죽었다. 평소 나 개방 방주 오광개의 지론이 뭐냐? 거지로 살되 항상 정체성을 잃지 말고, 거지로서 맡은 바 소임을 다하라 그랬지? 근데, 방주의 가르침을 무시하고 소림 제자라 거짓말을 해? 정말 보리타작이라도 당해야 정신 차릴래!"

자고로 개방파는 옷을 기운 천 조각 숫자로 서열을 정했다.

많으면 많을수록 지위가 높은 것.

오광개는 무혁의 이소룡 츄리닝의 줄무늬를 천 기운 자국으로 보고 개방의 식솔이라 착각한 것이었다.

"아얏! 정말 왜 이래요?"

무혁은 더 이상 맞고만 있을 수 없어 뇌려타곤의 수법으로 타구봉을 피했다.

"거지 아니라니까 왜 자꾸 때리냐고요! 이렇게 잘생기고 깨끗한 거지 봤어요!"

그랬더니 오광개가 더욱 거세게 다그쳤다.

"봐라. 사람이 다급하면 본성을 감추지 못하는 법이다. 몇 대 맞으니까 바로 뇌려타곤을 쓰게 되지 않냐? 이게 감출 수 없는 거지 근성이란 것인데, 아직도 거짓말을 해? 네가 진짜 소림 제자라면, 맞아 죽어도 뇌려타곤은 쓰지 않았을 것이다. 알았냐, 이놈아!"

무혁은 도저히 참을 수 없어 오광개에게 대들었다.

"아, 정말 중원무림을 구하러 온 사람한테 이래도 되는 거요! 나도 주먹깨나 쓴다면 쓰는 놈인데, 정도문파 사람들끼리 이러지 맙시다. 예?"

그러자 오광개가 작심을 한 듯 수하에게 명했다.

"이놈, 정신 좀 차리게 해주어야겠다. 얘들아! 멍석 펴라!"

"예, 방주님!"

헉, 멍석말이?

그때, 무혁을 위기에서 구해준 것은 송학이었다.

"오 방주님, 그 젊은이는 방장님의 내세 제자가 맞습니다."

송학이 무혁의 신분을 밝혀준 것이었다.

"엥? 이놈이 맹주님의 내세 제자라 하시었소?"

오광개가 믿기지 않는다는 눈으로 송학을 쳐다보았다.

"예, 그렇습니다."

송학이 인정했음에도 불구하고, 오광개는 못 믿겠다는 듯 고개를 내저었다.

"거참, 고약한 일일세. 꼬라지는 딱 개방 제자인데… 소림 제자라니……."

"와, 정말 열불나서. 내가 무슨 거지꼴이라고."

송학이 방방 뜨는 무혁을 만류했다.

"자네는 진정하고 숙부에게나 가보시게."

타구봉에 맞아 분이 안 풀린 무혁은 본선을 나가면서 오광개에게 고함을 쳤다.

"흥! 두고 봅시다! 곧 쿠빌라이 군대가 쳐들어와 중원무림을 쑥대밭으로 만들 텐데 그때 두고 보자구요! 내가 개방은 절대 안 도와줄 테니 알아서 하시라구, 이 거지 대장님아!"

"아니, 송학 대사. 저놈이 대체 뭐라는 거요?"

"허허허. 글쎄요… 참 묘한 젊은이입니다."

본전을 빠져나오는 무혁의 눈빛에서 이채가 떠올랐다.

'그래, 이 정도면 오만방자한 철부지란 소릴 들을 만하지…….'

무혁이 이렇게 경거망동하는 데엔 이유가 있었다.

소림사 혹은 무림맹 내부에 사부 팔공을 배척하는 세력이 있을지도 모른다는 생각을 했기 때문이다.

배신자 말이다.

그건 삼촌 원만과의 대화 도중 간파해 낸 것이었는데, 간밤의 대화를 간추려 보면,

"꽤나 출중한 제자들이 가사도를 암살하러 갔다는데 힘도 못 써보고 전멸했다지 뭐냐. 아까운 젊은 피들만 희생된 거지. 쯧쯧."

"상황이 어떻게 된 거래요?"

"남경에 머물고 있다는 정보를 입수하고 가사도의 숙소로 쳐들어갔는데 이미 가사도는 빠져나간 후였고, 그를 호위하는 흑월십삼야풍이라는 살수들에게 당한 것이라 하더구나."

"차출된 제자들의 실력이 만만치 않을 텐데, 그런 살수들에게 그렇게 쉽게 당할 수 있나? 암살을 예상하고 매복했다면 모를까."

"매복했을 수도 있겠지. 근데, 니가 왜 그런 것까지 신경을 쓰냐? 빨리 정리하고 이제 돌아갈 생각이나 하자."

"할 일이 있어 당장은 못 가요. 그런 줄 아세요."

"아, 왜!"

이와 같았다.

아무리 생각해 봐도 석연찮은 구석이 있질 않은가.

삼척동자라 해도 한 번쯤은 의심해 볼 필요가 있는 상황이 발생한 것이다.

한데 사부 팔공이 이를 간파해 내지 못하는 것도 이상했고, 또한 각 대문파에는 지략에 능한 책사들이 있을 터인데, 그들 중 아무도 이의를 제기하지 않았다는 점도 이상했다.

'뭔가 완벽한 시나리오가 있다… 그렇기에 사부님과 방장들의 눈을 속일 수가 있었을 것이다.'

심증은 있는데 증거가 없다는 게 이런 것인가.

답답했다.

'이런 일은 중광 형님이 전문이지…….'

싸움과 계략에 관해 물어볼 사람은 유중광뿐이었다. 무혁은 당장 유중광에게 전화를 걸어 자초지종을 설명했다.

[음, 그런 일이 있었던 게냐?]

"왜 명석하신 사부님이 내부에 적이 있을 수도 있다는 걸 간과하셨을까요?"

[아무리 명석한 사람도 상황이 급박해지면 배신에 대한 생각을 못하는 경우가 있지. 특히 조직의 결속을 중시하는 사람이라면 말이야.]

"벽사마검만 막으면 될 줄 알았는데 문제가 좀 복잡해진 것 같아요. 누가 배신자일까요? 빨리 알아내지 못하면 사부님이 곤경에 처하실지도 몰라요."

유중광은 한참을 생각하다 적절한 비유를 들었다.

[영화 대부(The God Father)에서 보면 이런 장면이 있다. 돈꼴레오네가 죽기 전, 아들 마이클에게 이런 충고를 남기지. '적과 휴전을 제시해 오는 자가 배신자다' 라고. 돈꼴레오네의 장례식장에서 믿었던 부하 테시오가 휴전을 제의해 오며, 마이클은 그가 배신자란 걸 확신한다.]

"기억나요."

[회의석장에 참석할 수 있으면, 네가 먼저 휴전을 제시해 봐라. 누군가가 너의 생각에 동조하고 나온다면 그를 배신자라고 판단해도 좋다. 그리고 매복하고 있었던 것이 확실하다면, 그 정보를 제공했던 자도 의심해 볼 필요가 있다. 유인했을 테니까.]

"예, 형님."

일단 대답은 했지만 방장들 회의에 낄 방도가 없었다.

자신이 무슨 명목으로 참석한단 말인가.

'에이, 당분간 또라이 짓을 하는 수밖에 없겠다. 배신자를 찾아내는 게 우선이니까.'

삼촌 원만의 숙소를 찾아갔다.

좀 더 자세한 얘기를 듣고 싶어서였다. 하지만 삼촌은 없었다.

대신 산더미처럼 쌓아놓은 콩 자루가 눈에 띄었다.

"이 양반이 또 뭔 짓을 하고 있는 거야."

솔직히 조카 된 입장에서 하면 안 되는 말이지만, 워낙 사고뭉치라 눈에 안 보이면 불안해지는 게 삼촌 원만이 아니던가.

"안 되겠어. 찾아봐야지."

바로 핸드폰 통화 버튼을 눌렀다.

짐승의 썩은 고기를 찾아 어슬렁거리는 하이에나를 본 적이 있는가. 바람처럼 왔다가 이슬처럼 갈 순 없잖아. 내가 산 흔적이랑 남겨둬야지.♬

하이에나 같은 삼촌의 삶을 잘 대변하고 있는 컬러링.

[어, 조카야!]

삼촌 원만의 목소리가 우렁차게 울려 나온다.

상당히 흥분하여 뭔가를 잡아먹을 듯한 목소리였다.

"뭐 하는데 그렇게 흥분해 있어?"

[아, 지금 열라 짜증난다. 이놈의 산비둘기 자식들이 내 콩밭 다 망가뜨리고 있어.]

삼촌이 콩밭에 목을 매는 이유가 있다.

콩기름으로 자동차 배터리를 가동하여 핸드폰을 충전해 왔으니 목을 맬 수밖에. 얼마나 현세로 돌아오고 싶었으면 이렇게까지 했을까?

생각해 보면 눈물이 날 지경인데, 오히려 웃음이 난다.

머리에 수건 두르고 콩밭을 매고 있을 삼촌을 상상하니 말이다.

덕분에 무혁 또한 핸드폰 걱정은 덜 수 있었다.

[이런 개썅, 저리 안 가! 후여~]

푸드드득, 푸득—

깃털 터는 소리가 들리고, 핸드폰 속에서 원만은 산비둘기를 쫓는 듯 시끄럽게 떠들어댔다.

[야, 나 지금 겁나 바쁘거든. 너 어디야? 내가 이따 전화할게.]

"나 천왕전 아래야."

[그래, 알았어. 이런 개썅놈의 새끼들!]

핸드폰이 갑자기 막막해졌다.

무림맹 회의 때문에 심심한 오후가 될 게 뻔했다.

"천왕전에 들어갈 방법이나 궁리해 볼까?"

무혁은 무림맹 회의를 엿들을 수 없을까 하여 근처를 기웃거리는데, 무공 교두 자명이 다가와 점잖게 말했다.

"내세 제자님, 천왕전에는 출입이 금해져 있습니다만……."

우직하게 보이는 게 반골상은 아니지만, 그래도 사람의 속이란 모르는 법. 무혁은 누구라도 의심과 경계를 늦추지 않아야 한다고 생각했다.

따라 말투가 버르장머리없이 나갔다.

"그래요?"

"방장님이 명하신 대로 연무장으로 오셔서 수련이나 하시지요. 소승이 미흡하나마 무학을 가르쳐 드립지요."

"소림 무공은 배울 거 다 배웠어요."

"소림 무공을 다 연성하셨다고요?"

"그럼요. 이곳에 오기 전에 다 배웠죠. 그리고 사부님이 계신데 내가 왜 교두님께 무공을 배웁니까? 배분도 제가 높은 거 아닌가요?"

"허험, 그거야 그렇지요. 암튼 소승이 평생을 정진해도 도달하지 못한 경지에 오르셨다니 대단하십니다. 소승이 괜한 권유를 했습니다."

"그야 소질이 없으면 할 수 없죠. 그게 뭐 스님 탓인가요?"

무혁의 싸가지없는 대답에 자명은 그만 얼굴을 붉히고 말았다.

"허허, 내세 제자님은 소승을 부끄럽게 하시는군요. 각골명심하여 더욱 정진토록 하겠습니다."

아니다.

겉은 건달 간지지만, 이렇게 우직하고 순박한 양반이 배신자일 리는 없지. 그렇다면 송학 대사? 아니면 고승들 중 하나?

무혁이 고심을 하는 차에 자명이 정중히 물었다.

"나중에 소승이 한 수 배움을 청해도 되겠는지요?"

"예, 시간 나면 한 수 지도해 드릴게요."

"고맙습니다. 아미타불."

배신자를 찾아내야 한다는 생각에 아무렇지 않게 대답을 했는데, 그러지 말았어야 했다.

대체 누가 누구를 가르친단 말인가.

요사로 돌아왔다.

'회의 내용을 꼭 들어봐야 하는데… 방법이 없을까?'

천왕전에 들어갈 방법을 궁리하고 있는데, 무혁의 귀에 호기심을 일게 하는 야릇한 신음 소리가 들렸다.

"하아… 하아……."

마치 삼류 여관방에서나 들을 법한 여자의 신음 소리였다.

'헉 신성한 절간에서 웬 여인네의 신음 소리?'

무혁은 곧 음원지(音原地)를 찾아 발길을 옮겼다.

요사 앞뜰을 돌아서 두 번째 방, 자신의 방과 벽을 마주하고 있는 반대편 방이었다.

"하아… 하아……."

문풍지를 붙인 고리가 달린 여닫이문이 벌어져 있는 게 보였다.

무혁은 굵은 침을 꼴딱 삼키고 문틈으로 눈을 살짝 가져갔다.

안을 들여다보던 무혁의 눈이 휘둥그레지고 말았다.

한 여인이 상체를 벗어 던지고 방바닥에 기부좌를 하고 있질 않은가?

'허거덕, 이게 웬 볼거리냐……'

소담한 작은 어깨와 겨드랑이에서 허리를 타고 내리는 속칭 'S' 자, 폭이 가늘어지던 선은 어느새 골반에서 툭 불거져 상대적으로 육감적인 자태를 이루고 있었다.

박꽃같이 하얀 피부의 여인이었다.

불끈!

무혁은 자기도 모르게 두 주먹에 힘을 주었다.

방 안은 무혁이 상상하던 싸구려 장면은 연출되지 않았다.

묘령의 여인이 운기행공을 하고 있었던 것이다.

아까의 신음 소리는 자상 때문이었다.

"하아… 하아……."

오른쪽 등판에 붉은 연꽃 문신을 새긴 여인의 목덜미에서는 땀이 흘러내렸다. 덕분에 붉은 연꽃은 이슬을 머금은 듯이 더욱 고혹적이었다.

신음은 땀이 상처에 스며들며 나오는 고통의 소리였다.

'으으으… 몸매 예술이다…….'

흠칫!

인기척을 느꼈던 것일까.

일순, 반라의 여인이 등 뒤로 일장을 출수했다.

"누구냐!"

쇄애액—

무혁은 자신을 향해 뭔가가 파공성을 내며 날아오고 있다고 느꼈다.

'윽, 걸렸다!'

그것은 아미의 장법인 금정면장(金頂綿掌)이었는데, 이를 알지 못하는 무혁은 본능적으로 문틈에서 눈을 뗐다.

파—앙!

여인이 출수한 장공은 창호지를 뚫고 날아가 반대편 처마에 달린 풍경 하나를 박살 냈다.

과직!

무혁은 머리통을 감싸 쥐며 땅바닥을 나뒹굴었다.

"아쿠쿠. 대가리 아작날 뻔했네!"

운이 좋았다는 생각을 다 하기도 전에 뒤에서 인기척이 들렸다.

또랏하고 청아한 음성.

"행자님, 여기서 뭐 하십니까?"

돌아보니 머리가 파릇한 여섯 살 남짓의 동자승이 제법 준엄한 표정으로 자신을 내려다보고 있질 않은가.

자칫하면 변태로 오해받을 만한 상황.

무혁은 동자승을 어린애로 보고 대충 얼버무렸다.

"으응? 스님은 아직 어려서 말해줘도 모릅니다. 헛헛."

그랬더니 동자승이 눈치가 빤한 소리를 했다.

"행자님, 여긴 단정 낭자께서 홀로 기거하는 숙소입니다. 여인네의 처소를 몰래 들여다보는 것은 남아의 처신이 아닙니다."

무혁의 행동이 못된 짓이란 걸 안다는 투였다.

"커험, 스님, 본인은 행자가 아니라 방장님의 속가제자랍니다. 그리고 몰래 들여다본 거 아닙니다. 아시겠습니까?"

"아닙니다. 몰래 들여다보고 계셨습니다."

동자승은 무혁의 변명은 들을 생각조차 하지 않았다.

'아, 이 꼬맹이가 뭔가를 아는 모양이네. 귀찮게 됐잖아.'

너무 쪽팔려서 막 변명을 해대는데,

"글쎄, 그런 게 아니라니까요."

어느새 매무새를 고친 방 안의 여인이 옥의궁장의 차림으로 마당에 내려서고 있었다.

"용연 스님, 무슨 일입니까?"

동자승의 법명이 용연인 모양이었다.

'쳇, 꼬맹이가 무슨 법명까지 있담.'

문제는 동자승 용연이 아니었다.

마당에서 벌어진 해괴한 사건 때문에 걸어오고 있는 여인이었다.

스물다섯, 그녀의 이름은 주단정.

그녀는 아미파 방장 청상 사태의 직전제자로 스물 이전에 수미혜심검(須彌慧心劍)의 묘용을 깨우친 검절이었다.

"이 행자님이 단정 낭자님 방을 들여다보기에 그 연유를 물을 참이었습니다."

용연이 주단정에게 합장의 예를 취하며 고자질을 했다.

순진무구하게 보이는 눈망울로 말이다.

그 모습이 더 얄미운 무혁이었다.

으으, 이 꼬맹이 자식이…….

"예? 소녀의 방 안을 훔쳐보았다고요?"

그 말에 주단정의 눈빛이 싸늘하게 식는다.

취릭—

동시에 그녀의 검이 무혁의 어깨에 올려졌다.

"아까의 인기척이 당신이었나. 왜 내 방을 엿보고 있었는지 해명 좀 들어볼까? 만약, 음적이라면, 내 검을 피할 순 없을 것이다."

'헉. 좆 됐다. 잘못 말했다가는 이 여자의 검공을 다 받아야 할 것 같은데…….'

제대로 변명을 해야 하는데 어떻게 하지?

빠져나갈 묘책이 떠오르질 않았다.

'저 얄미운 동자승 때문에 어지간한 거짓말은 통할 것 같지도 않고… 그나저나 얼굴 몸매, 둘 다 예술로 생긴 여자의 표정이 왜 이리 싸늘하냐. 표정만 가지고는 거의 백발마녀 수준인데?

처음에는 조금 당황스럽긴 했으나 무혁은 곧 빠져나갈 방도를 찾아냈다.

도덕 정신으로 똘똘 뭉친 백면서생처럼 행동하기로 작정한 것이다.

'뭐 이 정도의 상황이야 무협 소설을 통해 종종 접했던 바지. 대부분의 여협들은 글방 선비 같은 스타일에 약하잖아? 변태 같은 인상만

주지 말자…….'

무혁은 말투도 문사(文士) 스타일로 바꾸는 것도 잊질 않았다.

"저는 행자가 아니라 팔공 대사님의 속가제자입니다. 부디 음적 따위로 여기지는 말아주십시오, 낭자."

무림맹주의 제자란 말에 주단정은 일단 예의를 갖추었다.

"아, 그러셨군요. 몰라뵈었습니다. 소녀는 아미파 방장의 직전제자 주단정이라 합니다."

그러면서도 미심쩍은 생각은 아직 버리질 못하는 듯했다.

"한데 소녀의 방은 왜 엿보신 건지요?"

무혁은 몸의 방향을 45도 정도로 틀며 답했다.

물론 고뇌에 찬 선비의 몸기짐과 같은 연출이었다.

"아픈 사람이 고통에 찬 신음을 토해내는데, 신경이 쓰여 그냥 지나칠 수가 없었소. 환부가 걱정되어 들여다본 것도 음적질에 해당한다면, 소생은 응당 죗값을 치러야겠지요."

짐짓 점잖은 듯한 무혁의 말투에 주단정의 예기가 수그러들었다.

따라 무혁의 어깨에서 검을 치운 것은 당연했다.

취리릭.

주단정이 섬섬옥수 같은 손으로 검병을 뒤집는 순간 검이 빨려 들어가듯 검집 속으로 사라지는데, 가히 예술이 아닐 수 없어 무혁은 눈을 떼지 못했다.

'오오! 이 퍼포먼스는 기필코 배우리라.'

무혁이 감탄을 하는 동안 검을 회수한 주단정이 물었다.

"제자께서는 의원이신가요?"

"딱히 의원입네 할 실력은 아니지만, 소생이 워낙 글을 읽는 것을 좋아하다 보니 의학서에도 손을 댄 적이 있었지요. 그 때문에 환자에게 관심을 갖는 것뿐이랍니다. 허허."

당장 검을 휘두를 기세인데, 딱히 그녀의 검공을 막아낼 자신이 없질 않은가.

좀 찝찝하긴 하나 거짓말로 위기를 모면할 수밖에 없는 무혁이었다.

"의복이 특이하다 했는데, 역시 문생이셨던 모양이군요. 그런 분께 검을 겨눈 소녀의 경솔함을 꾸짖어주세요."

이런 이소룡 츄리닝을 보고 하는 말이다.

무릎은 튀어나오고 엉덩이는 닳아 뺀질뺀질한 게 누가 봐도 오리지널 폐인 복장이건만 문생이라 생각해 주다니…….

무혁은 주단정이 고마울 따름이었다.

"아니오. 다정도 병인지라, 환자를 걱정하는 마음이 앞서 내외를 구분하지 못했소이다. 용서하시구려."

그제야 의심이 풀리는 듯 주단정이 밝은 미소로 말했다.

"너무 겸손하십니다. 맹주님께서는 그간 제자를 두지 않으셨는데, 차제에 이렇게 겸손하신 분을 제자로 맞이했으니 더 더욱 만인의 존망을 받으시겠습니다."

"별말씀을요. 헛헛."

잘 풀려 나간다 싶었는데 갑자기 찬물을 끼얹는 듯한 소리가 들렸다.

"의원이 맞으십니까?"

"……?"

그렇게 물은 것은 동자승 용연이었다.

"소승은 아무리 생각해도 의원이 아니신 것 같습니다."

'아니, 이 꼬맹이가 전생에 나랑 무슨 원수가 졌다고, 사사건건 태클을 걸어오지?'

무혁은 파르라니 깎은 용연의 머리통을 쥐어박으려다 꾹 참았다.

"호호, 스님, 그런 말씀 하시면 결례가 되어요."

주단정이 제지를 하는데도 용연은 막무가내였다.

"무슨 의원이 눈은 벌겋게 충혈되고, 침을 질질 흘리시는지요."

헉, 내가 그랬단 말인가.

하긴 어린아이의 눈을 어떻게 속이겠어.

무혁은 남아 있는 침이 있을까 봐 소매로 입가를 문지르며 변명했다.

"간밤에 책을 늦게까지 읽었더니 그리된 거랍니다. 생각해 보니 오해할 만도 합니다. 헛헛."

그리 대답해 놓고 용연이 다른 말을 꺼내기 전에 무혁은 재빨리 화제를 돌렸다.

"한데 낭자께서는 어찌하여 검상을 입으신 겁니까?"

역시 어린아이는 어린아이였다.

금방 다른 화제에 집중을 한다.

"단정 사제님은 나라의 흉적을 제거하시려다 다치신 거예요."

"흉적이라면… 혹시 재상 가사도를 말하는 것이오?"

본전의 뒷마당에는 108개의 오름 계단이 있었다.

계단의 입구에는 사천왕상(四天王像)이, 계단의 끝에는 두 명의 금강력사(金剛力士)가 불법을 수호하고 있었는데, 이 계단이 본전과 천왕전을 연결하는 일종의 가교가 되었다.

오대세가의 가주들까지 왔으나 아미파의 청상 사태가 도착하지 않아 회의는 지연되고 있었다.

천왕전(天王殿).

앞마당에는 방장들을 수신호위하여 온 제자들이 삼삼오오 짝을 이루어 담소를 나누고 있었고, 내전에는 각 대문파의 방장들이 앞으로 벌어질 사태에 관해 저마다의 의견을 피력하고 있었다.

뒤뜰에서는 팔공과 현암이 밀언을 나누었다.

현암이 물었다.

"그래, 내세로 갔던 일은 잘되었는가."

"난세를 구할 수 있는 단초를 찾았네."

"다행이로구먼."

"벽사마검이 어떻게 쿠빌라이에게 전해졌는지, 그리고 누가 전해주었는지, 그 전모를 알게 되었다네."

그 말에 반색을 하는 현암이다.

"정말인가?"

그도 그럴 것이, 쿠빌라이의 야욕을 막을 단초가 될 수 있으리라 생각하고 있었기 때문.

"현재 중원에서 쿠빌라이의 손속이 되어 움직이는 자들은 마니교도들이었네."

"명교에 의해 축출되었던 이교도들 말인가?"

"그렇지."

현암의 미간이 분노로 일그러졌다.

"이런 사특한 자들이 있나!"

그런 현암에게 팔공은 남만일지를 펼쳐 보였다.

"이것은 내세에서 얻은 마니교도들의 행적을 기록한 일지라네. 여기에 보면 벽사마검을 남해표국을 이용해 쿠빌라이에게 전했다고 기록되어 있지."

"방태산이가 운영하는 남해표국 말인가?"

"그렇다네."

"방태산이가 쿠빌라이의 개 노릇을 한단 말인가?"

"그래, 그런 것 같구먼."

"이런 인면수심의 인간 같으니라고. 황실의 은덕을 입은 자가 야만족의 왕을 도와? 이렇게 있을 때가 아니군. 이보시게, 팔공. 당장 해남으로 병력을 움직이세. 방태산이의 목을 베어야 속이 풀리겠구먼."

분기탱천한 현암을 팔공은 자제시켰다.

"당연한 말씀이네. 하나 좀 더 신중해야 할 것 같으이."

"연유가 무엇인가?"

"자네는 방태산이가 단독으로 이런 일을 꾸밀 수 있다고 생각하는가?"

"……?"

"방태산이가 욕심은 있으나 그릇이 작아 이런 일을 단독적으로 결정할 인물은 되지 못하지."

"배후에 누가 있다는 소리인가."

"음, 그렇게 보고 있네. 가사도 암살에 실패한 이유도 그 때문이지 싶네."

현암의 눈빛이 예기를 발했다.

"자네, 각 대문파를 소집한 연유가 이에 있었군."

“그렇다네. 남해표국에 관한 일은 발설치 않을 생각이네. 자네도 회의가 진행되는 동안 함구하시게.”

“알겠네. 그렇게 함세.”

재상 가사도는 16년 동안 황제를 좌지우지하며 무소불위의 권력을 휘두른 자였다.

그의 독주 체제가 완비된 것은 양양에서 송과 원의 전투가 절정인 지원 10년의 일인데, 남송의 원호로는 함순 7년.

가사도는 영민함이 부족한 도종을 즉위시킴으로 조정을 쉽게 장악할 수 있었다.

물론,

“몽골의 남하를 목전에 두고 우리는 좀 더 총명한 황제가 필요하오!”

라고 간언하는 충신들도 있었으나 가사도는,

“혈통이 가장 가까운 분이 황제가 되는 것이 당연하다!”

하여 그들의 우국충정을 묵살했다.

가사도 때문에 자신이 즉위할 수 있었다고 생각한 도종은 가사도의 정책이라면 무조건 따랐고, 그렇게 십 년이 지나자 송황실은 천도를 해야 하는 상황에 직면한 것이었다.

원과의 싸움에서 연패를 거듭한 가사도의 선택은 친원 강화였는데, 이로 인해 척화영웅들과 중원무림이 반발을 했고, 재상 가사도가 창졸지간에 공적이 된 사연이었다.

내전에서는 가사도 척살에 관한 논의가 한창이었다.

청성의 송문추가 말했다.

"이번 일로 본 문은 제자 셋을 잃었소. 하나 나라를 잃은 아픔보다는 크진 않을 것이오."

그의 말을 공동의 연충휘가 받았다.

"지당하신 말씀이시오, 송 장문. 이를 어찌 나라 잃은 슬픔에 비하겠습니까. 우리 공동에서는 본 장문을 위시하여 장로들, 가솔들까지 목숨을 내걸고 오랑캐의 남하를 막기로 결정했습니다."

점창의 환보웅 또한 두 사람의 의견에 동조하니,

"그 심정이야 모든 문파가 같겠지요. 그래서 우리가 모인 게 아니겠습니까? 그나저나 청상 사태는 왜 아직 소식이 없는지… 사태께서 오셔야 회의를 시작할 것인데, 혹여 원병의 검속에 걸린 건 아닌지 걱정이 됩니다."

각 대문파의 중론은 응당 가사도 척살로 모아지고 있었다.

그때, 팔공이 현암과 함께 들어서며 말했다.

"청상이 검속 따위에게 걸릴 사람인가. 전서구를 보냈다 하니 곧 당도할 걸세."

"별일없어야 할 텐데 말입니다."

"별일없을 걸세."

"청상 사태가 오기 전에 우리끼리 회의를 진행할 수도 없고, 기다리자니 시간이 촉박하고. 이를 어쩌면 좋겠습니까?"

"다시 한 번 전서구를 보내도록 하세. 오는 도중에라도 답신을 보내겠지. 밖에 자명이 있느냐."

팔공의 부름에 무공 교두 자명이 내전 문을 열고 들어왔다.

"부르셨습니까?"

"아미의 청상 사태에게 전서구를 띄운 지 얼마나 되었는가."

"칠 일이 지났습니다."

"그럼 답신이 도착할 때가 지난 것 아닌가."

"장사에 계셨으니 늦어도 금일 오전 중엔 답신을 담은 전서구가 올 것으로 예상했습니다만……."

"다시 전서구를 띄우도록 하라."

"명을 받들겠습니다."

회의에 참석하겠다며 천왕전으로 올라간 주단정을 뒤로하고, 방으로 돌아온 무혁은 놀란 가슴을 쓸어내렸다.

"휴우, 하마터면 돼질 뻔했네. 웬 여자가 서슬이 그리도 시퍼런 거야. 그래도 매력있네. 몸매가 예술이잖아? 근데, 매일 윗도리를 벗고 운기행공을 하나?"

방바닥에 누워 궁상을 떨던 무혁이 벌떡 일어나 앉았다.

"그렇다면?"

무혁은 밖에서 호미를 찾아 들고 방으로 들어왔다.

"크크크, 여기를 뚫어놓으면, 매일같이 주단정의 알몸을 감상할 수 있겠구나. 부라보!"

무혁은 급기야 벽에 구멍 뚫을 흑심을 실행했다.

박박박—

호미로 벽을 긁어대는 무혁의 몸에 땀이 비 오듯 쏟아졌다.

"에고, 이럴 줄 알았으면 남덕 형에게 삽질 좀 배워두는 건데."

벽을 반쯤 헐어냈을 때였다.

"아니야, 어차피 의원이라고 거짓말을 했으니 치료를 해준다는 핑계로… 푸하하핫!"

생각이 그에 미치자 무혁은 방바닥에 드러누워 파안대소를 터뜨렸다.

띠리리.

무혁은 본능적으로 삼촌 원만의 핸드폰 번호를 눌렀다.

“삼촌, 나야. 의무병 출신이니 염증 치료하는 방법 알고 있지?”

[기본이지.]

“주사도 놓을 줄 알지?”

[당근이지.]

“푸하하, 내 처소로 빨리 달려와. 좋은 일 있으니까.”

[그래, 알았어.]

딸칵.

핸드폰을 끊은 무혁의 얼굴엔 행복이 가득했다.

“벌써, 단정이의 알몸이 눈에 아른거리는구나. 꿀꺽.”

그렇게 행복감에 젖어 있던 무혁이 별안간 벌떡 하고 몸을 일으켰다.

“아니야. 아쉽긴 하지만 단정이 일은 나중 문제지. 무림영웅이 되면 어차피 여자들이 득시글거릴 텐데 소탐대실하면 안 되잖아? 먼저 천왕전에 들어가 배신자를 찾아내는 게 순서야. 그래서 영웅이 되는 게 먼저라고. 암 그렇고말고.”

천왕전에 들어갈 방법을 궁리하던 무혁의 머릿속에 좋은 생각이 떠올랐다.

“장시간 회의를 하려면 다과가 필요하잖아. 그거야! 내 주특기 요리인 고로케를 준비해서 방장들에게 대접을 하는 거야. 그럼, 자연스럽게 들어갈 수 있잖아?”

무혁은 기발한 생각을 해낸 자신이 자랑스러웠다.

"푸하하! 이제 문무를 겸비하는 거냐, 백무혁? 넌 대체 어디까지 진화할 생각이냐! 이제 그만 해도 되잖아? 푸하하핫!"

제8장

오자마자 분탕질이냐!

오자마자 분탕질이냐!

"무혁아, 무혁이 방에 있냐?"

삼촌 원만의 목소리가 들렸다.

"어, 삼촌. 잠깐만."

서둘러 옷가지로 호미를 감추고 방문을 열었다.

"한데 삼촌 입 주변이 왜 까매?"

"어, 요즘 내가 몸이 허해서 고기 좀 먹었다."

"아니, 절간에서 무슨 고기를? 방장님 아시면 경을 치려고."

"걱정 마. 바위틈에 숨어서 먹었으니까 들킬 염려는 없어. 그리고 귀찮은 산비둘기 좀 구워 먹었다고 뭔 일 나겠냐."

콩밭을 어지럽힌다는 산비둘기를 먹어치운 모양이었다.

"암튼 삼촌은 북극에 내다 놔도 굶어 죽진 않을 거야."

"짜식, 질긴 생명력이야말로 우리 가문의 내력이라고 누누이 애기했지 않냐."

"하긴 그건 그래. 그놈의 유전자 때문인지 나도 엄청 질긴 구석이 있긴 하더라."

"크크큭, 그래서 피는 못 속인다는 거다. 근데, 뭐 하고 있었냐?"

삼촌 원만이 옷가지에서 삐죽 고개를 내민 호미를 발견하더니 말했다.

"너, 혹시 뒷방 처자의 몸을 엿보려는 거냐?"

눈치 하고는. 역시 관음(觀淫) 계통으론 한 수 위인 삼촌이다.

"그 여자가 누군지는 알고 깝치냐?"

"아미파의 주단정이라고 하던데?"

무슨 일이 있었는지 주단정 얘기를 하며 삼촌은 고개를 흔들었다.

"그걸 아는 놈이 죽으려고 무덤을 파냐? 아서라. 몽고군 십수 명 정도의 목은 일초식에 날려 버린다고 하더라."

"호오. 그래? 더욱 구미가 당기는걸."

"가슴 아래를 다쳤는데, 여자다 보니 쉽게 상처를 못 드러내고 혼자 치유하려고 애를 쓰는 모양이더라."

무혁의 두 눈이 가늘게 떨렸다.

"삼촌이 그녀의 환부를 어떻게 알지? 수상한 냄새가 나는데?"

"히히, 저번에 목욕하는 거 훔쳐보았거든."

"안 들켰어?"

"크크큭. 관음(觀淫)신공이 십이성에 달한 내가 왜 들키겠냐. 만약 들켰으면… 으, 생각만 해도 끔찍하다."

삼촌 원만은 그때 일을 기억하며 가슴을 쓸어내렸다.

"근데 그 여자애 좀 불쌍하더라. 동료들이 모두 죽고 혼자 살아남았다는 자책감 때문인지 가끔 조울증 증세도 보이거든. 얌전히 있다가도 한번 화가 나면 백발마녀도 저리 가라야."

"음… 주단정이 혼자 살아남아 암살에 실패했다는 걸 알렸었구나."

"맞아. 상처가 꽤 깊을 텐데 혼자 잘 견디고 있어. 암튼 자존심이 엄청나게 강한 여자애더라구."

"그럼, 명문 아미파의 직전제자라는데 그 정도의 자존심은 기본이지."

애처로운 생각이 든 무혁은 단정의 상처가 어떤지 보고 싶어졌다.

"근데, 왜 불렀냐?"

"콩기름 좀 줘."

무혁은 원민에게 콩기름을 내놓으라고 했다.

"갑자기 콩기름을 왜 달라는 거냐. 내 차에 넣을 것도 모자란데."

"무림맹 사람들에게 고로케를 대접하려고."

"니가 고로케를 만들 줄 알아?"

"일본에서 제빵 기술을 한 달 반이나 배웠잖아. 특히 고로케만 전문적으로 배웠지."

"그래? 잘됐네. 나도 고로케 먹고 싶었는데, 정말 맛나게 만들 수 있냐?"

"재료만 풍부하면 좋은데, 고기가 없으니 야채만으로 만들어야지. 일단 콩기름이나 가져와."

"고기가 왜 없어. 지천으로 널린 게 고긴데."

"혹시 산비둘기?"

"빙고! 내가 꼬불쳐 둔 게 있거든. 아주 잘게 다져 놨다."

"하긴 큰 싸움에 나설 양반들이니 육식이 필요하긴 하지. 빨랑 가져와요."

공양간에 들어온 무혁은 행자에게 각 대문파의 방장들에게 대접할 음식을 만들고 싶으니 공양간을 사용할 수 있도록 허락을 구했다. 행자는 무혁의 마음을 감사히 여기고 공양주(음식 만드는 것)를 허락했다.

지글지글—

콩기름을 무쇠 솥에 붓자 기름이 튄다.

탁. 탁. 탁. 탁.

배낭에서 이스트를 찾아서 빵 반죽도 이미 해놨고, 이제 야채 속을 만들고 있었다.

그때, 원만이 살금살금 다가와 주변을 두리번거리며 귓속말을 했다.

마침 행자가 자리를 비운 참이었다.

"무혁아, 고기 여기 있다. 잘 다졌으니까 따로 손댈 필요 없어. 듬뿍 듬뿍 넣어라. 정말 얼마 만에 먹는 고로케냐. 히히히."

내전.

장탁에 둘러앉은 여러 장문들의 시선이 주단정에게 쏠렸다.

"소녀가 함부로 나설 자리가 아닌 줄은 아옵니다만, 사부님이 늦으시는 관계로 소녀가 사문을 대신하여도 될는지요."

팔공이 물었다.

"단정이 네가 말이냐?"

"예, 맹주님. 평소 장문께서 출타 중일 때면, 소녀가 사문의 일을 도맡기도 했었습니다."

현암이 다시 물었다.

"청상께서 차기 장문 자리로 내정을 해두었던 게로구나."

"예, 불민한 소녀에게 친히 관정주를 하시며 대임을 잇게 하겠다고 하셨습니다."

관정주(灌頂住)란 보살이 이미 불자가 되어 부처님의 사업을 감당할 만함으로, 부처님의 지수(智水)로써 정수리에 물을 부음으로 그 사실을 인정하는 요식 행위를 말하는데, 아미파에서는 이 관정주를 후임 승계의 의식으로 사용했다.

턱—

그렇게 말한 주단정은 품속에서 백팔염주를 꺼내어 탁자에 올려놨다.

그녀가 꺼내놓은 것은 서천보살자(西天菩薩子)로 만들어진 아미파의 장문영부였다.

"소녀가 가사도를 척살하기 위해 함양으로 떠나기 전, 사문의 후계자임을 잊지 말라고 사부님께서 주신 것입니다. 소녀는 장문영부를 지키기 위해 살아 돌아왔습니다. 만약, 장문영부가 품속에 없었다면, 소녀도 그 자리에서 죽었을 것입니다. 다른 동료들처럼 말입니다."

주단정의 말은 장내를 숙연하게 만들기에 충분했다.

팔공이 그녀에게 물었다.

"아직도 죄책감에 시달리느냐?"

"동료들의 비명 소리가 귀에서 그치질 않는데, 홀로 살아 나온 것이 어찌 자랑이라 하겠습니까?"

"네 잘못이 아니니 마음을 추스르거라. 아미의 명망을 이어야 할 몸이 아니더냐."

마음속까지 만져 주는 팔공의 위로에 단정은 입술을 씰룩였다.

복받치는 슬픔을 속으로 삭이느라 그리한 것이었다.

"네……."

팔공은 좌중을 돌아보며 장문들의 의사를 타진했다.

"청상이 관정주를 하였다면, 단정이를 아미의 차기 장문으로 봐도 무방할 것 같소. 여러 장문들의 생각은 어떠하오?"

장문들은 이구동성으로 주단정을 아미파의 장문 대리로 인정해 주었다.

"단정이는 비록 여인의 몸이지만, 그 의협심은 어느 사내에 못지않지요."

"그러게요. 장하고 장하외다."

"동의하외다."

모두의 동의를 수렴한 팔공이 막 개회를 선언하려 할 때였다.

내전 밖에서 자명의 음성이 들렸다.

"자명이옵니다."

"무슨 일이냐?"

"내세 제자께서 방장들을 위해 음식을 준비해 왔다 합니다."

"무혁이가 말이냐?"

"예."

"왜 시키지도 않은 짓을 한 게냐?"

뜻밖의 상황에 팔공이 결정을 못하고 머뭇거리자, 화산 장문 양화정이 그의 난처함을 해소해 주었다.

"허허. 맹주님, 마침 궁금하던 차에 잘된 일 같습니다. 기왕에 준비한 것이라니 맛이라도 보지요."

그러자 개방 방주 오광개가 기꺼이 반겼다.

"핫핫. 길이 바빠 오던 중에 걸식행도 못했으니 먹고 합시다."

그제야 팔공이 자명에게 일렀다.

"내오라 하거라."

팔공의 명이 있자, 문이 열리며 소반을 받쳐 든 무혁과 원만이 보무도 당당하게 안으로 들어왔다.

소반에는 막 만들어 김이 모락거리는 고로케가 담겨져 있었다.

"안녕하십니까. 저는 무림의 맹주이신 팔공 대사님의 속가제자 백무혁이라 합니다. 명문대파의 방장들을 뵙게 되어 영광입니다!"

무혁은 우렁찬 통성으로 자신을 소개했는데, 느닷없이 좌중에서 폭소가 터져 나왔다.

"와하하!"

그도 그럴 것이 복장 하며 소반을 든 행색이 영락없는 점소이였기 때문이다.

"저런. 객잔에서 마주쳤으면 큰 결례를 할 뻔했구먼."

"하하하! 누가 아니랍니까? 난 개방의 식솔인 줄 알았습니다."

"와하하!"

쳇, 이소룡 츄리닝이 어쨌다고 다들 그러시지?

"그래도 요리 하나만큼은 자신있으니 어서들 드십시오."

무혁은 전혀 기죽지 않고 방장들에게 고로케를 돌렸다.

"하하, 웃어서 미안하네. 잘 먹겠네."

"근데, 이 음식의 이름은 뭔가?"

"고로케라는 것인데, 그냥 만두라고 생각하시면 됩니다."

"고맙네."

조금 전까지만 해도 침중했던 회의 석상의 분위기가 화기애애하게 바뀌었다.

장문들은 무혁이 만든 고로케를 음미하기 시작했다.

현암이 팔공에게 말했다.

"허허, 자네 제자가 사람을 웃기는 재주가 있구먼."

"좀 덜렁대긴 하나 심지가 곧고 심성이 착한 녀석이지."

"그래. 그렇게 보이는구먼."

고로케를 처음 먹어본 장문들은 감칠맛에 탄성을 터뜨리기에 바빴다.

"오, 새롭고 신기한 맛이오."

"고소하면서도 씹히는 맛이 일품입니다."

"이 쫀득쫀득한 재료는 무엇인고?"

무혁은 속으로 쾌재를 불렀다.

자신의 솜씨가 요리의 천국이라는 중원에서도 통했다고 생각해서다.

'헤헤, 맛있을 거예요. 제 전공이거든요.'

무혁이 가슴 뿌듯하게 생각할 때였다.

"아, 이빨이야. 이게 뭐지?"

고로케를 맛있게 먹던 오광개가 돌연 입에서 무언가를 꺼내 드는 것이 아닌가.

무혁은 혹시 돌이 들어갔나 하고 걱정을 했는데, 돌보다도 훨씬 심각한 일이 벌어지고 말았다.

"이건 명주천이 아닌가."

오광개는 돌돌 말려진 그 무언가를 일일이 펼치기 시작했다.

그것은 무슨 천 조각 비슷한 것이었고, 장문들의 시선이 졸지에 그에게로 쏠렸다.

그리고 오광개가 내뱉은 한마디는 모두를 경악케 했다.

"이건 청상 사태께 보냈다는 전서(傳書)네?"

천 조각에는 깨알 같은 글씨가 쓰여 있었는데, 오광개의 말에 의하면 그것이 전서란다.

장문들의 시선이 이번에는 무혁에게로 쏠렸다.

'헉! 그럼 삼촌이 잡은 산비둘기가 전서구였단 말이잖아! 으아악!'

무혁은 청천벽력이 뒤통수를 강타하는 느낌을 받았다.

사부 팔공이 침중한 음성으로 물었다.

"똑바로 답하거라. 음식에다 무얼 넣었느냐?"

무혁은 떨리는 목소리로 대답했다.

"산… 산비둘기요……."

사부 팔공의 시선이 자동적으로 자명에게 돌아갔다.

"전서구들을 확인하고 오너라."

"예."

내전에는 정말 죽음과도 같은 적막이 흘렀다.

자명은 1분도 안 걸려 돌아왔는데, 무혁은 그 시간이 1년도 넘게 느껴졌다.

"어찌 되었느냐?"

"송구하게도 전시용(戰時用)으로 확보해 두었던 전서구가 한 마리도 보이질 않습니다."

콰—앙!

분기탱천한 팔공이 장탁을 내려쳤고, 장탁은 굉음을 내며 반으로 갈라지고 말았다.

"네 이노옴! 정녕 죽기로 작정을 했더냐!"

무혁은 공력이 실린 팔공의 호통만으로도 다리가 후들거렸다.

"전서구를 삶아 만두 속을 만들다니, 네가 정신이 있는 놈이더냐!"

사부 팔공의 노여움은 너무도 당연했다.

군대로 따지면 통신 장비인 P—77을 작전 나갔다가 엿 바꿔 먹은 꼴이니까.

앞이 안 보였다.

삼촌 때문에 개작살날 일을 생각하니 눈물이 앞을 가렸다.

'아아, 이게 아니었는데… 이 난국을 어떻게 헤쳐 나가지?'

무혁과 원만은 내전 문지방에 거꾸로 매달리게 되었다.

대형 사고를 친 것에 대한 체벌인 셈이다.

밖으로 내치지 않은 것은 장문회의의 내용을 듣고 사태의 심각성을 깨달으라는 의미였다.

물론 장문회의가 끝나면 본격적인 체벌이 가해지겠지만.

'아… 피 쏠려…….'

삼촌 원만은 얼굴이 벌게져서 버둥거렸다.

그래도 무혁은 무공 수련을 쌓은 덕에 삼촌 원만보다는 힘들진 않았다.

'잘됐다. 이것도 회의에 참석한 꼴이니까…….'

엄숙한 분위기에서 회의가 시작되었고, 중론은 가사도 척살을 위한 2차 암살단을 파견하는 걸로 모아지고 있었다.

'이상하다. 남해표국을 쳐서 벽사마검을 뺏는 것이 급선무인데 사부님은 왜 언급을 안 하시는 거지?'

이상한 생각이 들었다.

중원으로 올 때만 해도 당장 남해표국으로 쳐들어갈 기세가 아니었던가. 앙코르와트에서 어렵게 획득한 남만일지가 있는 한 시간을 끌 일이 아니었다.

그럼에도 불구하고 그 사실을 공표하지 않는 사부 팔공이 납득되지 않았던 것.

'무슨 생각이 있으실 테니 기다려 보자.'

팔공이 좌중에게 물었다.

"그렇다면 가사도의 위치를 파악하는 것이 우선이겠소. 현재 그의 위치를 아는 분이 계시오?"

그 물음에 무혁은 귀를 쫑긋 세웠다.

가사도에 관한 정보를 제공하는 자가 배신자일 수도 있다는 중광의 충고 때문이었다.

"건강(建康:남경) 군영에 있는 걸로 알고 있습니다."

그렇게 말한 자는 하북 팽가장주 팽천택이었다.

저게 누구지?

무혁은 거꾸로 매달린 채 그를 알아보기 위해 버둥거렸다.

"정확한 정보요, 팽 장주?"

'음, 하북 팽가장의 장주로군. 일단 넌 용의 선상에 올랐다.'

"예, 그렇습니다."

팽천택의 답변 끝에 선뜻 나서는 인물이 있었다.

"건강이라면 본 가에서 가장 가깝군요. 2차 암살단은 본 가를 주축으로 구성하고 싶습니다."

남궁세가의 가주 남궁명이었다.

"아니오. 한 문파가 감당하기엔 위험이 너무 크오. 서로 위험을 나누어 가집시다."

팔공은 완곡하게 남궁명의 의기를 자제시켰다.

'이상하네. 중광 형님 말로는 화평을 제의해 오는 자가 있을 거라 했는데… 하긴 대부(The God Father)는 영화니까 현실과는 다를 수도 있겠지…….'

그때였다.

유중광의 예측대로 화평을 제의해 오는 자가 있었다.

'좋아. 넌 딱 걸렸어.'

그는 제갈세가의 가주 제갈사평이었다.

"외람된 말씀이나 본주는 조금 다른 의견을 제시해 보고 싶습니다."

좌중의 시선이 그에게로 쏠렸다.

'흥! 이제 마각을 드러낼 참이군.'

제갈사평은 반백의 자개수염을 쓸며 자신의 견해를 피력했다.

"삼 년 전, 반성과 양양이 원의 사령관 장호범에게 함락된 후 송의 명운은 점점 기울어져 가고 있소이다. 이는 양양을 기필코 사수해야 한다는 가사도의 주장을 황태후가 묵살했기 때문이 아니겠소. 그가 비록 재상의 자리에 앉아 황제의 눈과 귀를 막아 권력을 장악했다 하더라도 원의 신하가 아니라 송의 신하인 것만은 분명하지 않소이까. 하여 본주의 짧은 소견으로는 그의 주장도 들어봄이 옳지 않나 싶습니다."

다분히 가사도를 옹호하는 말에 장내가 술렁거렸다.

화산의 양화정과 무당의 현암이 물었다.

"간신배와 무슨 대화를 한다는 말씀인지요?"

"송의 신하라는 자가 야만족의 왕과 강화 조약을 맺으려 한단 말입니까? 천부당만부당하신 말씀이십니다."

술렁이는 장내를 정리한 것은 팔공이었다.

"제갈가주께서는 무림의 최고원로이시며 정신적 기둥이신 분이오. 또한 겸비하신 지략과 경륜은 타의 추종을 불허하여 큰 명망을 얻으신 분이오. 우리는 후배 된 자로 존경하는 제갈가주님의 의견을 경청할 필요가 있소. 설사 의견이 다르더라도 여러 장문들은 잠시 자중해 주길 바라오."

팔공이 제갈사평에게 의견의 개진을 권했다.

"계속하시지요, 선배님."

"고맙소, 맹주. 본주가 제남을 떠나기 전, 한 통의 우서(羽書)를 받았소. 놀랍게도 그건 가사도가 보낸 것이었소."

"으음……."

여기저기서 침음성이 흘러나왔다.

제갈사평은 장문들이 보내는 우려의 눈길을 무시하고 말을 이어나갔다.

"중원무림에 도움을 요청하는 내용이었소."

그때, 오광개가 콧방귀를 뀌며 끼어들었다.

"나도 들은 바가 있습니다. 지금 상서자사랑관 문천상 장군이 근왕군 일만을 결성하여 국도 항주를 지키고자 하고 있답니다. 이에 가사도의 입지가 옹색해지자 우리 중원무림에 손을 내미는 것일 겁니다. 이에 응하면 아니 됩니다."

그래, 잘한다.

비록 거지 대장이지만 그래도 정신만은 똑바로 박혀 있구나.

무혁은 속으로 오광개를 응원했다.

"그건 오 방주의 오해요. 가사도는 재상의 신분으로 쿠빌라이와 강화 조약을 타협 중이오. 강남 이남으로는 송의 건재를 보장해 준다는 조건으로 말이오. 이는 파죽지세와 같은 원의 남하를 일단 저지하고, 후일을 도모하자는 생각에서 비롯된 것이라 하오. 강산이 분할되지만, 아예 없어지는 것보다는 낫지 않겠냐는 의미지요."

잠자코 경청하던 팔공이 물었다.

"쿠빌라이의 약조를 어찌 믿을 수 있겠습니까?"

"들리는 정보에 의하면, 몽고의 사정도 시끄러운 형편이라 하오. 내분의 조짐이 있다는 거지요. 따라 쿠빌라이 또한 일단 강화를 하고, 병력의 철군을 원하는 모양이오. 쿠빌라이의 약속과는 상관없이 그 정도의 시간이면 우리도 충분히 전열을 정비할 수 있지 않겠소."

옳았다.

세가 불리한 형편에 전투를 지속하는 것은 병법에도 그르다고 하지 않았던가?

제갈사평이 펼치는 강화론은 충분한 설득력이 있었고, 그것은 장문들의 생각을 흔들어놓았다.

"음… 그렇다면 얘기가 달라지지요."

"우리에겐 시간이 절실히 필요합니다."

팔공이 제갈사평에게 다시 물었다.

"그래, 가사도는 어떤 방식으로의 도움을 원한다고 했습니까?"

"그건 각 대문파의 장문들을 모셔서 직접 설명하겠다고 하더이다. 조만간 조용한 곳에서 회동을 가져야겠지요."

"……!"

술수다.

영화 대부의 한 장면이 무혁의 머릿속을 스쳐 지나갔다.

배신자가 마피아 각 지역의 보스들이 회합한 자리를 습격하여 몰살시켜 버리던 장면 말이다.

제갈사평의 회동이라는 말이 나오는 순간, 그 장면이 연상되며 무혁은 자신도 모르게 소리를 지르고 말았다.

"사부니임!"

버둥버둥.

얼마나 힘을 주었는지 거꾸로 매달린 몸 전체가 흔들렸다.

"속아 넘어가시면 안 돼요! 제갈가주는 배신자예요! 장문님들을 몰살시키기 위해 모사를 꾸미는 거라구요!"

있을 수 없는 일.

제갈사평을 배신자라 고함쳐 댄 것은 있을 수 없는 일이었다.

어느 자리라고 감히 나선단 말인가?

또한 무슨 자격으로 나선단 말인가?

더구나 멀쩡한 명문세가의 가주를 배신자라 지목했으니, 만약 제갈세가의 가솔들이 들었다면 당장에 무혁을 죽이려 들었을 것이었다.

그러나 무혁은 고함을 그치질 않았다.

"사부님, 제가 나설 자리가 아니란 건 알아요! 실수로 전서구를 잡았지만, 고로케를 만든 것도 천왕전에 들어와 배신자를 찾아내려 한 것이에요! 정말 믿어주세요, 사부님! 배신자가 없었다면, 어떻게 암살단이 몰살당할 수 있었겠어요? 중광 형님이 그랬어요! 화평을 제의해 오는 자가 배신자라구요! 저번에는 제자들을 사지로 몰아넣었지만, 이번에는 장문님들을 몰살할 계획이라구요!"

팔공이 분노를 애써 감추며 물었다.

"제갈가주가 제자들을 사지로 몰아넣은 장본인이라 했느냐?"

"예, 사부님."

이어지는 팔공의 말은 무혁을 잠시 절망에 빠뜨렸다.

"가주께서는 1차 암살단에 두 아들을 보내 모두를 잃으셨다. 자기 자식을 사지로 내보내는 아비도 있더냐?"

"……!"

미처 예상할 수 없었던 상황.

무혁의 머릿속은 갑자기 혼란스러워졌다.

무혁의 추측대로 제갈사평이 배신자라면 결코 자기 아들들이 죽도록 내버려 두진 않았을 것이기 때문이었다.

'잘못 짚었단 말인가… 또 경거망동을 한 것인가…….'

제갈사평 또한 무혁에게 말했다.

"나는 두 아들을 가사도에게 잃었네. 마음 같아선 나 역시 가사도를 오체분시하고 싶네. 그럼에도 그와 화평을 취하고자 하는 이유가 뭔지 아는가? 내 아들의 복수보다는 중원무림의 안위가 중요하기 때문이라네."

죽은 아들을 언급하는 대목에선 그의 노안이 촉촉해지기도 했다.

그러나 믿기지가 않았다.

다른 장문들은 그의 의연함에 존경심을 표하는데, 무혁은 그것이 이상하게도 연기로만 보였다.

증명할 수 없음이 답답할 뿐이었다.

'두 아들은 죽지 않았을 것이다. 하나 나는 늙은 여우를 당해낼 재간이 없구나…….'

무혁은 자포자기하는 심정으로 눈을 감았다.

그러자 사부 팔공이 준엄한 목소리로 자명을 불렀다.

"자명아."

"예, 방장님."

"두 놈을 연무장에 데려가 목까지 묻고, 물 한 모금도 주지 말아라. 회의가 끝나는 대로 내 직접 형벌을 내릴 것이다."

"예, 명하신 대로 행하겠습니다."

연무장에는 수련생들의 기합 소리가 우렁차다.

수련생들은 무공 교두 자명의 구령에 따라 일사불란하게 움직였다.

"복호항룡!"

"쌍나쟁패!"

한쪽 구석.

무혁과 원만은 땅에 묻힌 채, 머리만 내놓고 수련 과정을 구경하는 신세가 되어 있었다.

"미안하다. 내가 전서구인 줄 알았냐?"

"됐어. 어차피 이렇게 된 거 말하면 뭐 해."

"설마 우릴 이대로 죽이는 건 아니겠지?"

"죽이기야 하겠어. 죽기 전까지 두들겨 패겠지."

"그게 그거잖아, 임마!"

"그러게 왜 사고를 쳐. 삼촌 때문에 일을 그르치게 생겼잖아."

"무슨 일?"

"제갈사평의 음모를 막아야 하는데, 내가 분탕질을 치는 바람에 오히려 놈의 입지를 세워준 격이 되어버렸어."

"나 참, 웃기지도 않아 말이 안 나오네. 니가 무슨 무림영웅이라고 그런 일에 끼어들어?"

"그러게."

"집에나 가자."

"그럴까……."

멀리 과거의 중원까지 와서 땅속에 묻힌 신세라니.

구대문파의 무공을 섭렵하여 영웅이 되리라고 생각했건만 이 무슨 쪽팔림인가. 처음의 당당했던 기세는 온데간데없고 갑자기 풀이 죽어버린 무혁이었다.

'맞아. 내가 뭐라고 이렇게 사서 고생이지? 일본에 있었으면 광고나 찍으며 나오미랑 재미있게 놀 수 있었을 텐데. 누가 알아준다고…….'

의기소침하여 생각에 잠겨 있는데, 동자승 용연이 예의 천진난만한 얼굴로 걸어왔다.

'음… 왠지 저놈이 싫다. 자는 척하자.'

무혁은 상대하기 싫어 아예 눈을 감아버렸다.

"내세 제자님, 왜 여기 묻히셨어요?"

"전 지금 잡니다요. 건드리지 마세요."

"방금 눈 감는 걸 보았는걸요."

으으. 얄미운 녀석. 상대하지 말자.

"스님은 모르셔도 되니 저리 가서 노세요."

무혁이 상대해 주질 않자, 빤히 쳐다보고 있던 용연은 고사리 같은 손으로 자기 이마를 치며 말했다.

"아, 알았다."

하는 행동은 참 귀엽고 앙증맞은 꼬마인데, 왜 나한테만 시비지?

용연의 말은 여지없이 무혁의 염장을 질렀다.

“단정 처자님 방을 훔쳐본 게 들통났군요. 그렇죠? 그래서 방장님께 혼이 나는 거죠? 의원이란 거짓말도 들통나고.”

아, 이제 인내심의 한계에 도달했다.

뒷목이 뻣뻣해지고 머리에서 불이 나는 것 같았다.

무혁은 조용히 용연을 불렀다.

“스님, 잠깐만 이리 와보세요.”

“왜요?”

“할 말이 있어서 그렇습니다. 귀 좀 빌려주세요.”

용연이 쪼그리고 앉아 무혁의 입에 귀를 대었다.

무혁은 주변을 살핀 뒤, 여섯 살 꼬마에게 얼음장 같은 경고를 날렸다.

“야이, 꼬맹이 놈아. 자꾸 어른한테 까불면 혼난다. 한 번만 더 까불면 확 고추를 따먹어 버릴 테니 조심해. 알았지!”

“…….”

그 정도면 알아들었을 것이라 생각했다.

한데 용연의 표정이 일그러지더니 눈망울에 눈물이 그렁거리는 것이 아닌가.

어어… 이게 아닌데…….

곧 울음을 터뜨릴 기세였다.

“와아앙—”

힘차게 터지는 용연의 울음소리.

연무장에 난데없이 터진 울음소리에 무공 교두 자명, 수련 제자들 모두가 용연을 쳐다보았다.

그 표정은 ‘왜 애를 울리고 그래?’ 라고 책하는 듯했다.

"야야, 울지 마. 왜 그래. 착하지. 우르르 까꿍."

무혁은 부랴부랴 용연을 달래보았으나 소용이 없었다.

"와아앙—"

용연은 그럴수록 더 힘차게 울어댔다.

에효, 정말 왜 이리 자꾸 꼬이는지 이제 짜증이 날 지경이었다.

그 꼴을 보고 있던 자명이 다가와 용연에게 물었다.

"용연 동자, 왜 우시는가?"

"내세 제자님이 소승을 겁주었어요."

"허허, 뭐라고 겁주시던가."

"단정 처자님 방을 자꾸 훔쳐보기에 소승이 훔쳐보지 말라고 했더니 자꾸 까불면 소승의 고추를 따먹어 버린다고 했습니다. 와아앙—"

무혁을 내려다보는 자명의 표정.

너무 어처구니가 없어 말조차 하기 싫은 표정이다.

"오… 오햅니다."

"허허, 아녀자의 방을 훔쳐보는 것은 여색에 해당하고, 사내아이의 고추를 따먹겠다고 운운하는 것은 남색에 해당하는군요. 내세 제자님은 취향이 참으로 별나십니다."

헉, 무슨 해석이 그런가. 내가 양성애자라도 된단 말인가.

무혁은 황당하여 변명을 했다.

잘 먹히지는 않을 것 같았으나 변명 외에 다른 방도가 없었기 때문이다.

"그게 아닙니다. 오해라니까요."

다행스러운 것은 생긴 것과는 달리 자명의 성정은 매우 점잖은 편이라 겉으로 불편한 심기를 드러내진 않았다는 점이었다.

"내세 제자님, 얼마 전에 소승이 한 수 지도를 청한 바가 있었지요?"

"그런데요……."

"혹시 지금 소승을 지도해 주실 수 있을는지요."

"비무를 청하시는 건가요?"

"예, 그러합니다. 허허."

무섭다.

자명의 너그러운 웃음 속에 불길한 예감이 스쳐 지나간다.

무혁은 본능적으로 이것이 비무를 가장한 구타일지도 모른다는 생각을 했다.

"꼭 지금 그러셔야 해요?"

"허허허. 그럼요."

눈을 떴을 때, 무혁은 자신의 방에 누워 있었다.

'꿈을 꾸었나?'

꿈이라면 참 기분 나쁘다.

무공 교두 자명하고 비무를 한 것 같았는데, 그에게 옴팡지게 두들겨 맞는 꿈이었으니까.

'쳇, 꿈이 아니구나…….'

그것이 꿈이 아니란 걸 깨닫는 데는 그리 오래 걸리질 않았다.

몸 여기저기서 구타당한 흔적이 느껴졌음으로.

'에고고… 아파라…….'

그때, 몽롱한 의식을 뚫고 들어오는 여인네의 음성.

"깨어나셨습니까, 의원님?"

누구지?

큼, 일단 여자의 목소리니까 정신을 차리자.

아, 기억난다.

이 세상에서 자신을 의원이라고 부를 사람은 딱 한 사람.

주단정이다. 회의가 끝났나?

무혁은 목을 가다듬은 후 중후한 음성으로 물었다.

"여기가 어디요?"

"의원님 방입니다."

쪽팔리게 자명에게 얻어맞았다고 할 수는 없는 일인지라 무혁은 적당히 둘러댔다.

"무림의 운명을 걱정하며 후원을 거닐었었는데, 잠시 혼절했던 모양이오. 선천적인 어지러움증이 있어서 말이오."

"호호. 그러셨군요."

잘 웃지 않던 여자가 왜 웃지?

뭔가를 알고 있는 듯한 웃음소리가 영 개운치 않은데, 웬수 같은 꼬맹이 용연의 음성이 들렸다.

"내세 제자님은 후원에서 기절한 것이 아니라 자명 스님의 백보신권에 맞아 기절하신 거예요."

으으. 하늘이시어.

무혁이를 낳고, 왜 저 동자귀신을 세상에 내보냈습니까?

좋다. 상대하지 말자. 네놈이 무슨 말을 하든 난 씹는다.

용연의 말은 무시하고 주단정에게 물었다.

"한데 나를 왜 낭자 방에 재우지 않고 이 방에 눕혔소?"

"예? 소녀의 방에서 주무신다고요?"

에이그, 틈만 나면 어찌해 보려는 그놈의 습관 때문에 실언을 하고 말았다.

"아, 아니, 그대의 병환을 보러 가야 하는데, 번거롭게 이 방에 있느냔 소리요. 그래, 환부는 좀 어떻소?"

주단정이 웃으며 답했다.

"많이 차도가 있습니다. 의원님 덕분입니다."

아니, 내가 뭘 했다고… 예의상 해준 말 같은데 영 민망하다.

"혹시 아까 자명 스님과 비무를 겨루는 걸 보았소?"

"네. 잘 보았습니다."

순간, 얼굴이 화끈 달아올랐다.

그럼 얻어터지는 걸 다 보았다는 얘기다. 이런 개망신이 있나.

무혁은 한동안 말을 잇지 못했다.

"……."

심중을 헤아린 듯 주단정이 위로의 말을 던졌다.

"의원이 자명 스님과 10합을 겨루었으면 훌륭하신 겁니다."

"사실 무공 교두가 다칠까 봐 참아준 것이오."

"호호, 그런 줄 알고 있으니 괘념치 마십시오."

쳇, 다 알고 있네.

이런 저런 변명으로 체면치레를 해보려 했지만 이미 위신은 곤두박질쳐 돌이킬 수 없는 상황 같았다.

힘이 빠졌다.

그래, 무림영웅은 무슨 영웅이냐.

중한테는 얻어터지고, 여자한테는 스타일 구기고, 애한테는 개망신 당하고… 꼬라지 정말 거지발싸개다.

자포자기.

이젠 아무것도 흥미가 일지 않는 무혁이었다.

영웅이 되겠다는 허황된 생각도, 구파일방의 무공을 모두 습득하겠다는 바람도 이젠 흥미를 주지 못했다.

"그래요. 맞아요. 난 의원도 아니고 뭐 대단한 놈도 아닙니다. 프라이드에서 몇 번 이겼지만, 허접한 선수들이니 말할 것도 없고……."

무혁은 곰곰이 자신의 처지를 되돌아보았다.

그래, 현실에 있을 때 너무 잘나갔었어.

쥐뿔도 없는 놈이 갑작스레 호사를 누린 거지.

"왜 갑자기 의기소침해지신 겁니까?"

"이제 현실을 깨달은 거죠."

"맹주님의 기대가 크시던걸요."

"아뇨, 의욕만 앞서 가지고 사부님의 얼굴에 먹칠만 했어요. 이제 다신 나서지 않을 겁니다."

돌아가자.

삼촌이랑 현세로 돌아가면 더 이상 이곳에서 민폐 끼칠 일은 없을 테니까 뭐.

그때, 자명이 방 안으로 들어섰다.

"허허, 깨어나셨군요. 워낙 체력이 튼튼하신 분이라 금방 회복되리라 생각했습니다."

무혁은 쌜쭉하여 퉁명스럽게 대답했다.

"병 주고 약 주십니까?"

"소승이 손속에 사정을 두지 않아 서운하셨군요. 내세 제자님께서 서운하셔도 할 수 없는 일입니다. 비무에 있어서 봐주는 것은 상대를 얕잡아보는 것과 마찬가지니까요."

"그건 맞는 말이네요. 사부님이 시키신 일이죠?"

"허허, 이미 알고 계셨습니까."

제자가 실수를 좀 했다고 무공 교두를 시켜 그렇게 개 패듯 패?

에잇, 비정한 영감탱이!

"흥! 당연히 그러셨겠죠."

"곧 방장님께서 찾으실 겁니다."

"필요없어요. 삼촌이랑 일본으로 돌아간다고 전해주세요."

"……?"

무림맹 회의가 끝이 나고 각 문파의 방장들이 돌아간 후 천왕전에는 소림의 팔공, 무당의 현암, 화산의 양화정, 이렇게 세 사람만이 남아 있었다.

그들의 얼굴에는 암울한 기운이 가득했다.

"결국, 사평 선배가 등을 돌린 것인가."

현암이 침묵을 깨뜨리며 말했다.

"그런 것 같으이."

팔공은 뒷짐을 쥔 채 영단 위의 천룡팔부에 시선을 던져 놓고 있었다.

최초 배신과 함정이 있었을 것이란 단초를 제공한 건 주단정이었다.

제1차 암살단 중 유일한 생존자인 그녀는 돌아오자마자 그 사실을 청상 사태에게 고했고, 이를 알게 된 화산의 양화정이 비밀리에 수사에 착수했던 것이다.

팔공이 일본에 있을 때의 일이다.

수사가 진행되며 양화정은 배신자로 제갈사평을 지목했다.

함양에서 죽었다던 두 아들이 양주 모처에 은신해 있다는 정보를 접했기 때문이다.

문제는 그를 배신자로 단정할 확실한 증거가 없다는 점이었다.

양화정은 무림맹의 두 축인 팔공과 현암에게 즉시 보고를 했고, 이번 무림맹의 회동에는 그런 배경이 깔려 있었던 것이다.

무혁의 말처럼 제갈사평의 돌연한 화평론 주장은 세 사람에게 확신을 주었다. 하나 그를 추궁하지 못한 것은 제갈세가와 뜻을 같이하는 문파가 있을 것이란 가정 때문이었다.

대원제국의 남하 못지않게 무림맹의 내분 또한 세 사람에게는 큰 근심이 아닐 수 없는 일.

팔공이 장탄식을 하며 혀를 찼다.

"허어… 녀석이 경솔히 나서지만 않았어도 확실한 증거를 잡을 수 있었을 터인데… 쯧쯧."

"허허, 되었네. 덤벙거리는 게 흠이지만 그 정도 판단력이면 영민한 셈이지 않나. 혈기도 방장하고 말일세. 자네 젊었을 때와 많이 닮았어."

무혁을 두고 하는 말이었다.

"예끼, 이 사람!"

"그런데 말이네, 그 청년은 기본적인 내공조차 없어 보이던데 어찌 된 연유인가?"

내가무공을 대표하는 무당의 방장답게 현암이 물었다.

"수련을 한 적이 없는데 내공이 있을 턱이 있겠나. 요즘에야 행공법을 배우는 정도지."

"그런 친구를 제자로 받았을 때에는 사연이 있는 게로군."

팔공은 잠시 생각에 잠겼다가 천천히 입을 열었다.

"지전규보를 찾아야 한다는 한 가지 생각으로 내세로 갔었지……."

팔공은 내세, 즉 무혁이 사는 현세에서 겪었던 기이한 경험을 두 사람에게 털어놓았다. 남송이 멸망했더라는 대목에서 경청을 하던 현암과 양화정의 얼굴엔 놀라는 기색이 완연했다.

"송황실이 야만족에게 멸망을 당하다니 믿을 수가 없습니다. 믿을 수 없는 일입니다……."

양화정의 목소리가 떨렸다.

하나 초미의 관심사였던 벽사마검의 행방을 찾았다는 대목에선 안도의 숨을 내쉬기도 했다.

"그나마 다행이로군요."

물론 현암은 먼저 들은 바 있는 얘기.

팔공은 결론적으로 난국을 헤쳐 나가기 위한 자신의 생각을 피력했다.

"원의 야욕을 막기 위해서는 당장 처리해야 할 세 가지 현안이 있네. 첫째, 남해표국을 응징하여 벽사마검이 쿠빌라이의 손에 들어가는 것을 막는 것. 둘째, 문천상 장군을 회유하여 애산(厓山)에서의 전투를 피하는 것. 셋째, 용광검의 봉인을 풀어 대규모 민병을 일으키는 것이네."

"용광검?"

현암의 동공이 커진다.

무림 명검들에 관한 기록인 검보정감(劍寶廷監)의 예언에 의하면 용광검은 재세구원의 힘이 있어 난세에 민초들의 봉기를 발호할 수 있다고 했다.

하나 봉인은 몇백 년 후에나 풀린다 하지 않았던가.

"용광검은 현세엔 나타나지 않는다고 했네."

"알고 있네. 하나 몇백 년이 지난 내세라면 용광검의 봉인이 풀려 있겠지."

"그렇다면, 내세에 가서 용광검을 찾아오겠다는 뜻인가?"

"내가 더 이상 자리를 비울 순 없을 터, 난 무혁이를 보낼 생각이네. 내세의 일은 내세의 사람이 처리하는 게 순리가 아니겠는가."

"자네, 그 청년을 지전규보의 승계자로 만들 생각이로군……."

"그렇다네. 우리 무림맹의 형편상 비밀을 유지하며 그런 일을 해줄 사람은 무혁이뿐이니까."

양화정은 이 놀라운 발상에 혀를 내둘렀다.

"후우… 놀랍습니다… 기연이에요."

현암이 말했다.

"자네도 알고 있지만 지전규보는 연공한다고 해서 실전에 쓸 만한 내력이 생기는 것은 아니네."

"잘 알고 있네. 지전규보의 내공은 천하의 기운을 타고난 검들을 다룰 수 있는 조건일 뿐 실전 내공은 분명 아니지."

"평소엔 범인(凡人)과 다를 바가 없을 걸세."

"아네."

"하면 그 청년이 이를 받아들일는지요?"

"내 청을 해볼 생각이네."

무혁은 핸드폰을 들어 저장된 버튼 1번을 눌렀다.

1번은 당연히 나오미다.

풍운의 꿈을 안고 중원으로 건너왔건만, 경솔한 놈이라 찍히고 무공 교두에게 두들겨 맞아 서러운 신세가 되니 나오미가 더욱 보고팠던 것이다.

'잘나갈 때 바짝 벌어두어야 하는데, 괜히 왔어. 이게 뭐냐고… 광고 계약 끊기기 전에 돌아가자. 그동안 사부님에게 배운 외문 무공을 꾸준히 연습하고, 운기행공을 매일같이 한다면, 프라이드 선수들쯤은 해볼 만하지 않겠어?'

[오빠!]

핸드폰에서 울리는 나오미의 낭랑한 음성.

"미야!"

[하루 한 번씩은 전화해 주기로 했잖아요. 왜 이제야 하는 거예요.]

"미안, 오빠가 바빠서… 하하."

[거기 사람들이 잘 대해주나 봐요.]

"그럼, 오빠 여기서도 잘나간다."

괜한 허풍을 떨어보지만 왜 이리 서러운가.

갑자기 타향의 설움이 밀려들며 목이 메어온다.

"키힝……."

[오빠… 왜 그래요? 울어요? 무슨 일 있어요?]

"으허엉… 미야. 나 졸라 맞았다."

[오빠가 누구한테 맞아요? 팔공 대사님도 계시잖아요.]

"그 영감탱이 얘기도 하지 마… 그 영감이 무공 교두에게 나 패주라고 시켰어. 내가 일본에 있을 때, 얼마나 잘해줬는데… 이제 와서 왕무시하고. 나 돌아갈래."

[대사님 미워…….]

"미야, 보고 싶다."

[나두 오빠 보고 싶어요.]

"노닐고 있구나!"

"미야, 지금 오빠한테 노닐고 있냐고 했니?"

[내가 그런 말 안 했어요.]

"그럼 누가 나한테……."

헉! 사부님 목소리다.

화들짝 놀라 돌아보니 사부 팔공이 이미 방 안에 들어와 있었다.

"못난 놈!"

무혁은 서둘러 나오미의 전화를 끊고 자세를 바로잡았다.

"고작 그것밖에 안 되는 놈이었더냐!"

"……."

"처음에는 마치 중원을 구할 영웅이라도 된 것처럼 자발을 떨다가, 감히 무림맹 회의 석상에서 분탕질을 치고, 그도 저도 안 되니 이제 집에 돌아가겠다고 나오미 양에게 눈물을 보이는 것이냐. 그러고도 네놈이 정녕 사내란 말이냐!"

정신없이 내려치는 호통에 무혁은 정신을 차릴 수가 없었다.

무혁은 기어들어 가는 목소리로 변명을 했다.

"사부님, 저는 사부님이 위험에 빠질까 봐 걱정되어 그런 거란 말이에요. 정말 믿어주세요."

"적에게 속내를 드러내는 것은 스스로 화를 자초하는 일!"

적이라고 했다.

이는 필경 제갈세가를 두고 이르는 말. 그렇다면 사부 팔공도 제갈세가의 배신에 대해 알고 있단 얘기가 아닌가. 무혁은 자신의 생각이 맞았다고 여겨지자 기쁨을 감출 수가 없었다.

"사부님도 알고 계셨던 거죠? 제 말을 믿어주시는 거죠?"

"그렇다. 널 믿는다."

"고마워요……."

영감탱이, 가끔 날 울린단 말이야.

"양 장문의 수사로 제갈세가의 배신은 이미 짐작하고 있었다. 회동이 있었던 것도 그 때문이었다. 더 정확한 증거를 잡고자 함이었지."

그랬었구나.

사부님의 그런 심중도 모르고 나서서 깽판을 친 거였구나.

갑자기 자신이 저지른 잘못이 뭔지를 깨달을 수 있었던 무혁이다.

"그럼 저 때문에… 제가 다 망친 거로군요. 죄송해요."

"네 말이 맞으나 내가 나서서 네게 동조하면 어찌 되겠느냐? 무림이 당장 사분오열될 것은 자명한 사실. 호환(虎患)을 앞에 두고 집안싸움을 할 수가 없어 더 이상 언급하지 않은 것이다. 앞으로는 적 앞에서 속내를 드러내는 경망된 짓은 하지 말아라. 한 번의 실수가 나와 내 동료들을 죽음으로 내몰 수도 있는 법이다. 알겠느냐?"

"예, 명심할게요."

"편히 앉아라. 네게 할 말이 있다."

"예, 사부님."

무슨 일인지 사부 팔공은 쉽게 얘기를 꺼내지 못했다.

답답했지만 무혁은 사부 팔공이 먼저 말을 꺼낼 때까지 잠자코 기다렸다.

'인내심부터 배우겠습니다. 기다릴 테니 천천히 말씀하세요.'

제9장
영웅이란?

영웅이란?

"영웅이 되고 싶다고 했더냐?"

"아뇨."

거짓말.

이 똑똑한 노인네는 철모르고 한 소릴 기억하고 있었다.

"영웅이 되고 싶다고 했었다."

다 기억하고 있는데 더 이상 부정할 수는 없는 일.

무혁은 덤덤히 인정하고 말았다.

"예… 그랬었어요. 근데 이젠 아니에요."

"날 따라올 때와는 달리 심경에 변화가 있는 모양이구나. 이유를 말해보거라."

"그냥 시큰둥해졌어요. 남의 옷이 좋아 보여 무작정 입으려 한 것 같다고나 할까요… 내가 그만한 재목이 되지도 않잖아요."

"철이 좀 든 것이냐. 아니면 그냥 풀이 죽은 것이냐."

"그도 저도 아니에요. 그냥 현실로 돌아갈까 해요. 여긴 아무래도 어울리지 않는 것 같아서요."

"허허. 그래? 나가서 좀 걷자구나."

두 사람은 입설정(立雪亭) 앞까지 거닐었다.

원래는 달마정(達磨亭)이었으나, 자신의 오른팔을 잘라 피를 눈에 뿌리며 신심(信心)을 드러내던 혜가로 인해 생겨난 정자라 한다.

"어떤 자가 무림의 영웅인 것 같으냐?"

"그야 최강의 무공을 완성하여 천하제일인이 된 자가 아닌가요?"

무심코 대답했다.

무협 소설의 주인공들은 일당백, 아니, 일당천도 능히 감당했으니까.

흔히들 그런 주인공들을 보고 영웅이라 했었지.

"천하제일인이라… 그래, 영웅이라 할 수 있지."

"아니면 불멸의 이순신처럼 나라를 구한 자던가. 뭐 그런 거 아니에요?"

"그런 경우도 영웅이라 할 수 있고."

무슨 생각인지 사부 팔공은 이것도 영웅, 저것도 영웅이라 했다.

그래서 물었다.

"사부님이 생각하시는 영웅은 어떤 건데요?"

사부 팔공은 서슴지 않고 대답했다.

"내가 생각하는 영웅이란 말이다. 그 행동에 있어 백성을 생각하는 마음이 깔려 있는 자가 영웅이라 믿는다. 검으로 일절을 이루어 검성이나 검신이란 칭호를 듣더라도 그것이 개인의 입신양명을 위해서라면 참된 영웅이라 할 수 없고, 외환에 맞서 나라를 구한 자라도 그것이 자신의 공명을 위해서라면 그 또한 참된 영웅이라 할 수 없을 것이다. 반면 비록 능력은 좀 뒤떨어지더라도 자기의 위치에서 묵묵히 맡은 바 소임을 수행하면 이는 능히 영웅이라 말할 수 있다."

"……."

"오랑캐들이 쳐들어오는 것을 알리기 위해 죽음을 무릅쓴 변방의 초병이 영웅이며, 황제의 실정에 충언을 고할 수 있는 신하가 영웅이며, 탐관오리의 횡포에 낫을 들어 저항하는 농부가 영웅이다."

그래, 지하철에서 맹인을 구해낸 고등학생의 기사를 접하며 진짜 용감한 행동이라 생각했었어. 사부님은 그런 취지로 말씀하시는 거야.

"영웅 같은 것에 얽매이지 말라는 말씀으로 들리네요."

"옳게 보았다. 사람은 저마다의 길이 있다. 네가 무림에 와서 각 대문파의 무공을 섭렵하여 천하제일인이 되는 것보다 만인의 미각을 돋울 수 있는 빵을 만드는 것이 너다운 영웅의 길이란 뜻이다."

"옳은 말씀이에요. 죄송해요. 사람이 자신의 주제를 모르는 것만큼 추잡해 보이는 게 없는데……."

"하나 나는 네게 기대하는 것이 있다."

"제게요?"

"우리가 할 수 없는 일을 넌 할 수 있다."

"그런 게 있어요?"

"오냐. 넌 우리가 알지 못하는 우리의 앞날을 알고 있질 않느냐?"

역사적 결과를 알고 있는 사실을 말하는 모양이었다.

"나는 네가 알고 있는 사실을 토대로 남송의 운명을 바꾸고 싶다.

도와주겠느냐?"

"제게 그럴 만한 능력이 있을까요?"

무혁은 입설정에 좌정하여 소림의 팔공, 무당의 현암, 그리고 화산의 양화정과 마주하게 되었다.

당금 무림을 이끌어가는 삼대명인.

현암은 무당의 장문답게 도사의 풍미를 지니고 있었으며, 양화정은 검의 종주인 화산의 장문답게 대쪽 같은 느낌을 주었다.

공통점은 사부 팔공과 함께 무혁의 대답을 기다린다는 것이었다.

"예? 지전규보를 연공하라구요?"

"오냐."

사부 팔공의 말에 의하면 용광검이라는 검이 있는데, 이 검은 난세에 나타나 민심을 규합하는 힘을 지니고 있다 했다.

문제는 그 검의 봉인이 풀리는 시점이 먼 미래이기에 지금은 때가 아니라는 것. 앞에 앉은 세 분이 자신에게 바라는 것은 내세로 돌아가 용광검을 들고 다시 오라는 뜻인데, 다시 말하자면 검을 배달해 달라는 얘기였다.

"그럼, 사부님이 그토록 찾으시던 지전규보가 극강의 내공을 연성할 수 있는 비급이 아니란 것이네요."

"상승의 내공을 연성할 수 있는 비급임에는 틀림이 없다. 하나 명검을 만나지 못하면 무용지물이란 것이지."

무혁은 지전규보의 구결을 담아놓은 핸드폰을 만지작거렸다.

아무리 생각해도 허탈하다.

이것 때문에 실바는 피떡이 되도록 얻어맞았고, 멀리 앙코르와트까지 가서 죽을 고비를 넘기며 찾아온 것인데, 실전 무공이 아니라니.

"내가 무슨 퀵 서비스도 아니고, 사부님도 참……."

"백 소협."

현암이 자못 진지하게 무혁을 불렀다.

"예, 어르신."

"자네에게 강요할 만한 권리가 우리에게는 없네. 자네 나라의 일도 아니고, 또 자네 세상의 일도 아니지. 하나 원의 말발굽에 짓밟히는 민초들을 외면하지 말아주게. 간곡한 청일세."

무당의 방장에게 소협이란 호칭도 듣고, 청탁도 받으니 우울했던 기분이 좀 풀렸다.

"전혀 남의 나라의 일은 아니에요. 원이 고려까지 침공했으니까요."

"고려인인가?"

"한국, 아니, 고려인의 후손이죠."

"그렇다면 전혀 관계가 없는 것은 아니구먼. 검보정감에 의하면 용광검은 본디 동이족의 검이라 했으니."

"예?"

"중원의 사료에는 자세한 기록은 없네. 검보정감에 단 한 줄로 언급되어 있을 뿐이네. 용광검의 내력에 대해 자세히 알아보려면 아마 백제의 사료를 찾아보는 것이 빠를 것이네."

"그래요?"

그렇다면 약간의 자신감이 생겼다.

나오미가 백제의 전설과 신화, 그리고 역사 쪽에는 거의 무불통지이니까.

일순, 무력감에 빠져 있다가 의욕이 용솟음치는 무혁이었다.

"좋습니다. 한번 해보겠습니다."

"고맙네."

현암이 무혁의 두 손을 잡아주고, 양화정이 등을 두들겨 주니 무시당하고 두들겨 맞았던 설움 또한 한꺼번에 가시는 기분이었다.

내친김에 고사 지낸다고 무혁은 당당히 조건을 내걸었다.

"조건이 있어요."

"뭔가?"

"제가 이 일을 해내면 무당의 태극권과 화산의 검법을 전수해 주세요."

그 말에 양 장문과 현암이 호쾌한 웃음을 터뜨렸다.

"하하하."

"허허허."

"왜 웃으세요?"

"자네 두 문파의 무공을 완성하려면 아마 여기서 살아야 할 걸세. 그럴 수 있겠나?"

음, 그럼 조금 곤란하지. 프라이드를 석권할 정도의 무공만 배워가자.

"조금 맛보기로만 배우면 되죠 뭐. 하하. 그럼 삼촌이랑 당장 돌아갈 테니 용광검을 찾을 수 있는 단초나 주세요."

무혁이 서두르자 사부 팔공이 고개를 저었다.

"먼저 해결해야 할 일이 있다."

"뭔데요?"

"남해표국으로 가서 벽사마검이 쿠빌라이에게 전달되지 못하도록 막아라. 그리고 남만의 비밀 무덤을 폐쇄하고 오너라."

"아, 그렇죠. 그 택배 회사, 아니, 남해표국을 작살내야죠. 그리고 틈도 폐쇄해야죠. 근데 저 혼자요?"

"그럴 리가 있겠느냐. 너는 오늘부터 화산의 제자들에게 철저한 호위를 받을 것이다."

"정말요?"

헉, 화산의 제자들에게 호위를 받다니 이게 웬 호사란 말인가.

무혁이 놀라는 동안 양화정이 누군가를 불렀다.

"화운이 아래 있느냐?"

"예, 사부님."

"올라오너라."

약간 냉정한 표정의 미장부가 입설정으로 올라오는데, 이름은 담화운이라 했다. 이름이며 용모가 전형적인 무협 소설의 주인공이었다.

짜식, 멋지게 생겼네.

"인사하거라. 네가 호위해야 할 사람이다."

양화정의 소개에 담화운은 격식을 갖추어 인사했다.

"담화운이오."

무혁도 일어서서 인사를 했다.

"백무혁입니다. 잘 부탁드립니다."

"내 직전제자일세. 십 년만 지나면 검성이라 불려도 좋을 기재이니 이 친구의 호위라면 안심해도 좋을 걸세."

"예, 믿음직하군요."

방바닥에 누웠다.

새벽이면 드디어 출행을 나간단다.

잠이 들면 안 되겠지만 잠이 오지도 않는다.

무혁은 이번 출행에서 자신이 어떤 역할을 할 수 있을까 하고 생각해 보았다.

남해표국과 일전을 벌이게 되면 당연히 몸 사리지 않고 나서겠지만 주단정이나 담화운만한 무공을 지니지 못했으니 큰 도움은 되지 못할 것이었다.

무혁은 자신에게 어울리는 역할을 찾기 위해 고심을 했다.

"일단 지리를 확인하자."

무혁은 네이트온에 접속하여 남해표국이 있다는 광동성의 오문(澳門)을 찾아보았다.

오문은 남해 유역 주장강 삼각주 서쪽 하류에 있는 항구였다.

"여기 마카오 아냐?"

무혁의 추측은 옳았다.

남해표국의 거점인 오문은 현재 홍콩의 반대편에 있는 특별 행정구 마카오였다.

문득 머릿속을 스치고 가는 한 인물.

"황약 노사 어른의 팔백룡회도 마카오에서 발호했다고 들었는데……."

쿤마의 무투장에서 만났던 황약 노사를 떠올렸다.

"천 년도 더 된 비밀결사니 지금 그 인물들이 있겠지?"

무혁은 당장 유중광에게 전화를 걸어 황약 노사의 도움을 의뢰했다.

유중광은 황약 노사와 통화를 한 후 곧바로 무혁에게 전화를 했다.

유중광의 말에 의하면 지금이 팔백룡회가 비밀결사로서 제 모습을 갖추기 시작한 시점이라 했다. 유중광은 황약 노사를 통해 팔백룡회의 도움을 받을 수 있는 방법을 일러주었는데, 그것은 그들만의 표식 확인과 은어를 사용함으로 가능하다 했다.

[팔백룡회의 결맹 이념이 삼합성호(三合成虎)라니 꼭 기억해 두어라.]

"예, 형님. 고마워요."

다행이지 않을 수 없다.

이런 중차대한 시점에 자신이 무림에 도움을 줄 수 있다는 생각을 하니 출행의 부담감을 조금이나마 떨칠 수 있었던 무혁이다.

"혹시라도 위험이 닥치면 팔백룡회에 도움을 청하면 되겠구나."

무혁은 오문에서 캄보디아까지 가는 뱃길을 찾아보았다.

인도차이나반도를 통해 캄보디아까지 갈 수는 있으나 아무래도 그쪽 지역은 마니교도들이 장악했을 가능성이 컸다.

그러나 뱃길은 인터넷으로도 찾을 수가 없었다.

"제길, 뱃길은 안 나와 있잖아. 자식들 비싼 통화료 받아먹으면서 서비스는 영 마음에 안 드네."

할 수 없었다.

남해표국을 해결한 후에 다시 고민해 봐야 할 것이었다.

긴장이 풀어진 탓인지 잠깐 잠이 들었던 모양이다.

"내세 제자님, 어서 일어나십시오."

동자승 용연이 흔드는 바람에 잠에서 깬 무혁은 새벽이 왔음을 깨달았다.

"모두 기다리고 계십니다."

"어디 계시는데?"

"천왕전에 계십니다."

무림맹 회의가 끝난 후에도 몇몇 세가의 인물이 소림사를 떠나지 않았기에 무혁 일행의 남만(南蠻) 출행은 여명이 밝기 전 비밀리에 진행되었다.

천왕전.

새벽 예불이 시작되기 반 시진 전, 사부 팔공은 담화운과 화산의 오대제자, 그리고 무혁과 주단정을 모아놓고 일장 연설을 했다.

"악주에서 가사도가 원군을 물리쳤다는 승전 보고가 있었다. 그러나 개방의 정보에 의하면, 이는 조정의 패권을 차지할 욕심에 가사도가 원군과 짜고 날조한 것이라 한다. 실제 전황은 원의 장수 백안과 아출이 장강을 넘어서 양주로 향하고 있다 한다. 나라의 운명이 풍전등화의 위기에 처해 있는데도 승상이란 자는 권력 쟁패에 신경을 쓰고 있으니 어찌 개탄할 일이 아니겠는가. 이리도 하수상한 시절에 너희의 출행은 나라와 무림의 운명을 결정할 것이다. 부디 벽사마검을 빼앗아 쿠빌라이의 기세를 꺾어야 한다. 알겠느냐?"

"명심하겠습니다!"

"너희가 출행을 하는 동안 우리 방장들은 양주로 가서 가사도를 만날 것이니 너희가 거사를 치를 시간은 충분할 것이다."

"……!"

제갈사평의 제안대로 가사도를 만나는 것은 극히 위험한 일.

화의가 계략임이 뻔한 것일진대, 세 방장이 왜 스스로 함정에 빠지려는지 알 수 없는 일이었다.

그때, 한 중년 부인이 조소를 머금으며 천왕전으로 들어선다.

"흥! 사내들이 왜 이리 답답한지 모르겠군요. 그런 용렬한 간신배 하나를 잡기 위해 세 장문께서 직접 나서신다고요? 제가 보기엔 죽으러 가는 것이나 마찬가지로 보이네요."

이 여인은 누군데 내가 하고 싶은 말을 거리낌없이 하는 거지?

무혁이 궁금해하던 차에 주단정이 그녀에게 달려간다.

"사부님."

그랬다.

이 중년 여인이 다른 장문들이 기다리던 아미파의 장문 청상 사태였던 것이다.

"허허. 소승 팔공, 청상을 오랜만에 보오이다. 아미다불."

"아니, 어디 계시다 이제 오시는 게요?"

사부 팔공과 현암이 반색하여 그녀를 맞이했다.

"세 분 모두 제갈사평 늙은이의 계략에 기꺼이 춤을 추시겠다는 말씀인가요?"

"제자들을 희생시키는 것보단 우리가 직접 가사도를 척살할 생각이오."

"불가능한 일이에요."

"우리는 살 만큼 살았잖소."

"정말 융통성없는 분들이네요. 그렇게들 모르세요? 가사도 하나를 죽인다고 전세가 역전되지는 않습니다."

"청상께서는 묘책이라도 있는 게요?"

"지방 곳곳에서 의군이 일어나고 있습니다. 그중 악주 도통 장세걸이란 장수가 그릇이 옹골져 보이네요. 맹주께서는 속히 그분을 만나보시는 것이 좋을 듯합니다."

이즈음 상서좌사랑관으로 있던 문천상이 각지의 호걸들을 모아 일만 근왕의군을 결성했고, 호남 제형직에 있던 이불(李芾)이 삼천의 장사를 모았고, 악주 도통 장세걸이 오천의 협객들을 모아 국도 항주를 지키고자 했다.

장강을 넘어선 원군이 무주공산으로 처한 항주로 쳐들어가지 못한 이유가 이렇게 지방에서 일어난 의군들 때문이었다.

"장세걸?"

무혁은 재빨리 네이트온에 접속하여 인물 장세걸을 찾아보았다.

남송의 재기를 꿈꾸다가 바닷길에 풍랑을 만나 전사한 장수… 라고 나와 있었다. 그리고 몇 줄을 내려 읽는데, 참조할 만한 얘기가 적혀 있었다. 문천상, 장세걸, 육수부 등이 의군들을 통합한 대군단을 결성하여 원에 대항할 것을 주장한 내용이었다.

상당히 설득력있었지만, 결론적으로는 군벌의 출현을 두려워한 가사도의 반대로 대군단의 결성은 실패했던 모양이다.

'가사도, 이 자식은 재상이란 놈이 끝까지 지랄을 했구나. 대군단을 결성하는 것이 한 방편일 수도 있겠다.'

무혁은 방장들 앞에 나가 조심스럽게 말문을 열었다.

"사부님, 방금 장세걸이란 분에 대해 알아보았는데 말씀드려도 되겠어요?"

"그분에 관한 자료가 있더냐?"

"예."

"기탄없이 말해보거라."

"남송 말의 충장으로는 문천상, 육수부, 장세걸 등을 들 수가 있는데요, 이분들은 의군을 일으켰으나 소규모 군단으로 움직인지라 원군에 의해 각개 격파를 당한 모양이에요. 때문에 명령 계통을 통합한 대군단을 만들 계획을 하였는데, 항주 조정에서 이를 허락하지 않았다 해요."

"그것이 패배의 원인이더냐?"

"예. 결국 그 때문에 애산(厓山)까지 쫓겨갔다고 나오네요."

"대군단의 체제도 알 수 있더냐?"

"예. 전체 병력을 사번진(四藩鎭)으로 편성했는데, 광서, 호남, 광동, 강서가 하나고, 또 하나는 복건, 강동, 회서, 회동이라 하네요."

"옳다. 그분들의 병법이 옳다."

무혁의 말에서 역진의 단초를 찾은 필공은 크게 고무되어 장문들에게 말했다.

"이것이 마지막 희망인 듯하오. 우리가 용광검을 찾아 민병을 일으킨 후, 근왕의군에 합류하여 대군단을 형성하면 원의 남하를 저지할 수도 있을 것이오. 그렇지 않소?"

청상 사태가 고개를 끄덕이며 물었다.

"이제야 소승의 뜻을 받아들이시겠습니까?"

"좋소. 우리가 청상의 뜻에 따르리다."

"저 젊은 청년 덕분에 세 분의 목숨이 구명되었군요. 감사들 하세요."

"장세걸 장군이 호남에 아직 있다면 당장 만나보고 싶소."

"그럼 서두르세요."

움직임의 방향이 바뀌며 천왕전이 갑자기 분주해졌다.

무혁과 주단정, 그리고 담화운 등은 예정대로 남만 출행을 할 것이나 장문 일행은 양주가 아니라 호남성 장사로 가야 할 것이었다.

무당과 화산의 제자들이 준비를 하는 동안 팔공이 무혁을 불렀다.

"무공을 갖추지 못한 너이니 싸움에 나설 것은 없다. 알았느냐?"

"예."

"몸조심하거라."

"예, 사부님도요."

"오냐."

"아참, 사부님, 삼촌을 데려가세요. 그럼 언제든지 통화할 수 있잖아요."

"그게 좋겠구나."

무혁이 해야 할 일은 명확했다.

역사의 결과를 분석하여 원의 남하를 저지하는 것이었다.

한족 출신 백안과 아출을 선봉으로 내세운 세조 쿠빌라이의 군대는 막강한 전력을 자랑했다.

남송의 소규모 부대는 부분적으로 승전을 한 적은 있었으나 대세를 바꾸지는 못했다.

광동으로 이동하는 도중 무혁은 틈틈이 남송 말엽의 전황에 대해 공부를 했다. 흥미로운 것은 남송의 멸망을 보는 년도가 자료마다 차이를 보인다는 점이었다.

원나라 시대에 편찬된 '송사(宋史)'는 공종을 마지막 황제로, 그 이후에는 왕으로 기록하고 있었다. 즉, 덕우 2년(서기 1276년)을 송의 멸망 시기로 보고 있는 것이었다.

어떤 자료는 애산(厓山) 전투 끝을 남송의 멸망으로 보고 있었다.

이는 서기 1279년의 일이었다.

문천상이 세조 쿠빌라이에게 처형된 것은 대원 지원(至元) 9년, 서기 1282년이었다.

역사적 자료는 다소 차이가 있지만 남송은 항주에서 천도한 후에도 약 오륙 년간 정권을 유지했던 것으로 보였다.

물론 부평초처럼 떠도는 망명 정권이었다.

'5, 6년이라면 결코 짧은 시간이 아니다. 몇 번의 전투만 바로잡으면 전세를 뒤집을 수 있을지도 모른다.'

무혁은 자신도 모르게 중원의 혈풍 속에 푹 빠져들고 있었다.

한 사료는 이렇게 기술하고 있었다.

해가 밝아 1277년 정월이 되었다.

남송의 원호는 경염 2년이다. 3월 문천상은 매주(梅洲)를 수복하고, 5월에는 강서로 들어가 회창현을 탈환했다. 장세걸도 조주(潮洲)를 되찾았지만 적지 않은 피해를 남겼다. 전투로 인한 피해보다는 군사들의 도주가 더욱 큰 문제였다.

열흘 후.

무혁 일행은 호남성 남쪽 여성(汝城)에 당도해 있었다.

남령산맥만 넘으면 광동성에 도착하는 것이었다. 여태까지는 육로로 왔으나 험준한 남령산맥을 말을 타고 넘는 것은 무리였다.

그래서 일행은 주장강의 북항인 소관까지 가는 배를 기다리기로 했다.

여성의 한 객잔.

물소의 잔등도 가른다는 남방의 소낙비 때문에 물이 넘쳐 배가 운행되지 못했다.

따라 무혁 일행은 하루 정도를 객잔에 머물러야 할 것 같았다.

객잔의 뒤뜰.

자료를 찾고 있는 무혁에게 담화운이 다가왔다.

"열흘을 동행하는 동안 백 형은 그 물건만 만지고 계시는군요. 대체 그 물건이 무엇에 쓰는 물건입니까?"

핸드폰을 두고 이르는 말이었다.

"역사의 기록을 뒤져 볼 수 있는 물건입니다."

"계시록 같은 비급인 모양입니다."

핸드폰을 어떻게 설명해야 할지 난감했다.

"그런 건 아니고… 쉽게 말하자면, 멀리 떨어진 사람과 대화를 할 수 있는 장치입니다."

"전음을 보낼 수 있다는 것이로군요."

"하하. 그러네요."

그렇다. 전음이라는 것이 아주 정확한 표현이 될 것이었다.

"저같이 내공이 없어도 전음을 보낼 수 있습니다. 사람이 편리하려고 만들어낸 것이죠."

"사람이 너무 편해지려고만 하면 공부가 늘지 않을 텐데……."

"예. 맞아요. 우리 내세 사람들은 이런 것에 길들여져 살고 있어요. 아주 재미없는 삶이에요."

"내세에도 전쟁이라는 것이 있습니까?"

그 물음에 이라크를 침공한 미국이 생각나는 것은 너무도 당연했다.

"그럼요. 엄청나죠. 전쟁은 일어나서는 안 되는데… 힘센 놈들이 약소국가를 쳐들어가는 건 예나 지금이나 마찬가지예요."

"전쟁이 일어나면 백성들만 살기 어려워지는 것도 마찬가지겠죠. 백 형께 한 가지 묻고 싶은 게 있소. 대답해 주시겠소?"

"제게요?"

"남송이 멸망한 것이 확실하오?"

질문을 하는 이유를 알고 있었다.

절박한 상황임에도 망국이 현실로 와 닿지 않는 것이었다.

"역사적으론 그렇습니다."

"한족이 야만족의 지배를 받게 되다니 부끄러운 일이군요."

"원이 중원을 지배한 시기는 실질적으로는 90년밖에 되질 않습니다. 다시 명(明)이라는 한족 국가가 탄생하게 되니까요."

"그래요. 그나마 다행이로군요. 중원은 한족의 강산이니 응당 한족이 지배하는 것이 순리지요. 그래야 합니다."

너무 침통한 얘기만 주고받으니 분위기가 가라앉는 듯했다.

무혁은 일부러 화제를 바꾸었다.

"이번엔 제가 담 형께 묻겠습니다. 왜 단정 소저와는 대화를 안 하시죠? 오는 동안 두 분이서 대화하는 걸 보질 못해서요."

무혁이 묻는 건 두 사람 사이에 묘한 기류가 흐르는 걸 느꼈기 때문이다.

뭐, 좀 아쉽긴 하지만 그 기류는 두 사람이 연인이 아닌가 하는 추측을 낳게 했다.

"뭐, 특별히 할 말이 없어서죠. 하하."

담화운이 멋쩍게 웃었다.

무혁은 그의 어깨에 손을 올리며 물었다.

"에이, 왜 이러십니까. 저도 눈치 하나는 제법인 놈입니다. 두 분 연인 사이인 거 맞죠?"

"백 형 눈도 속이질 못하니 심계를 부릴 위인은 못 되나 봅니다."

담화운, 참으로 담백한 사내였다.

그는 솔직하게 주단정에 대한 속내를 털어놓았다.

"그동안 흠모해 왔는데 이루지는 못했습니다."

"아니, 담 형 같은 미장부를 마다한단 말인가요?"

"하하하. 사내가 미장부란 소릴 들어 뭐에다 쓴답니까?"

"그래도 무협 소설 주인공들은 다 미장부던데요."

"예?"

"하하. 아닙니다. 그저 농이었습니다."

호랑이도 제 말 하면 온다더니 당사자 주단정이 등장하며 무혁과 담화운의 담소는 끝이 났다.

"저녁들 드세요."

"……."

"혹시, 제 얘기 하고 있었어요?"

세 사람은 마주 앉아 저녁을 들었다.

무혁은 주로 회과육 같은 육류를 먹었고, 주단정과 담화운은 교자와 소채를 간단하게 먹었다.

이곳 여성은 호남성과 광동성을 연결하는 가교 역할을 하기에 객잔에는 장사치들이 넘쳐났다.

장사치들이 하는 얘기가 세 사람의 이목을 집중시켰다.

"내일부터 소관에서 검속이 심해질 것이란 소문이네."

"아니, 또 왜?"

"듣자니 남해표국에서 중요한 물품이 내륙으로 호송되는 모양이야."

"언제까지?"

"달포는 족히 그럴 것이라는구먼."

"남령산맥에는 산적 놈들이 설쳐 대고, 주장강에는 수적 놈들이 설쳐 대고, 육로에는 남해표국 놈들이 설쳐 대니 우리 같은 봇짐장수들만 죽어나는 세상이구먼."

"그러게 말일세. 카악, 퉤!"

때기 때인지라 민심이 흉흉하다.

무혁은 음성을 낮추어 담화운에게 말했다.

"상인들이 말하는 물품이 벽사마검 아닐까요? 남만일지에 적힌 날짜와 대충 맞는 것 같아서요. 남해표국의 운송로를 알면 일이 수월해지겠는데……."

"오늘밤 내 사제들이 이곳에 찾아올 것입니다. 그때가 되면 운송로를 알 수 있을 겁니다."

"원군의 검속을 피할 방법도 생각해 두어야겠어요."

"생각해 봅시다."

그날 밤, 화산 제자 두 명이 객잔으로 찾아왔다.

담화운의 사제 되는 자들로 원영보와 윤도지라 했다. 그들이 원의 검속을 피해 주장강을 내려가는 방법을 강구하는 동안 무혁은 객잔 뒤뜰에 나와 나오미에게 전화를 했다.

핸드폰에서 이승철의 '오직 너뿐인 나를' 이 흘러나온다.

컬러링이 문명의 이기라는 것을 처음으로 느끼는 순간이었다.

바쁜 일이 있는지 나오미는 전화를 금방 받질 않았다. 무혁은 그동안 노래를 음미했다.

중원에서 듣는 이승철의 노래라니… 그의 노래는 참 도시적이다.

문득 나오미와 같이 걷던 신주쿠의 거리를 생각하는데, 마침 나오미의 음성이 흘러나온다.

[오빠! 전화를 그렇게 끊어서 걱정했었어요. 무슨 안 좋은 일이 있었어요?]

못나게 나오미에게 징징거렸으니 그녀가 걱정하는 것은 당연하다.

"아냐. 내가 못나서 그랬어."

[오빠가 왜 못나요. 그런 말 하지 말아요.]

"그래, 앞으론 그런 일 없을 거야."

[금방 돌아온다는 말 맞아요?]

"아니, 좀 시간이 걸릴 것 같아."

[…….]

빨리 돌아가지 못한다는 말에 대답이 없다.

기분이 우울해진 모양이었다.

"그쪽은 어때? 잘 돌아가?"

[그거 알아요? 세상이 어떻게 돌아가든 내 마음은 그 자리에 멈춰 있는 거?]

"미안해. 곧 돌아갈게. 너무 심란해하지 마."

[못 돌아올 것 같아 불안하단 말이에요.]

"왜 못 돌아가. 오빤 나오미에게 꼭 돌아갈 거야."

용광검을 찾기 위해서라도, 그리고 남제 결선을 치르기 위해서라도 돌아가긴 돌아가야 할 것이었다.

[오빠, 보고 싶어요.]

나오미는 보고 싶다고 했다.

물론 나도 보고 싶다.

이런 저런 얘기를 하며 몇 분을 더 통화하다 전화를 끊었다. 아쉬웠다. 그렇지만 나오미의 목소리만 들어도 숨통이 트이는 것 같은 무혁이었다.

한 칸 남은 배터리를 충전하려고 태양 충전지에 핸드폰을 꽂는데 뒤에서 담화운이 나타났다.

"선음이었습니까?"

"아, 예… 그런 셈이죠."

"신기하군요."

"무슨 방도가 나왔습니까?"

"아무래도 뱃길로는 검속을 피할 수 없을 것 같습니다. 하여 좀 시간이 더딜지라도 기전령을 넘기로 했습니다."

기전령은 남령산맥 오령 중 하나였다.

"그렇군요."

"아까 전음으로 대화를 나눈 분이 정인이신 모양입니다."

"예."

"그쪽 세상에서는 사랑하는 사람과 사랑하며 사는 것이 자유스러운 듯합니다."

"예. 아무래도."

"부러운 일입니다. 이 나라에도 화평한 때가 있었지요. 이젠 그때가 언제인지 가물가물하지만요."

"혹시 단정 소저가 담 형을 거부한 것이 그 때문입니까?"

"좋은 시절이 다시 오면 보자고 합디다. 그 시절이 언제 올까요. 하하."

이 사람들에게 좋은 시절이란 무엇인가?

원의 야욕을 물리치고 남송의 황실을 튼튼하게 하는 것이라면 그 꿈은 요원하다. 아니, 영원히 오지 않을 것이다.

문득 참 불행한 연인이란 생각이 들었다.

그래도 '너희 나라는 망했어' 라고 말할 수는 없었다.

"쿠빌라이의 야욕을 막으면 되죠. 그 자식이 우리나라도 강탈했으니까 제게도 그럴 만한 명분이 있습니다."

"정말입니까?"

"그럼요. 고려에 침공해서 얼마나 못된 짓을 했는데요."

그저 위로가 되라고 한 말이었는데, 담화운의 눈빛이 반짝이며 화색이 돌았다. 기대가 너무 크기 때문이었다.

"역시 백 형께서 큰 도움을 주시리라 생각했습니다. 맹주님께서도 말씀하시길 백 형은 나라를 구할 영웅이 될 거라 하셨어요."

그러자 살짝 부담이 되는 무혁이었다. 게다가 영웅이라니.

"예? 제가 무슨 영웅이라고? 저는 무공도 모르는 사람입니다."

"백 형은 너무 겸손하십니다. 무공으로 어찌 사람의 그릇됨을 논하겠습니까? 생각이 문제지요."

"그런 게 아닌데……."

"무공이란 배우면 되는 것이니 어렵게 생각하실 건 없습니다."

"그런가요?"

“제게 검을 한번 배워보시겠습니까?”
“지금 당장요?”
“하하하. 그럼요.”

난생처음으로 진검을 손에 들어보았다.
담화운이 건네준 검이었다.
검이 종주라는 화산, 그것도 매화검수라는 담화운의 애검이 아닌가.
그 감흥이란 두말이 필요없었다.
‘떨린다…….’
그다지 무겁지는 않으나 견고함이 검병을 쥔 손에 느껴졌다.
담화운이 말했다.
“화산의 검은 메질과 담금질을 쉼없이 하여 그 견고함이 천하제일이지요.”
“그렇군요.”
“한번 휘둘러 보시겠습니까?”
휘익—
어려울 것이 없었다.
무혁은 좌에서 우로 검을 힘차게 휘둘러 보았다.
“이렇게요?”
“잘하셨습니다.”
“이게 다입니까?”
“예. 그게 다입니다. 검이란 게 원래 찌르고 베는 동작이 다인 것입니다. 하하.”
장난이나 농담을 하는 것으로 알아들었다.

그러나 담화운의 말은 진심이었고, 그 이치를 깨닫는 데까진 오랜 시간이 걸리지 않았다.

"하나 그 간단한 동작을 제대로 하지 못하면 검이 아닌 것이기도 하지요."

"아, 예."

"백 초가 넘는 연환식일지라도 그것은 찌르고 베는 것의 연결일 뿐입니다. 그렇지 않습니까?"

"생각해 보니 그러네요……."

"결국 가장 기본적인 동작인 찌르고 베는 동작이 올바르게 형성되어 있어야 검의 묘용을 깨우칠 수 있는 것입니다."

"에이, 거봐요. 칭찬이 아니었잖아요. 그럴 줄 알았어요."

"하하. 초심자인 백 형께 그럼 호통을 치겠습니까?"

"야단맞아도 좋으니까 얼른 가르쳐 주세요."

"그럼 미흡하나마 제가 가르침을 드리겠습니다."

"예."

"팔을 뻗어 검을 일직선으로 들어보십시오."

무혁은 담화운이 시키는 대로 따라 했다.

"이렇게요?"

"예. 잘하셨습니다. 워낙 골격이 월등하여 자세가 참 좋군요. 이것이 검을 드는 기본이요, 궁극의 목적이랍니다. 백 형께서는 이제 검극의 무게를 느끼셔야 합니다."

대체 무슨 말인지 알아들을 수가 없었다.

"검극의 무게라니요?"

"검의 끝이 보이십니까?"

"예."

"검의 중심이 검병에 있는 것이 아니라 검의 끝에 있어야 한다는 뜻입니다."

"너무 어려운걸요. 알아듣질 못하겠어요."

"지금 어디에 힘이 가장 많이 들어가 있습니까?"

"손에요."

"검병을 쥔 손에서는 힘을 빼시고 시선으로 검극을 붙드십시오."

무혁은 담화운이 시키는 대로 손에서 힘을 빼고, 검극을 뚫어지게 쳐다보았다.

댕그렁—

될 리가 있겠는가.

검은 여지없이 땅바닥에 내동댕이쳐지고 말았다.

담화운이 떨어진 검을 집어주며 말했다.

"쉽지 않으시죠. 사부님께서는 검을 제대로만 잡을 수 있다면 십 년이 걸려도 아깝지 않다고 하셨습니다."

"……!"

검을 제대로 잡는 데만 십 년이라니.

겉으로 표현은 못했지만 쪽팔려서 고개를 들 수가 없었다.

구파일방의 무공을 모조리 섭렵하여 프라이드를 정복하겠다는 망상을 했다는 것 자체가 창피했기 때문이다.

"담 형께서 화산의 검법을 완성하는 데 걸린 시간은 얼마나 되죠?"

"이십 년 동안 수련했습니다. 그리고 제가 화산의 검법을 완성한 것도 아닌걸요."

"아니, 뭐. 환단 같은 게 있질 않나요? 먹으면 내공이 세지는 그런

알약이요?"

"글쎄요. 금시초문입니다. 꾸준한 수련 외에 공부엔 왕도가 없는 법입니다."

'헉! 무협 소설에서 주인공이 영약 먹고 내공이 세져 극강의 고수가 된다는 설정은 다 거짓말이었어…….'

『소림, 프라이드에 가다』 3권으로 이어집니다